AABBAYAASHEEN BAA NA BADAY

Cabdirisaaq Y. Cismaan

Published by Banaadir Books, 2024.

AABBAYAASHEEN BAA NA BADAY

First edition. March 14, 2024.

Copyright © 2024 Cabdirisaaq Y. Cismaan.

ISBN: 979-8224151479

Written by Cabdirisaaq Y. Cismaan.

HIBAYN

Waxaan u hibeeyay ina adeerkay Maxamad Deeq oo waayo aragnimadiisa joobjoognimo ee dagaalka sokeeye aan haykalka sheekadayda ku saleeyay, gaar ahaan dhacdooyinka dagaalka ku saabsan; iyo dhammaan dhallinyaradii Soomaaliyeed ee ay adeegsadeen, ku gabood faleen, habaabiyeen oo ku ballan fureen aabbayaashood, adeerradood, abtiyaashood, iyo madaxdii ay aammineen, qaddariyeen, ka dambeeyeen oo isku halleeyeen.

- Ratiga dambe ratiga hore saanqaadkiisuu leeyahay -

AFEEF

In kasta oo sheekadu ku salaysantahay waayo dhab ahaan taariikhda Soomaaliya u soo maray, jilayaasha, marka laga reebo siyaasiyiintii waagaa jiray, waa malaawaal aan loo la jeedin dad dhab ahaan u jira, kuwo nool iyo kuwo dhintay midna.

QAYBTA KOWAAD

1

Ganjeelada wayn ee guduudan intii aanan garaacin ayaan xoogaa hakaday oo dib u xusuustay hugunkii hubka waawayn ka yeerayay ee aan duhurka horraantiisii maqalnay annaga oo cayaar adag oo kubbadda cagta ah ku cayaarayna degmada Hodan, meel toddoba kiilomitir u jirta Degmada Madiina oo aannu degganayn. Madaafiica dhacaysay aad ayay u argaggax badnaayeen. Waa markii iigu horreysay ee aan maqlo hub sidaa u culus oo dhacaya. Cayaartii xataa waan joojinnay, annaga oo la yaabban belada yeeraysa! Cayaartii in aan sii wadanno ayaannu damacnay laakiin jugtii hubka dhacayay ayaa ka sii dartay marba marka ka dambeysa, ilaa aannu markii dambe go'aansannay in cayaarta la joojiyo. Ma dhici jirin in ciyaalku joojiyaan cayaar sharad lacag la kala dhigtay ah. Cayaaraha sharadka ah sidaan ayaa loo cayaaraa: tiro kooxo ah ayaa isu yimaada oo wareeg isreebreeb ah wada cayaara. Koox kasta waxaa laga dhigaa in lacag ah oo lagu heshiiyay, dabadeedna kooxda ugu dambayn guuleysata ayaa lacagta oo dhan qaadata oo qaybsata. Cayaartii galabtaas waxay ka mid ahayd laba cayaarood oo kama dambays ahaa. Sharadka waxaa wada dhigtay toban kooxood, haddii aannu cayaartaas badin lahaynna waxaa noo hari lahaa cayaar kali ah oo aannu wareegga oo dhan guusha ku qaadi lahayn. Koox kasta 100 shilin oo cayaartoy kasta laga qaaday ayay dhigatay, sidaa awgeedna haddii aannu badin lahayn cayaartoy walba oo kooxdayada ka tirsani waxaa ku soo aadi lahaa lacag 1000 shilin ka badan. Wareegga la cayaarayay xisiisihiisa gaarka ah ayuu lahaa oo wuxuu ku aaddanaa bilashada Sannadka Cusub oo dhawr toddobaad uun naga xigeen. Cayaartii maalintaas sidaa ayay ku baaqatay. "Malaha waa tababbar millatari" ayuu mid ku sheegay wixii hub dhacayay, ka dibna jugtii hubka iyo cayaartiiba sidii ayaannu ku illownay oo iska kala tagnay.

Intaan neef wayn iska soo kudiyay ayaan ganjeeladii birta ahayd garaacay. "Yaa waaye?" ayuu qof i wayddiiyay. Waa Muna oo ahayd gabar noo shaqaysa, laakiin waxaan fahmi la'aa waxa ay hoos ugu hadlasyo, sidii in ay faq qarsanayso. Dirqi ayaan ku maqlay. Mar kale ayaan ganjeeladii garaacay.

"War yaa waaye?" ayay mar kale ku celisay, iyada oo wali codka hoos u dhigaysa markanse sidii hore ka yara cod dheer.

"Albaabka xun maad furtid inta aanan laad ku soo jabin!" ayaa ku qayliyay, aniga oo xanaaq iyo shaki isugu kay darsameen kuna tiirsan albaabka aan garaacayo si aan isaga debciyo daalka igu taagan ee aan ka soo qaaday qorraxdii kululayd ee aannu galabta ku cayaarnay. Waxaan sugi la'ahay in aan mar uun biyo badan oo qabow ka dhergo oo iska yara jiifsado. Xanaqii ayaa iga batay markii gabadhii albaabka degdeg u furi wayday.

"Waan ogahay waxaad meesha ku samaynayso!" ayaan albaabka dibaddiisa qaylo kaga soo ganay. "Waa OK, waxba iga ma geline albaabkan baas uun iga fur!"

Waxaan ka waday mid ay saaxiib la ahayd. Muna marka ay ogaato in dadka waawayn guriga xoogaa ka maqnaanayaan ayay wiil ay saaxiib la ahayd guriga ku ballansan jirtay oo ay badanaa qolkayga ku sheekaysan jireen. Aad ayay uga xishoon jirtay in ay dadka waawayn hortooda ku la sheekaysato, iyaduna qol u gaar ah ma ay lahayn.

"Muna!" ayaan kor ugu wacay, aniga oo dareensan in ay ganjeelka ag taagantahay.

"Waryaa Cali, adigii miyaa?" ayay i wayddiisay, iyada oo hoos u hadlaysa. "Ma kaligaa baa tahay?"

"Mayee booliis baa i la socda" ayaan ku la kaftamay.

"Booliis aa!" ayay ku qaylisay. "Adeer Faarax! Adeer Faaraxow!" Codkeeda oo sii durkaya ayaan maqlayay, iyada oo guriga gudaha ugu cararaysa. "Adeer Faaraxow! Booliisaa yimid!" Aabbahay ayay u yeertay. Albaabkii ayaan xoog u garaacay si aan ugu sheego in aan la kaftamayo laakiin i ma ay maqli karayn oo waa ay fogaatay. Si aan yeelo ayaan garan waayayn! Markii hore in ay waalatay ayaan u qaatay, haddana wax baa ii sheegayay in wax qaldanyihiin.

Si ay ahaydba, xoogaa ka dib ayaa albaabkii la ballaqay, ka dibna Muno oo aad moodoo islaan waalan ayaa ka soo booddday. Dhoollacaddayntii lagu yiqiin ha sheegin! Markii aan soo galay ayay dhinac iiga leexatay oo istaagtay iyada oo aammusan. Aniga oo is leh la hadal ayaan isbeddelka indhaheeda wax ka dareemay oo ka joogsaday. Way jaraynaysaa oo neeftuuraysaa, waxayna ii fiirinaysaa sidii aanay waligeed i arag! Ka dibna gaadaashayda ayay ka fiirisay "booliiskii" i la socday.

"Aaway boolsikii?" ayay ku gunuunucday, intii aanan u jawaabinna aabbahay oo qolka fadhiga ka soo baxay ayaa daaradda soo istaagay. Nin kale oo madow oo qara wayn ayaa ka dambeeyay.

"Oh!" ayaa aabbahaya neefi kaga soo boodday, ninkii kalana intuu u baaqay ayuu ku yiri, "War waa wiilkaygii Cali ahaa."

Markaa ayaan dhab u dareemay in wax wayni khaldanyihiin laakiin wax ay yihiin wali ma aanan garanayn.

"Munoy albaabka xir. Sow kugu ma oran aniga oo aan kuu idmin albaabka ha furin?" ayuu yiri Aabbe. Gabadhii miskiinta ahayd intay madaxa ruxday ayay albaabkii tartiib u xirtay.

"Maxaa dhacay?" ayaan wayddiiyay, aniga oo yaabban gacantana salaan u soo fidiyay.

"Mar dhow ayaad ogaan doontaa." Waannu isa salaannay. "Ninkani waa Calasow," ninkii la joogay ayuu i baray.

"Haye adeer!" "Adeer iska warran!"

"Ina keen" ayuu Aabbahay igu yiri, isaga oo qolkii fadhiga u sii socda, aniga oo aammusanna labadoodii ayaan daba galay. Saddex nin oo kale ayaa qolka fadhiga ku jiray. Isha ayaan la raacay, bal in aan qof ka garto. Laba ka mid ahaa ayaan aqoonsaday: Xaaji Cali iyo Xaaji Ismaaciil oo ahaa laba ganacsade oo aan deris ahayn qoyskayagana ay aad isugu fiicnaayeen. Waa hore oo aabbahay xirnaa ayay qoyskayga aad u caawin jireen. Ninka saddexaad oo ahaa ninka kali ah ee dhuubnaan iyo gadh wayni isku darsaday wuu igu cusbaa. Nin dhallinyaro ah yuu u ekaa, raggana kaligi ayaa ookiyaale gashanaa. Marka ninka dhuuban laga reebo, intooda kale way ii wada dhoollacaddeeyeen markii ay i arkeen. Aniguna dhoollcaddayn ayaan ugu jawaabay.

"Xaaji Axmad iyo Xaaji Ismaaciil waad taqaan kolley. Ninkanina waa Dr. Cosoble," ayuu igu yiri aabbahay markii aan odayaashii salaamay.

"Haye adeer!"

"Adeer iska warran!" Wuu dhoollacaddeeyay isaguna. Ma aan fariisan, illeen waxa la iga rabo wali ma aan garane.

"Maandhow soo fariiso oo naso," ayuu igu yiri Calasow oo ahaa nin buuran oo aabbahay u ekaa. Kursi kan aabbahay ku fadhiyay ku xigay ayaan fariistay oo dhoollacaddayn kale oo aan jirin iska baaray. Naso aa? Sidee u nastaa aniga oo intaa oo indhood oo aanan wada garanayn igu hareeraysanyihiin? Waxaa iigu sii darnaa sidii loo wada aammusay markii aan fariistay. Iyaga oo wada aammusan ayay igu dhaygageen, sidii aan duni kale ka imid. Waan gartay in ay arrin siyaasadeed isugu yimaadeen oo horaan uga war hayay, waxase kali ah ee ka duwa naa sidii hore waa ragga aabbahay galabta la jooga. Caawa wax an caadi ahayn ayaa jira ayaan is iri. Mar baan is iri ma ka carartaa cabsida qolkan la isu aammusay, haddana waxaan is iri bal wax hubso. May warka naga boobsiiyaan oo ujeeddada u soo daaddegaan? Odayaasha oo dhammi waa iska sidan. Ujeeddada hadalka degdeg ugu ma soo dhaadhacaan ayaa hoosta iska iri. Muna ayaa isla markaaba maskaxdayda ku soo dhacday in kolleyba iyadu waxa meesha ka socda wax ka ogtahay. Waxaan go'aan ku gaaray in aan fadhiga ka cudurdaarto oo bannaanka u baxo, si aan Muna uga soo waraysto waxa uu ka walax yahay kulankan la isu aammusay! Haddaba, waxa war ka joogaa sidii aan meesha uga bixi lahaa! Aabbahay oo kursiga salootada dhanka kale kaga fadhiya ayaan eegay oo u dhoollacaddeeyay. Waxaan is lahaa Aabbe wuu gartay in aad bixid damacsanahay.

"Oo maxaad sidaa ugu dhidhidday?" Xaaji Ismaaciil ayaa aammusnaantii meesha ka jirtay ka hadliyay.

"Maxaa kale hadde?" ayuu ugu jawaabay aabbahay oo canaantiisii lagu yiqiin waddo u helay. "Shaqo aan kubbad cayaarid ahayn ma uu laha. Maalinta aad qoorta ka jabi doontaa dhawaa," ayuu ku lakaadooday.

"Oo maxay kaloo samayn karaan, Ilaah baan kugu dhaarshaye!" ayuu ninkii dhuubnaa ku daray. "Jaamacado ma aadaan mana shaqeeyaan; waxba ma hayaan."

"Waa runtaa, laakiin waxyaalahaasi iska ma yimaadaan. Waa in ay dedaal u galaan."

"Maxaad iga doonaysaa in aan sameeyo aabbe, mar kasta waxaad ka hadashaa waxyaalo aanan fahmayn e?" ayaa wayddiiyay.

Waxaan doonayaa in aad xuquuqdaada u dagaallanto. Ma taqaan wixii aan sameeyay markii aan da'daada le'ekaa? Anigu..."

"Aabbe, waan aqaan wixii aad samaysay," hadalkii ayaan ku gooyay intii aanu iigu faanin sidii uu u guursaday isaga oo siddeed iyo toban jir ah oo aan bixin boqol halaad, qaalmo lo' ah, iyo fardo midna, sidii dhaqanku ahaa. Sidii uu gumaysigii Talyaanigii u la dagaallamay, sidii degdegga lahayn ee uu afka Talyaaniga u bartay, iyo arrimo kaloo badan. "Waan aqaan wixii aad samaysay oo dhan," waan ugu celiyay mar kale. "Hadda maxaad gaar ahaan aniga iga doonaysaa in aan sameeyo? Ma waxaad iga filaysaa inaan sidii aad boqol sano ka hor yeeshay aniguna yeelo? Mase waxaad doonaysaa in aan sidaada oo kale siyaasad ka hadlo?"

"Intaasiba waa wax dhan!" ayuu la soo booday. Kun mar iyo ka badan ayuu isku deyay in uu xiisaha siyaasadda igu abuuro, iskuday kastana guuldarro ayuu ka la kulmayay.

"Caliyow waxba fahmi maysid."

"Haa oo ma fahmayo laakiin siyaasad xiise u ma qabo anigu. Waxbarasho ayaan xiisaynayaa mana haysto oo aabbahay taajir ma aha dibadda waxbarasho iigu diri kara, mana uu yaqaan xeelad uu iigu raadiyo meel aan jaamacadaha dalka ka galo."

Qosol gaaban ayaa qac laga wada siiyay, aabbase dhoollacaddayn aan laabta jirin ayuu muujiyay.

"Xeelad badni ma aha waxaasi e waa musuqmaasuq. Ma waxaad doonaysaa in aan musuqmaasuqa ka qaybqaato?" ayuu i su'aalay, isaga oo xanaaqsan codkiisii iyo dareenka wajigiisa ka muuqdaana aad isu badeeleen, sidii looga bartay mar kasta oo arrimaha musuqmaasuqa la soo hadalqaado. "Ilaah baan ku dhaartay in aanan afar sano oo xabsi ah galeen haddii aan doonayo in aan musuqmaasuqa baahay ka qaybqaato! Ma ogtahay..."

"Faaraxow isdeji, waa iska carruur e," ayuu ku qaboojiyay odayaasha midkood.

"Caqli xumadiisaa ciil igu dilaysa, waxna iga maqli mayo." "Caruurtayduba waa iska noocaa oo kale," ayuu ku daray, intuu i soo eegay. "Maandhow bal hadda aynnu danta abbaarno." "Dantee?" Dhegaha ayaan aad ugu raariciyay oo ka war dhawray.

"Horta aabbahaa sidaa ha u la hadlin. Waa tan labaad e, waan kugu raacsanahay in siyaasaddu lucbad wasakh ah tahay guud ahaan, gaar ahaan tan dalkeenna ka jirta. Hase haatee, ma xuma in aad waayeelka dhegaysato marka ay arrin muhiim ah oo aadan wax ka aqoon ka hadlayaan. Mar uun in ay ku anficdana way dhacdaa. Waxaa kaloo jira, ..."

"Laakiin aabbahay mar kasta qabyaalad uun buu ka hadlaaye siyaasad ka ma uu hadlo!" ayaan ku iri.

"Sababtu waa in siyaasadda dalkaniba aanay wax kale ahayn!" Abbe ayaa la soo booday, isaga oo kor u hadlaya. "Waxa dalkeenna baabi'inayaa waa qabyaad!"

"Iyo malaha qabyaalad dhab ah oo aan dalka jirin," ayuu u raaciyay ninkii ookiyaalha gashanaa, isaga oo ay ka muuqdaan deggenaan iyo kalsooni hadalkii aabbe lahaana toos uga hor jeeda. Aabbe ninkii ayuu eegay, sidii uu indhaha uga sheegayo 'taa dib inoo ku dhig hadhow ayaynu ka hadlaynaaye.' Waxa ninku ka waday ayaan la yaabay. Waligayba igu ma soo dhicin in qabyaalad la'aanteed dhibku yahay. Aabbe waligiis dhankaa ka ma uu hadal. Waxaan jeclaystay in uu ninku hadalka sii wato mase dhicin. Warkaasi wuu cadyahay. Dalkaygu wuxuu u baahanyahay qabyaalad dhab ah!

"Waa in aad fahantaa qabyaalad waxa ay tahay," ayuu aabbe hadalkiisii ku soo gebagabeeyay.

"Abbahaa waa runtiis, maandhow," Xaaji Axmad ayaa ugu siddiiqay. "Dalkan, sida dalal kaloo badan, waxaa lagu xukumaa qabyaalad, haddii aanad fahminna waad ambanaysaa. Si kasta oo aad siyaasi wanaagsan u tahay!" Abbe iyo Calasow dhankooda ayuu eegay. "Si kasta oo aad wax u barato!" Ninkii ookiyaalaha goobaabane dahabiga ah gashanayaa ayuu dhankiisa eegay. "Haddii aadan fahmin sida qabiilooyinku u dhisanyihiin, waligaa siyaasad wax ka ma qaban kartid."

Hadalka ninka ujeeddadiisa ma aan garan laakiin wax uun baa iiga baxay.

"Haddaba, waxaan doonayaa in aad aabbahaa adiga oo aan hadalka ka dhex gelin si fiican u maqasho. OK?" ayuu yiri, isaga oo indhaha toos iigu haya. Abbe ayuu eegay. Aniguna inta madaxa u gundhiyay ayaan eegay aabbe oo isaguna isha igu hayay.

"Caliyow dhegayso," ayuu hadal ku blaabay. "Waan ogahay in aadan khudbaddayda ka helayn, laakiin waa in aad si fiican ii maqashaa caawa." Hadalkii ayuu joojiyay oo i soo eegay, bal in aan wax diidmo ah muujiyay iyo in kale. Innaba ma aan diiddanayan dhegaysiigiisa.

"Ku soo celin mayo ka sheekaynta sida xukunka dalkani yahay, sababtoo ah waad ka dheregsantahay." Wuu hakaday oo sabab aanan garanyn hahreeraha u eegeegay. "In kugu filan maqashay laakiin si waafi ah u MA aad FAHMIN." Mar kale ayuu hakaday. "Mid baase jirta aan doonayo in aad ogaato," mar kale ayuu hakaday, oo raggii eegay, bal in ay warkiisa la dhacsanyihiin iyo in kale. Dhammaan madaxayada ayaa loo ruxay. "Arrimuhu... faraha ayay ka sii baxayaan!" ayuu aabbahay hal mar la soo booday. "Dalkanina burbur ayuu qarka u saaranyahay." Indhahayhayga ayuu eegay, si uu u hubiyo in aan si fiican u dhegaysanyo. Dareenka wajigayga ka muuqday isma beddelin, illeen wax cusub ma aan maqal e. waligiis wuxuu oran jiray dalku khatar xoog leh ayuu gelayaa. Waxa oo aan aniga marna ii muqan. "Waa iga dhab hadde!" Hadalkiisii ayuu sii watay. "Dagaal sokeeye ayaa ina ku soo fool leh. Goor aad u dhow."

"Oo arrinta oo dhammiba waa intaas!" Culays ayaa iga degay. "Yaa dagaallamaya?" ayaan warsaday. La ii ma jawaabiye dhammaan waa la wada qoslay.

"Maxaa lagu qoslay?" ayaa wayddiiyay, aniguna waan dhoollacaddeeyay, maadna iga ma ahayne khajilaad dabbaalnimo ayaan dareemay.

"Waxaa lagu qoslyaa in aanad xataa macnaha dagaal sokeeye garanayn," ayuu iigu jawaabay aabbahay, isaga oo ay meel xun ka marayso oo aan libiqsanayn.

"Waan ogahay in laga wado laba qabiil oo dagaallamaya. Laakiin ma wax wayn baa? Sow tii mar kasta la diriri jiray ayaan ka wadaa."

"Laba ama saddex qabiil ka ma hadlayo e waa dalka oo dhan. Waxaa dhici doona dagaal sokeeye oo qof kasta oo ina ka mid ahi ka qaybqaadan doono. Ma fahmaysaa waxa aan ku leeyahay?" Sidee u fahmaa waxa uu i leeyahay? Wuxuu ii sheegayaa in aan ku khasbanaan doono in aan deriskayga la dagaallamo. Ama millatariga. Ama cid uun.

"Waxaan ka wadaa Daarood iyo Hawiye ayaa dagaallami doona! Ma fahantay hadda?" Codka ayuu kor u qaaday. Hawiye iyo Daarood ayaa dagaallamaya? Maangalnimo warkiisu ka fogaa markan.

"War ma fahmaysaa waxa aan ku leeyahay?" ayuu ku celiyaya, isaga oo aan wali libiqsanayan.

Odayaashii hareeraha iga fadhiyay ayaan eegay, si aan aabbahay indhaha u kala duwanno. Dhammaantood aammusnaan iyo wajiyadooda oo aanu dareen gaar ahi ka muuqan ayay ka sinnaayeen.

"Afar iyo labaatankii saacadood ee la soo dhaafay ayay dawladdu dad shacab ah laynaysay," aabbe ayaa hadalkiisii sii watay. "Hawiyaha ayaan ka wadaa!" Dhammaantayo ayuu farta nagu soo fiiqay, isaga oo malaha na xusuusinaya in aan Hawiye ka dhalannay."

"U malayn mayo in aynnu waxaas sii dhawran karno. Waannu isdifaacaynnaa, halkaasna burbur ayaa ka dhalanaya!"

Annaga? Burbur? Ma aanan garanayn macnaha dhabta ah ay leeyihiin labadaa eray ee baas in aan waydiiyana ku ma aan dhiirran karin. Laxaw ayaa barkay saaqay isla markiiba.

"Oo maxay Hawiye iyo Daarood isu dagaalayaan!" ayaan warsaday.

"Sabadtoo ah Marreexaanku waxay laynayaan Hawiyaha kali ah."

"Oo marka dagaalku muu Marreexaan iyo Hawiye ku koobnaado? Macnaha, maxaa Daarood oo dhan meesha keenay?" ayaan iri, aniga oo shigshigaya isna leh xal wanaagsan ayaad iftiimisay.

"Sababtoo ah waxaa dhici karta in Daaroodku Mareexaanka difaacaan," ayuu yiri Xaaji Ismaaciil.

"In ay difaacayaan shaki ku ma jiro!" ayuu aabbahay kor u yiri.

"Oo sabab?" ayaan su'aalay.

Waa markii iigu horreysay ee aan u hanqaltaagay in aan wax ka ogaado xaaladda siyaasadeed ee dalkayga. Ma ahayn in ay xiise ii lahayd ee hadda waa tan la igu leeyahay waa lamahuraan in aan hadda qayb ka noqon doono. Haa oo waan dagaallami doonaa.

"Waxaan ka wadaa... tusaale ahaan, Majeerteen oo Darood ahi waa tii uu sannado badan la dagaallamayay Marreexaan oo ay Daarood wada yihiine, haddana ma waxaad i leedahay waxaa dhici karta in ay difaacaan! Iga ma degin taasi. Oo horta maxay u dagaallamayeen? Sow ma aha in ay sidiinna oo kale naceen siyaasadda dalka lagu xuxumo?" Fekerkayga ayaan u bogay oo fishay in hadalkaygu wax uun taro.

"Maxay ku la tahay in ay u dagaallamayaan?" Calasow ayaa i warsaday. Dhammaantood waxay ku qosleen waxa ay ku magacaabeen khabarmoognimadayda daacadda ah.

"Maandhow aan kuu sharraxo. Waa run in Majeerteenku la dagaallameen Mareexaanka, lakiin waxay u dagaallamayeen wax kale ma ahayne waa in ay iyagu xukunka qabsadaan. Waa intaa oo kali ah. Ka ma ay daggaallamayn caddaalad la'aanta e kali ah in ay awoodda la wraeegaan ayay rabeen, mana ay jeclayn in Hawiye si kasta oo uu u fiicanyahay beddelo dawladdan Marreexaanka ee musuqmaasuqa badan. Sababtuna? Waa walaalo! Way dhacdaa in ay dagaallamaan oo is necebyihiin, laakiin waligood cid aan iyaga ahayni in ay dalkan u taliso u ma oggolaanayaan!"

"Oo sababtaas ayay beelaha kale ee Daaroodku u difaacayaan dawladda Mareexaan ee musuqmaasuqu dilooday."

"Waa tabtaas!" Markan cod debecsan ayuu ku jawaabay, wajigiisana dareenkii cuslaa ka ma uu muuqan. "Afar iyo labaatankii saacadood ee la soo dhaafay lix iyo toban janan ayaa iscasilay. Badidoodu waa Hawiye iyo Isaaq waxaase ku jira dhawr Daarood ah. Dhawrka beri ee soo socdana waxaa la filayaa in qof kasta oo aan doonayn in uu Hawiyaha la dagaallamo uu sidaa yeelo. Hadda wax ma fahantay, wiilow?" Madaxa ayaan ruxay.

"Dagaal sokeeye," ayuu si deggan oo xariir ah u yiri.

Anigu hoos ayaan gebida u rogtay oo cagahayga eegay.

"Ma ku la tahay in dadku qaybsami doono, Faaraxow?" Xaaji Ismaaciil ayaa waydiiyay.

"Waxay i la ahayd in taasi waxay ku xirantahay sida hadba wax u dhacaan."

Waxaan ku farxay in odayaashu markan tooshkii iga leexiyeen. Intaan neeftirtay ayaan qolkii hareerihiisa eegay, sidii aan marti ku ahay. Meel gees ah waxaa yiil miis wareegsan iyo afar kursi oo alwaax ah oo ku hareeraysan. Waa meeshii aan wax ku akhrisan jirnay oo ku cuntayn jirnay, haddase waxaa laga dhigay miis cunto, sababtoo ah aniga iyo walaalkay Xasanba dugsiga sare waannu dhammaysannay. Dhanka kale oo ah halka aan hadda fadhino waxa yiil fadhi ka kooban afar kursiyuurur iyo hal kursijiif oo wayn. Derbiga waxaa surnaa dhawr sawirgacmeed oo rakhiis ah iyo sawirrada qoyska. Mid sawirrada ka mid ah waxaa ka muuqday qoyska oo dhammaan wada taagan meel doog leh. Waxaan u malaynayaa in la qaaday mar aan Afgooye dalxiis u tagnay. Sawir kale waxaa ka muuqday aabbahay oo iskujoog millatari ku labbisan, derejadadiisuna mijir tahay, kaas oo la qaaday wax yar ka hor intii aan ciidanka looga cayrin wax dawladdu ku magacawday 'khayaano qaran.'

"Oo maxay ah?" Xaaji Ismaaciil ayaa waraysigiisii sii watay. "Waxay ku xirantahay sida Madaxwaynuhu doorkiisa u cayaaro. Waxaan ka wadaa, haddii uu halkiisii ka sii miiso, waana hubaa oo tiisuu wadanayaa e, dadku laba garab ayay u kala jabi doonaan – Hawiye iyo Daarood."

Waxaan gaaray heer aanan sii dhegaysan karayn waxa la sheegayo. Saacad ii xirnayd ayaan eegay oo isku deyay in aan fadhigan ka cududrdaarto, laakiin aabbahay ayaa ujeedkayga gartay. Waa sidii aan waligay yeeli jiray, marka aad khudbadihiisa ka daalo.

"Caliyow, hadda waad iska bixi kartaa," sidaa ayuu aabbahay igu fasaxay. "Laakiin inta aadan bixin, waxaan doonayaa in aad mid kale ogaato." Odayaashii oo dhan ayaa mar kale i soo fiiriyay. Mar kale ayaan isnacay. "Ku oran mayo saaxiibbadaa ha u tegin, laakiin..."

"Kuu ma oggoli?...", waan ka dhex galay.

"Ilaahay amarki! War bal aan kuu dhammeeyee i sug." Codkiisii ayaa qolka oo dhan laga maqlay. "Ku ma lihi sidaa. Waxaan doonayaa oo kali ah in aad taxaddarto oo aanad qof kasta iska aamminin. Kubbad dambe ma jirto. Baarar caways aadid dambe ma jirto. Habeen dhafrid dambe ma jirto. Ugu yaraan bal inta xaalladdu degayso. Ma maqlaysaa?"

"OK" ayaan ugu jawaabay.

"Hadda waad bixi kartaa," ayuu igu yiri, isaga oo dhoollacaddaynaya. Odayga calooladayggiisa, isaga oo kuu sheegaya in uu toddobaad ka dib dhimanayo ayuu kuu dhoollacaddaynayaa! Qolkii ayaan ka baxay aniga oo aan kala garanayn in aan sadaashiisa rumaystay iyo in kale.

2

Labadaydii aayo, Canab iyo Fallis, iyo Muna, iyo labadii wiil ee walaalahay ahaa waxay joogeen daaradda. Muna xaaqin dheer ayay dhulka ku xaaqaysay. Canab sideedii ayay daabac tolaysay. Fallis martida qolka fadhiga ku jirtay ayay shaah u diyaarinaysa. Labadayda walaal ee yaryarna daaradda ayay hadba dhan u cararayeen. Midkood dareen xun ama caro sida ragga qolka fadhiya ka ma muuqan. Intaasiba waa wax lagu nafiso.

"Axmadow biyo ii keen," ayaan ku iri walaalkay yar oo meel halkii Canab wax ku tolaysay u dhow dhulka fariistay. Sida aan u dhididsanaa, waxaan dareemayay ciida oo lugahayga ku dhegdhegaysa markii aan fariistay.

"Waan kuu keenayaa!" ayuu yiri Naasir, labadoodiina waxay ku ordeen qaboojiye qolka Muna yiil.

Gurigeennu wuxuu ka koobnaa shan qol. Marka ganjeelka laga soo galo, laba qol ayaa u soo horreeyay. Kan bidix Fallis ayaa degganayd kan midigna Canab. Qolka Fallis waxaa ku dheggaana qolka fadhiga iyo kayga oo lahaa laba albaab oo mid dhanka daaradda gudaha ah u furmo midna dibadda iyo waddada ugu furmo. Qolka Canab waxaa ku qabsanaa mid ay wadaageen Muna iyo carruurtu. Qolalka oo dhammi waxay u qoolaabnaayeen sidii afargees dhinac maqanyahay. Bannaanka shantaa qol u dhexeeya waa daarad. Daaraddu sida qolalka u ma kabbisna oo waa ciid korna ka ma dadna. Waa goobta carruuruhu ku cayaaraan, badanaana waa jikada cunnada lagu karsado.

"Anigaa keenay! Anigaa keenaya!" Carruurtii oo midkiiba galaas biyo ah sido ayaa soo laabtay.

Naasir ayaa daaradda ku kufay.

"Adigaa qaladka leh!" Hooyadiis ayaa igu qaylisay.

"Hadal ku ma celin. Galaaskii biyaha ahaa ayaan Axmad ka qaatay oo Muna u yeeray. "Furayaashaydii ii keen."

"Haye," ayay iigu jawaabtay oo qolkeeda gashay. Iyadaa badanaa hayn jirtay furayaashayda marka aan kubbadda aadayo sababtoo ah waxaan ka biqi jiray in ay iga lumaan, sidii dhawr mar oo hore igu dhacday.

Nasiib wanaag, yarkii kufay dhaawac ma gaarin Canabna warkii ma sii wadwadin.

"Anigaa galaas kale oo biyo ah kuu keenaya," ayuu yiri oo qolkii Muna ku cararay haddana.

"Hoo," ayay tiri Muna oo furaha ii dhiibaysa.

"Mahadsanid," ayaan ku iri oo u istaagay in aan qolkayga furto.

Aniga oo dhan sida daaradda oo kale ayaa wada ciid ahaa. Aniga oo iska jafaya ayay walaalkay yare iyo Muna igu qosleen.

"Waxaad u egtahay qof qabri ka soo baxay!" ayay tiri Muna oo darbi ku tiirsan.

"Goormaad aragtay qof qabri ka soo baxay?" ayaan waydiiyay. Intii aanay ii jawaabin ayuu Naasir oo galaaskii biyaha ahaa la

ordaya soo laabtay. Markan la ma uu kufin.

"Hoo biyaha, Caliyow."

"Mahadsanid Naasir. Aad ayaa u mahdsantahay."

Aniga oo yarka dhunko is leh ayuu qof ganjeelka soo garaacay. Naasir ayaa ku orday in uu ka furo.

"Ha furin! Ha furin!" ayay Canab ku qaylisay.

Wiilkii isaga oo naxay ayuu istaagay. Si caro leh ayaan dhankeeda u fiiriyay. Qolkaygii ayaan iska aaday oo albaabka furtay, iyaduna waxay u kacday in ay ganjeelka soo furto.

"Cali ma joogaa?" ayuu qofkii yimid warsaday. Waan gartay codka saaxiibkay Muuse.

"Haa, wuu hurdaa," ayay tiri aayaday.

"Waa been!" Qolkaygii ayaan ka dhex qayliyay oo soo baxay. "Ma hurdo!" Qolkii ayaan bannaanka uga soo baxay. Canab si nac leh ayay dhankayga u soo fiirisay markii aan u soo dhawaaday.

"Caliyow bannaanka ha u bixin, waad ogatahay oo aabbahaa ma oggolee," ayay igu la talisay. Aniga oo is leh waxba ha ii sheegin ku dheh ayay sidii ay u hadlaysay beddeshay.

"Ok. Waan ogahay in aanan shqo ku lahayn laakiin waan kuu naxayaa uun," ayay tiri.

"Haye Muuse! Ma fiicantahay?" Saaxiibkay ayaan waraysi ku bilaabay.

Labadeenniiba ganjeelka ayaannu ka bxnay.

"Iska warran adigu?" ayuu i warsaday isaga oo sii fariisanaya xatabadda albaabka dibadda ah ee qolkayga.

"Waan fiicanahay. Fiican." Aniga oo fariiso is leh ayaan xusuustay in albaabka bannaanku xiranyahay. "I sug wax yar Muusow albaabka ayaan gudaha ka soo furayaaye."

"Haye."

Guriga ayaan ku noqday oo intaan qolkaygii soo galay albaabkii gudaha furayaashii ka la soo baxay. Shukumaan sariirta saartaa ayaa soo qabsaday oo albaabkii dibedda furay Muuse oo xatabaddii fahiya.

"Haye. Xaggee maanta jirtay? Maxaad u imaan wayday?" ayaan waydiiyay aniga oo dhiniciisa sii fariisanaya. "Waad ogayd in si aannu u badinno adiga isku kaa hallaynaynnay. Muuse weerayahankayaga ugu wanaagsan ayuu ahaa ee mar kasta goolasha noo dhaliya.

"Wax kale ha inoo dambeeyeene," ayuu yiri intuu gacanta kor u qaaday. "Maxay ku dhammaatay cayaartii?"

"Innagaa badinnay?"

"Waa kaa warku!" Wuu farxay. Waan dhoollacaddeeyay.

"Intee la kala dhaliyay?"

"Hal iyo eber." Intaa waa la kala dhaliyay laakiin waxa aanan u sheegin in aan cayaartii la dhammaysan.

"Faaruuq baa goolka dhaliyay!"

"Ma aad garan." Mar kale ayaan dhoollacaddeyya. Muuse wuxuu ahaa wiil aad u wanaangsan oo aannu kaftanno isna dhiirrigelinno.

"U kaadi," ayuu yiri intuu mar kale gacanta kor u taagay.

"Aan mar kale isku dayo."

Inhdaha ayuu isku qabsaday.

"Liibaan!"

"Ku noqo mar kale." Indhahayga ayuu eegay,

"Adiga!" Waan dhoollacadeeyay.

"Waan iska ogaa!" intuu istaagay ayuu madaxa iga dhunkaday. "War waan ogaa yaakhay!"

Qof ayaan ganjeelka furay. Waa dhawrnay, mase waa Muna. "Wiilalow shaah ma rabtaan?" "Haa, fadlan," ayaan ku iri.

"Maanta maxaad u imaan wayday?" ayaan waydiiyay Muuse markii Muna naga tagtay.

"Waa sheeko dheer saaxiibow," ayuu si murugo ku dheehantahay u yiri. "Waad ogtahay oo waayeelku wax kasta wax bay buunbuuniyaan."

"Ma garan e ii balballaari."

"Waa idin kaa wiilalow," ayay tiri Muna iyada oo laba koob oo shaah kulul ah sii dhigaya meel dhinacayga ah. Gabbalku wuu sii madoobaanayay.

"Mahadsanid Muna," ayuu ku iri.

"War Muusow maxaa jira?" ayaan waydiiyay oo koob shaah u dhiibay.

"Wax ma luguu sheegay?" ayuu i waydiiya.

"Wax sidee ah?"

"Ma aqaan...macnaha...waalidkaa ma waanay wax kuu sheegin?"

Max laguu sheegay! Dareen baa i galay. Ma wuxuu ka hadlayaa waxa aan malaynayo? Waan la yaabay.

"Waxaan ka wadaa, wax siyaasad ku saabsan?" ayuu raaciyay. "Ma hubo. Sabab?"

"Macnaha...waxaan 'dagaal sokeeyey' la leeyahay."

Erayga 'dagaal sokeeyey' ayaa dhegayhayga ku labadhacay. Alla waa run! Wixii aabbahay sheegayay oo dhan malaha waa run! Dadka ha wada aamminin! Hawiye iyo Daarood baa is haya! Alla!

Muuse ma ahayn Daarood kali ah ee wuxuu ka ahaa Marreexaan. Ma aammini karaa? Waan la yaabay!

"Aabbahay wuxuu igu yiri hadda ka dib bannaanka ha u bixin." Cabbaar buu i fiiriyay. Indhihiisa cabsi ayaan ka dareemay.

"Aabbahayna isla sidaa ayuu igi yiri!" ayaan ku iri. Laakiin waa maxay sababtu? Waan is waydiiyay aniga oo shaahii kululaa fiiqsanaya. Dagaal sokeeye?

"Kolley waad ogtahay waxa socda?" ayuu si jiirnax leh ii waydiiyay. "Waxaa u jeedaa USCda iyo Dawladda?"

"USCda?" ayaan waydiiyay. Magaca hore waan u maqlay laakiin ma xusuusto waxa laga waday.

"In aabbahaa ka mid yahay aasaasyaasha USCda" "Aabbahay? Xubin ka mid ah aasaasayaasha?" Waan amba

day, gebi aahnba. "Bal ii kaadi! Marka hore ii sheeg waxa USC tahay?"

"Waa jabhad Hawiye oo mucaarad ah oo dhawr sano ka hor Rooma lagu aasaasay. Waxay qorshaynayaan afgembi."

"Ma Rooma ayaad tiri? Aabbahay waligiis Rooma ma tegin." Waan istaagay.

"Haa, wuu tegay."

"Goorma?" Waxaan xusuustay mar labao sano ka hor aabbahay Jarmalka aaday. Saaxiibkay malaha way ka khaldantahay.

"Waligiis Rooma ma tegin. Jarmalka ayuu aaday."

"Ka dibna Talyaaniga."

Waa arrin muggeedda lehe! Waxaan is iri ninku ma saxanyahay! Waxaan kaloo is iri aabbana miyuu saxnaa! Ninku ma reerkeennna ayuu baaritaan hoose ku hayay! Sidee buu waxaa oo dhan ku ogaaday? Talyaaniga waxba iga ma gelin e sidee buu ku ogaaday in aabbahay Jarmal jiray?

"Oo sidee ku ogaatay?" ayaan waydiiyay, aniga oo toos u fiirinaya indhihiisa fiigsan. Si ay ahaataba, wali saaxiibkaygii ayuu ii la ekaa. Ii MA AHA cadow.

"Hooyaday iyo aabbahay ayaa ii sheegay. Laakiin waa sir culus."

"Oo maxaad iigu sheegtay marka?" "Saaxiibkay ayaad tahay."

"Muuse! Muuse!" Qof ayaa u yeeray. "Bal kaalay!"

"Haye!" ayuu yiri. "Waa hooyaday. Halkan in aan joogo ma rabto. Waa inoo mar kale." Wuu istaagay, shaahii laba kabbo oo waaywayn ku dhuftay, oo dhaqaaqay.

"Goorma?" ayaan ka daba tuuray intii aanu tegin.

"Ma aqaan!" ayuu ii soo dalfiyay oo mugdigii ku mirqay. Muusee Daarood buu Marreexaan ka ahaa, qof ahaantiisana saaxiibkay aannu isku dheernahayna wuu ahaa. Qoyskiisa sannado badan ayaannu deris ahayn. Waannu isla kornay, iskuul wada dhigannay, muddo dheerna saxiib ahayn. Waligeen sir ma aannaan ka la qarsan. Muuse hooyadiis oo garoob ahayd ayuu la noolaa. Islaan wanaagan oo deriska oo dhan qaddariyaan ayay ahayd. Aabbihiis kornayl ciidammada ka tirsan buu ahaa. Wuxuu ahaa Abbaanduulaha Qaybta 54aad ee Gobolka Bay oo ilaa 150 kiilomitir magaalamadaxda u jira. Xaas iyo carruur kale ayaa halkaa u degganaa.

Badanaa mugdiga waan ka helaa laakiin habeenkan ku ma haysan. Dabaylina way dhacaysaye waxaan door biday in aan qolkayga galo oo iska nasto. Albaabkii dibadda ayaan soo xiray oo daaqad furay, muusig wanaagsanna shitay. Waaxaan hor istaagay sawir darbiga surnaa. Waa sawir sannadkii hore la iiga qaaday isbitaal dhexdiis, mar aan kubbad aan cayaarayay lug kaga jabay.

Waxaan ku jabay dagaal aannu koox kale la galnay, ka dib markii go'aan arbiitaruhu gaaray la isku qabsaday. Sawirka waxaa ka muuqday aniga oo sariir wada cad ku fadhiya Aabbana dhinacayga fadhiyo, isaga oo madaxa gacanta iga saaray. Labadeennuba waannu dhoollacaddaynaynay. Aniga oo caqli adeegsanaya ayaan u soo dhawaaday oo wajiga aabbahay ee dhoollacaddaynaya aad u fiiriyay, sidii aanan hore u arag.

"Ma run baa?" ayaan waydiiyay. "Ma dhici kartaa in aad sida saaxiibkay sheegayo ka mid tahay aasaasayaalka USC?"

Waan ogaa in aabbahay Dawladda necebyahay laakiin waligay isma oran wuu ku nacasoobayaa in uu magaalamadaxda dhexdeeda ka aasaaso jabhad. Waa fal aad u khatar badan, taana loo sheegi maayo oo cid kasta isagaa ka yaqaan. Wax badan laga ma joogo markii uu afar sano oo xarig ah soo dhammaystay, Ilaah kali ah uun baana ku cilmi leh dhibtii qoyska ka soo martay xariggiisa!

"Mar kale baxar ha na gelin yaah!" ayaan ku canaantay sawirkii.

Sawirkii ayaa ka hor leexday oo sariirta isku tuuray. Isla markaa waxaan maqlaya dad hadlaya oo codkoodu daaqadda dibadda iiga soo galay. Kolley waa waddada meesha ay ka hadlayaan ayaan is iri. Waxay i la noqotay in aan maqlay cod kii aabbahay u eg. Sariirtii ayaan ka soo booday oo dariishadda fiiriyay. Waa aabbahay oo saaxiibbadiis sii macasalaamaynaya. Kursi ayaan soo jiitay oo dariishadda ka daawaday raggii oo sii socda. Nac baan u hayay. Shan aabbahay ku jiro ayay ahaayeen. Xaaji Axmad iyo Xaaji Ismaaciil waxay u kala dhaqaaqeen guryahoodii. Calasow iyo ninkii ookiyaalaha dahabiha ah gashanaa waxay raaceen FIAT 132. Hadalkooda waan maqli karay laakiin way igu adkayd in aan fahmo waxa ay ka hadlayeen. Hummaagyadooda waan u jeedaa waase gudcur. Nalka daaqadda ka baxsaday ayay xoogaa madaxyadooda in lagu karan karo ii iftiimiyay. Calasow ayaa gaarigii kiciyay oo aabbe nabadgelyayn gacanqaaday. Markaa ayuu i arkay oo kor salaan iiga kacahaadiyay. Saddxeda kalana mar bay xaggayga soo dhugteen. Dhoollacayn ayaan iska doonay oo gacanta u haadiyay. Way dhaqaaqeen oo dhankii laamiga beegsadeen.

Waxaan u fiirsaday aabbahay oo guriga ku soo laabanaya. Wuxuu xirnaa macawis, garan, iyo shukumaan garbaha u saarnaa. Mar kasta oo uu guriga joogo intaa ayuu qaadan jiray, subixii marka uu quraacanayo iyo galabkii marka uu guriga ku soo laabto. Waxa uu kaga nasan jiray shaqadii iyo iskujooggii shaqada maalmeed. Albaabkayga guduhu ma xirnayne wuu riixnaa halkaana waxaan ka arki karay aabbahay oo ganjeelka soo xiraya markii saaxiibbadiis tageen. Intii uu qolalka hurdada xaasaskiisa mid aadi lahaa, sidii caadadu ahayd hadba tii tookada leh, ayuu qolkaygii soo abbaaray. Aniga oo wali kursigii dariishadda fadhiya ayuu ii soo galay. Aabbahay badanaa qolkayga ma soo geli jirin. Qolka fadhiga ayuu iiga yeeri jiray marka uu wax iiga baahdo.

"Hooddi dalaq!" Sidiisii ayuu u dhoollacaddeeyay. Waxaa iga yaabisay sida uu isaga dhoollacaddaynayo isagoo baxarka intaa le'eg ku jira!

"Haye," ayaan iri oo sii jeestay. Waxaa ii muuqatay haweeney iyo saddex carruur ah oo waddada gurigeenna hor marta lugaynayaa.

"Isku ma san bannaanid maandhow!" ayuu yiri isaga oo albaabka taagan.

U ma jawaabin. Soo galna ma oran e wuu iska soo galay oo sariirtii Xassan oo iga dambeysay ku fariistay. Aniga sariirtaydu badanaa meel laga fariisto ma lahay oo waxaa dul dhoobnaan jiray dhar, joornaallo, cajalado iwm. Waxaygaa isu kay dhex daadsan ayaan jeclaa, mar kastana booyaasada waxaannu isku qabsan jirnay waxan aan caadaystay. Sawirkii darbiga surnaa ayaan mar kale eegay. Waxaan xusuustay waagii aabbe ku xirnaa Xabsiga Laanta Buure, isaga oo gashan dhar xabsi oo caddaan fool xun ahaa. Sidii aannu shaqaba gadaashiisa uga la hadli jirnay. Sidii askartu mar kasta isha noogu hayeen ee u dhegaysan jireen waxa aannu isu sheegayno. Waa baas buu ahaa. Waxaan xusuustay beryihii aannu 24kii saacadoodba mar kali ah wax cuni jirnay, haddiiba aannu nasiib yeelanno. Sidii ay noo badbaadiyay Xaaji Axmad iyo Xaaji Ismaaciil iyo dad kae. Wax kasta oo intii aabbe xirnaa nagu dhacay ayaa xusuustayda ku soo maaxday.

"Maandhow, aabbe," gacantuu ii soo fidiyay. "Waad ooyaysaaye?"

La ma hadlin. Waan sugay.

"Waligaa Talyaaniga ma tagtay?" ayaan dirqi ku karay in aan waydiiyo, caabbaar aan aammusnaa ka dib.

"Talyaaniga aa!" Sidii uu la yaabay ayuu u yiri.

"Waad maqashay waxa aan ku iri e waligaa Rooma ma tagtay, magaalamadaxda Talyaaniga?" Cabbaar buu hadalku ka soo bixi waayay.

"Yaa kuu warramay?" ayuu cod hoose igu waydiiyay. Waxaan is iri kolley codka baqdin u ma uu gaabin.

"Ma tagtay?" ayaan ugu celiyay. Labadaa eray ayaa qolkayga dhexidiisa jabaqdoodu ku labadhacday.

"Is deji!" ayuu cod hoose laakiin fasiix ah ku yiri. Albaabkii riixnaa ayuu jalleecay. "Haa, laakiin waxa aad malaynayso u ma tegin. Ha walwalin waxba igu ma dhacayaane."

"Ha walwalin aa! Oo maxaan kaloo sameeyaa?" Markaa ayaan ogaaday in aan qaylinayay, sababtoo ah afka ayuu gacan iga saaray si uu ii aammusiyo. Gacantiisa oo qaboobayd ayaan iska leexiyay.

"Ma farxad ayaad iga sugaysaa aniga oo og in mar kale xabsi lagu gelinayo? Anigu...Ma...." Hadlkii ayaan sii wadi waayay. Cunahaa caro i la xirmay. "Waxay ku la tahay in aan caqli badantahay oo dadka kale aanay waxba kala ogayn? Adigu..."

"Sidaad moodday ma aha. I aammin, waxba igu ma dhacayaan." Cabbaar aan yarayn ayuu toos ii fiirinayay ka dibna wuxuu raaciyay, "Xaggee waxan ka soo soo maqashay?"

"Ma in aanay cidna kaa war hayn ayaad moodeysay?" "Maya," ayuu si kalsooni leh u yiri. "Maya, innaba. Waa la wada ogyahay USC waxay tahay iyo awooddeeda." Sariirtii ayuu ka istaagay oo intuu kursi kale soo jiitay dhinacayda soo fariistay.

"Oo adiga ma waxay ku la tahay in aan wax fiican samaynayso?" "Haa, dabcan." Wuu dhoollacaddeeyey.

Odagani xaalad kasta oo lagu jiro dhoollacaddayn ayuu kaga baxayaa. Waxaan xusuustay sidii uu ilaalada xabsiga ugu dhoollacaddayn jiray marka uu ku yiraahdo kor u hadal ha lagu maqlee. Waxaan xusuustay sidii uu dhoollacaddaynayay markii xabsiga laga soo daayay, annaga oo aan haysan wax aannu cunno.

"Innagaa nolol kaga dambayn," ayuu oran jiray isaga oo dhoollacaddaynaya ilmihiiuna gaajaysanyihiin. Waligiis ma quusan.

"Maxaad arrimahan iigu sheegtay hadda?" ayaan waydiiyay. Oohintii waan joojiyay hadda.

"Ma USCda?" Wali wuu dhoollacaddaynayay. "Ma adigaa i maqli lahaa?"

U ma aan jawaabin, illeen jawaabba u ma hayne. "Kolleyba waxaa ii qorshaysnayd in aan kuu sheego." "Goorma?"

"Hadda," ayuu yiri. "Waa sababta aan qolkaaga kuugu imid." Shukumaankii ayuu sariirtayda saartay. "Laakiin maadaama aad saaxiibkaaba ka maqashay, aan kaaga sheekeeyo waxa ka dhab ah USC iyo mowqifkeeda hadda iyo mustaqbalkaba."

Aad ayuu indhaha ii la raacay, aniguna si taxaddar leh ayaan warka uga sugay. Sidee buu ku ogaaday in Muuse ii warramay? Waan la yaabay! Waxaan sugi la'aa waxa uu ii sheegi doono? Ma wuxuu ii sheegi doonaa in berri ay dagaal sokeeye bilaabi doonaan? Mase wuxuu ii sheegi doonaa in ay mar kaloo dambe bilaabi doonaan? Naftayda ayaan hiifay. Maxaa meesha ku keenay ayaa i qabatay.

"Dhegayso Caliyow," ayuu ku bilaabay. "Waxaa jira waxyaalo sheeggan oo ay tahay in dadku u noolaadaan, u dagaallamaan, ama xataa u dhintaan." Wali indhaha iga ma uu qaadin. "Xorriyaddu waa shayga kali ah. Waana..."

"Ma ka mid tahay aasaasayaasha USC?" ayaan waydiiyay. "Haa," ayuu si geesinnimo eh ugu celiyay. "Laakiin taasi mac
ne ma laha. Xubin baan ka ahayd, sidaada adiguba uga tahay. Qof kasta oo Hawiye ah ayaa leh."

Xubin aa? Waa warkii iigu qaabka darnaa ee aan galabtaas maqlo. Hadda dhacdooyinka la maleegayo daawade ka ma ahi! USC ayaan xubin ka ahay! Tabtaa aabbahay u sheegayo ee isaguba xubin uga yahay! Aragaggax baa i saaqay neecaw qabow oo degdeg daaqadda uga soo dhacaysayna waxay isu beddeshay hanfi kulul. Waxaan niyaystay in dhulku dalooshamo oo i liqo intii aan jabhaddaas ka mid noqon lahaa. Nasiibdarradayda, dhulkii diid in uu i liqo!

"Hawiyaha oo dhaami way ka tirsanyihiin, mid raba iyo mid aan rabinba," ayuu ku sii adkeeyay.

"Laakiin anigu ma rabo in aan ka mid noqdo," ayaan iri, aniga oo calooshu i gaddoomayso. Wax aan waydiiyo iyo wax kale ayaan garan waayay. Waxaan ka baqayay in aan mawduuc kale oo argaggax leh isku faarfaaro. "Ma doonayo in aan ka mid noqdo," ayaa ku celiyay oo indhahayga ilmadu ku taagtaagantahay la jeestay.

"Hadde ma waxaad ka jeceshahay in aad sidii maxbuus u noolaato? Yaah! I soo fiiri!" Wajigaygii wada qoyanaa ayuu soo jeediyay si uu ii arko. "Ma sidaa ayaad ka jeceshahay?"

"Xorriyad!" Furkaan tuuray. "Yaa yiri xor ma ahi?"

"Haddii aad xor tahay caawa ma cabsateen! Ka ma baqdeen in la i dilo! Sow ma aha?"

U ma jawaabin.

"Ma cabsan lahayd?"

U ma jawaabin.

"Ma cabsan lahayd?" ayuu ku celiyay. "Waxaasi xorriyad ma aha! Waa addoonsi!" Aammus ayaa ka dhacay.

"Xorriyadi waa in aad si kasta xor u tahay!" ayuu haddana hadal ku bilaabay. "Xorriyadi waa in waxaad doonayso oran karto. Dooran karto waxa aad doonto. Diidi karto waxa aad diidayso." Wuu hakaday haddana. "Dawlada si caddaan ah dadka hortooda wax ma uga sheegi kartaa? Ma heli kartaa waxbarasho haddii aadan aqoon qof Dawladda ku jira? Shaqo ma heli kartaa? Ilaah baan kugu dhaarshaye, waxaan dambiile ku noqday kali ah inaan Hawiye ahay! Sow ma aragtid?"

Oohintii horta waan joojiyay. Cabsidii hore way iga ba'day. Waan ogaa in uu saxanyahay laakiin waxaan jeclaan lahaa si ka duwan sida wax u dhaceen. In aan maskaxda ka sahqaysiiyo waan damcay laakiin kari waayay.

"Ma sidaa ayaad rabtaa in aad waligaa u noolaato?" ayuu i waydiiyay.

"Maya, laakiin..."

"Carruurtaada ma waxaad la doonaysaa in ay sidaa ku noolaadaan?"

"Maya, laakiin sidee ku la tahay in wax lagu xallin karo?" "Waa in aannu u dagaallannaa xuquuqdayada, sidii aan horaba marar badan kuugu sheegay."

Mar kale ayaa ammusnaan la maciinsaday.

"In aad dhimataa dhaanta ku noolaanshaha nolol geeridu dhaanto." Markaa wuu joojiyay in uu hadalka kor u qaado. Gebida ayaan rogtay oo cabbaar ka fikiray. Wuu i dhawray. "Yaynnu la dagaallamaynnaa?" ayaan waydiiyay. "Dawladda," ayuu yiri, ka dibna wuxuu raaciyay, "iyo sida dhici karta Daarood." Aniga oo hadal soo wada ayuu iga dhex galay.

"Waan ogahay in aadan jeclayn sidaa." Wuu hakaday. "Aniguba ma jecli. Ujeedka USC ma aha. Laakiin jid kale noo ma furna haddii Daaroodku difaacaan Dawladda Marreexaan. Waannu la dagaallamaynnaa! Waannu la dagaallamaynnaa cid kasta oo taa iksu dayda!"

"Laakiin haddii aanay USC damacsanayn in ay la dagaallanto Daarood, maxay urur Hawiye u tahay?

"Sababtu waa in ay tahay sida kali ah ee aannu urur ku samaysan karno."

"Sidee ku dhacday?"

"Sababtu waa in aannaan is aamminayn."

"Laakiin suuragal ah ma aha in aad dawlad la dagaallanto adiga oo qabiil ah."

"Sabab?"

"Hadde labadeennuba waynu ognahay in aynnaan dawlad la dagaallami karin. Hub ma haysanno, sida dawladdana ciidan badan ma lehin.

Xusuuso inta nin cagli badan isku deyay. Dhammaan way ku guuldarraysteen. Maxay ku la tahay sababta ay u guuldarraysteen?" "Aan ku horreeyee, tani dawlad ma aha. Waa qabiil dalka xukuma. Waa midda labaad e, ciidankeeda badankiisu waa Hawiye. Tan saddexaadna, annagu ma raacaynno waddadii kuwii isku deyay ee ku guuldarraystay."

"Sidee?"

"Istiraatiijiyado ka duwan ayaannu leennahay." "Sida?"

"Taas halkaan isaga waraysan maynno." "Laakiin tusaale uun i sii!"

"Ka dagaallaami maynno uun gobollada fog ee dalkee halkan caasimaddana waannu ka dagaallamaynnaa."

"Goorma?"

"Adaa iska ogaan doona?" Wuu istaagay. "Hadda," ayuu yiri oo shukumaankiisii dhufsaday. "Iska seexo hadda."

"Hal su'aal oo kale! Ma ogtahay in boolisku ku raadinayo haddaba?" Waxaan rabey in aan ka naxiyo.

"Maya wali," ayuu si aan danayn lahayn u yiri. "Habeen wanaagsan." Madaxa ayuu iga sii taabtay oo albaabka ka baxay. "Rag iska dhig!" ayuu dib iigu soo tuuray.

"Ma rabo in aan rag iska dhigo," ayaan ka talactalac siiyay.

3

Qoys toddoba ah ayaannu ahayn oo magaalada oo dhan ku kala nool, ama dalka oo dhan aan iraahdee. Aabbaahay xaasas badan ayuu guursaday, kuwana wuu furay. Waxaan "badan" u leeyahay waa in aan aanan garanayn inta mar ee uu guursaday. Wuxuu sheegay in ay toban ama laba iyo toban mar oo kali ah yihiin, laakkiin ayeyday waxay sheegtay in ay siddeed iyo toban ka badnaayeen. Sababta uu intaa oo mar u guursaday, sida ay aabbahay la tahay, waa in dumarka uu guursaday madhalays ahaayeen ama dabeecad xumaayeen. Waxay sababuhu ahaayeenba, ma eedaynayo oo anigaa aqiin sida ay tahay la noolaanshaha qof sida aabbahay u madax adag, u talin jecel, saboolna u ah. Sidaa oo ay tahay, qof kasta wuxuu aabbahay u yiqiin nin daacad ah, shaqo badan, garaadkiisuu sarreeyo oo aan agtiisa lagu caajisin.

Waxay i la tahay waxa u sahlay in uu intaa oo goor guursado waa sharafta la la xiriiriyo sifooyinkaas kuwa u dambeeya, iyo in waayadii hore guurku qaali ahaa oo aanu ahayn kan hadda ee aan la iska doonayn boqol geel ah iyo fardo toona. Hase ahaatee, dadaalladiisa aadka u guuleystay ee uu ku helay haween uu guursado oo uu ku hantay qalbiwanaag, garaad, iyo saboolnimo, waxa uu dhalay afar ilmood kali ah, taa oo ay odayaasha beesheennu nasiibdarro ku sheegeen.

Aabbe wuxuu markiisii u horreysay ku guursaday da'da lix iyo toban, iyada oo faciisu ku dhibbanaa sidii ay nolosha u maarayn lahaayeen. Waxay ahaan jirtay in ay urursadaan xoolo tobaneeyo neef ah oo ay dhaqaan ilaa ay bataan oo dhawr boqol gaaraan. Markaa oo kali ah ayay ku fikiri kareen wixii Aabbe ku fikiray markii uu lix iyo toban jiray. In kasta oo uu xilli hore guursaday, hadda oo uu da' lixdanaad jiro ilmihiisa u wayni labaataanjir xataa ma gaarin. Marka walaalkiis ka yar loo eego, in kasta oo aanu guursan ilaa uu kow iyo labaatan jirsaday, dagaal qabiilna ku dhintay isaga oo soddox iyo afarjir ah, wuxuu dhalay sagaal ilmood oo kan ugu wayni hadda soddonjir ka waynyahay.

Waxaannu ahayn afar wiil oo aanay gabari tarraxin mid kastana hooyo gooni ahi dhashay, adeerro iyo eeddooyinna ma annaan lahayn maadaama aabbahay iyo adeer Maxamuud oo annaga oo aan arag dhintay ahaayeen carruurta kali ah ee waalidkood u badbaaday. Afarteenna aniga Cali aha ayaa ugu wayn. Toddoba iyo tobanjir ayaan ahay. Dhawaan ayaan dugsi sare ka baxay, sida loo badanyahay dalkaygana jaamacad ma aado. Xasan oo hadda dalka Kanada ku nool ayaa igu xiga. Siddeed bilood oo kali ah ayuu iga yaryahay, sabatoo ah aabbe wuxuu Xasan hooyadiis guursaday dhawr bilood uun ka dib markii uu hooyaday guursaday. Xasan hooyadiis waa Marreexaan, ehelo badan iyo saaxiibbana waxay ku lahayd dawladda. Waa sababta Xasan hadda Kanada waxbarashada u joogo. Jaamacadaha waxaa geli jiray ardayda waalidkood ama ehelkoodu dawladda meelo sare kaga jiraan, in meelahaas la gaaraana waxay ku xirmayn hadba qolada qofku yahay. "Hooyo Marreexaan ah yeelo aad jaamacadda gasahide, ama xataa Yurub waxbarasho u aaddide," ayuu aabbe igu oran jiray.

Tolaysigu waxbarasahda kali ah muhiim u ma ahayn ee dhab ahaan dalkan kayga aha waxba ma kala socon jirin la'aantiis, sharci iyo sharcidarraba. In lacag la yeesho, waxbarasho la helo, shaqo la helo, ama qof la xiro ama la soo daayo, in la dilo, la handado, la dhaco, la bililiqaysto, la kufasado, wasiir la noqdo...wad uun! Waxa kali ah qofku u baahnaa waxay ahayd in dawlad laga mid noqdo ama qof kuugu jiro. Nacamle ayaad u baahantahay. Haddii qofka kuugu jiraa aanu nacamle ahayn, galaas aad ka darsato iska daaye adigaaba baxar gelaya. Waa sida qoyskayaga hasyata. Aabbahay nacamle ma ahayn. Ciidankii gumeysiga ayuu ku biiray markii ugu horreysay ee uu magaalo yimid, bilowgii 1940meeyada. In askari la noqdaa waxay ahayd hab magaalada la isaga dabbaro. Wuxuu ku biiray ciidankii Soomaalida ee Talyaanigu xukumayay, sida uu sheegayna wuxuu ku soo baxay askari hawlkar ah, maskax badan, taa buu yiri way dhibtay Talyaanigii. Labadaa dabeecadood ayaa markii dambe aabbahay shaqadii ciidanka looga rukseeyay. Waxaa lagu eedeeyay in uu yahay kacaanle Talyaaniga liddi ku ah waana la xiray. Mar kale, sida aabbahay sheegay, wuxuu ka mid ahaa raggii u halgamay in ay dalkeenna gaarsiiyaan xornimo ay ahayd in aynnu hadda ku noolaanno; isla xornimada taliska hadda xukunka hayaa baaba'inteeda ku dhaqaaqay. Waa xornimada, sida aabbahay sheego, isaga iyo jaallayaashu markii ay nafta nafta u hureen soddon sano oo kali ah laga joogo. Haddii taariikhdii shaqo ee aabbahay dib loo raaco, wuxuu xornimadii ka dib mar kale ku biiray ciidanka Xoogga Dalka Soomaaliyeed. Markan askari kali ah ma uu ahayn e sarkaal buuxa ayuu noqday. Isaga iyo saraakiil kalaba waxaa jagooyin sharfan u dhiibtay dawladdii xorta ahayd ee 1960meeyadii. Sida aabbahay sheego, waa marka kali ah ee uu dareemay in dadaalladiisii uu dalkiisu u aqoonsaday. Aabbe waa uu jeclaa shaqada ciidanka. Maxayse kuugu taal, dawladdaasi ma si jirine! Taliska hadda jira ayaa beddelay oo waliba afgembi ku riday! Saraakiisii ciidanka ee daacadda u ahaa dawladii la riday badankoodii waa la laayay, qaar waa la xiray, kuwana waa la iska rukhseeyay. Aabbe kuwii la xiray ayuu ku jiray. Isaga iyo shan kale ayaa xabsiga laga sii daayay ka dib saddex sannadood oo ay xirnaayeen waxaana lagu khasbay in ay ciidanka dib ugu biiraan. Debcigiisa beloaragga ah iyo waxyaalo kale oo aanu waligiis ii sheegin ayaa sababay in mar kale shaqada laga fariisiyo oo la xiro. Markan dambe wuxuu xirnaa afar sano. Shan sano ka hor ayaa la soo daayay. Waagii la soo daayay ilaa hadda sir iyo saaqba ilbaadin iyo dabagal ayay dawladdu ugu haysay.

Axmad iyo Naasir waligood aniga iyo Xasan waxaan u haysannay in ay naga nasiib badanyihiin, sababtoo ah in hooyooyinkood, Canab iyo Fallis, aabbahay mar dambe oo aan fogeyn guursaday intii ay korayeenna gurigooda la joogeen.

Canab, xaasaka aabahy tan u wayn, sideenna ayay Hawiye ahayd, halka Fallis oo ka yarayd ay Daarood tahay, in kasta oo aanay beesha madaxda dawladda ah ahayn. Aayooyinkay dabcan ilmahooda waa ay jeclaayeen laakiin kuwa kale ma ay jeclayn. Sababta ma hubo laakiin badanaa way dhacdaa – gaar ahaan dalkayga – in aayooyinku ilmha aanay nimankooda u dhalin jeclayn, ilamahaasina aanay iyaga jeclayn. Waxaa jira oraahyo, maahmaahyo, heeso, iyo sheekooyin gaaggaaban oo caddaynaya xiriirka aan wanaagsanayn ee ka dhexeeya labadan dhinac, kuwaa oo dhammaantood aayooyinka eedda dusha ka saara. Xiriirkoodu wuxuu ku dhisanyahay nacayb, waxana aan u malaynayaa in fidnada oo dhammi ay salka ku hayso masayr iyo xisdi. Canab iyo Fallis ma ay jeclayn in aannu aabbe u dhawaanno, annaguna waxa aannu ku dadaali jirnay in aan agtiisa na la ka xigsan. Tusaale ahaan, waxaannu jeclayn in aannu aabbe la cuntaynno oo ragga soo dhex galno, si aannu u dhegaysanno sheekooyinka xiisaha leh ee aabbe ka sheekeeyo. Sheekaynta iyo aftahannimada ayuu caan ku ahaa. Waannu dhega adkayn, aayooyinkeenna si ay noo edbiyaan awooddooda oo dhan ayay adeegsan jireen, laakiin kuwo la karayo ma aannaan ahayd. Haddii ay na garaacaan waannu carari jirnay. Haddii ay na qadiyaan, cunno, lacag, ama wax kasta oo aannu nafta ku noolayn karno waa xadi jirnay. Sida kali ee ay nooga badin jireen waxay ahayd in inta iskaashadaan aabbe nagu dacweeyaan. Badanaa been ay karkariyeen ayay nagu dhagri jireen, laakiin way isu markhbeenaalayn jireen dambiga oo dhanna annagaa na la saari jiray. Marka aannaan iska difaaci karin beentaas baalasha leh, waxa aannu naf ka dooni jirnay in aannu u cararno hooyooyinkeen, saaxiibbadeen, ama eheladeenna meelaha magaalada ka baxsan ku nool.

4

Malaha way habboontahay in aan sheego xaqiiqo yar oo maad leh oo ku saabsan labadayda aayo. Haweenkaasi aad ayay u kala duwanaayeen marka kor laga eego, markase dhab hoos loogu sii eego sina u ma kala duwanayn. Canab waxay ahayd islaan dheer, dhuuban, midab furan, timo dhaadheer, aadna u af adag. Dad'da dhawr iyo afartan ayay jirtay, badanaana jirrooley ayay ahayd.

Waxaan u malaynayaa in cillaadaasi ahayd sababta aabbahay oori kale u guursaday, maadaama ay Canab dhicisay saddexdii goor ee ugu dambeeyay ee ay uur yeelatahay. Isku qabiilna waa aannu ahayn, Hawiye. Fallis muuqaalkeedu gebi ahaanba wuu ka duwanaa. Waxay ahyad dhawr iyo labaatan jir gaaban aadna u madow oo dhuubnaani ka fogtahay. Beelaha Daroodka middood ayay ka dhalatay. In kasta oo aanay sida Canab u hadal badnayd, haddana waxay isku darsatay arxan darro oo ay ku qariso jallaafoofin ay la aammusantahay. Waxay kale oo awood u lahayd in ay wax kaa dhaadhiciso. Waxaa jirtay mar ay igu tiri Aabbe u sheegi mayo in aad kursi jebisay haddii aad magaalada wax iiga soo iibiso. Waxaa maad lahayd sida labadaa islaamood ay aadka isugu fiicnaayeen.

Inta aan ka war qabo, aniga oo labadoodaba wax badan ka ogaa, waligood khilaaf ma dhex marin. Aniga iyo Xasan xataa waxa aannu gaarnay in aan qorshayaal sir ah u degno sidii aan isugu diri lahayn oo cadawnimo iyo hinnaase uga dhex abuuri lahayd labadooda, sababtoo ah waxa aannu khaati ka taagnayn sida ay nooga guuleystaan mar kasta oo aannu Aabbe u dacwoonno. Maxayse kuugu taal, si kasta oo aannu sigu daynay waan ku guuldarraysnnay in aan isku dirno.

Toddobaad ayaa ka soo wareegay markii aan wadahadalka aabbahay la yeeshay. Wax muhiim ah ma dhicin, marka laga reebo in habeenkaas xaalad degdeg ah lagu soo rogay guud ahaan magaalada, laga bilaabo saqda dhexe. Qofna waa in uusan ka bixin ama soo gelin magaalada. Ganacsiyada badankooda waa la xiray, cabsi darteed ama macaamiil la'aan. Ma aan bixin markaas ka dib, Muusana dib u ma arag. Waan fahansanahay in uu ku qasbanyahay addeecidda waalidkiis, taasina waxay ahayd dhab ahaan sababta aan aniguba uga gaaggaabsanayay lixdii maalmood ee u dambeeyay. Waxay ahayd abbaarta siddeeddii fiidnimo waxana aan ku jiray qolkayga oo ku dhegaysanayay idaacad qalaad oo aan ku sugayana inta cashada la diyaarinayo.

"Muna!" Waxaan wacay booyaasadii.

"Haa!"

"Maxaa ku dhacay cashadii?" ayaan ku iri oo ka soo kacay sariirtii aan dul iil.

Waan qaar qaawanaa, sidaa darteedna shukumaan ayaan ka soo qaatay sariirta agteeda oo garbaha ku tuurtay. Dibadda qolkii uga baxay daaradda aaday si aan u eego waxa gabadha ku dhacay. "Mase caawa casho ma jirto?" Waxaan soo istaagay daaradda. Waxaa muuqday dheri ku karsanaya birjikada dhuxusha lagu shido.

"Sabir lee, Cali," ayay tiri oo dherigii daboolka ka qaafday. "Dhawr daqiiqo oo kale."

"Digir?" ayaan ku iri cod cabasho leh. Waxaas ayay kariyaan ku dhawaad habeen kasta. Aabbahay wuxuu aamminsanyahay in digirtu aad u nafaqo badantahay, aniguse ku ma raacsani oo waxay ila tahay wax aan nah lahayn oo ur badan.

" Haa, digir," ayay tiri intay afka maroojisay iyada oo aniga i jilaysa.

"Naga tag!" Inta aan dhoollacaddeeyay ayaan qolkaygii ku laabtay.

Idaacaddii af Ingiriisiga ayaa dhammaatay waxaana soo galay af kale aanan garanayn, markaa ayaan radiogii demiyay. Idaacaddii dalka ayaan ka war doonay, mase kaba daran! Waxa ka baxaya heeso sidii caadada ahayd lagu ammaanayo Madaxwaynaha. "Beenalayaal!" ayaa niyada ka iri oo iska demiyay. Albaabkii bannaanka ee qolkayga ayaan furay oo xatabadda fariistay, si aan isu maaweeliyo. Badanaa waxa aan halkaa fariisan jiray marka aan ballan shukaansi leeyahay.

Aan idiin warramee, qolka kaygaa oo kale ah waxaa la yiraahdaa "iridbannaan." Wiilasha waxaa u roon in ay qolkaa degaan si aanay qoyska ugu dhibin saaxiibbadooda iyo gacalooyinkooda faraha badan. Cidina ku ogaan mayso marka aad hawlahaaga qabsanayso, illeen albaab kuu gaar ah oo aad ka soo gasho kana baxdo ayaad leedahaye. Jaranjaradii ayaan fariistay oo xabbad sigaar ah shitay. Waa mugdi oo jidcaddaha yar ee gurigayaga hor maraa ma lahayn ilays habeenkaas. Qoysasku albaabbada ama ganjeelooyinka hore dushooda ayay nalal ku xiran jireen laakiin habeenkaas wax helayba dhammaan way wada densanaayeen. Kaayaguna xataa habeenkaas waa uu densanaa laakiin sabatu waxay ahayd Aabbe oo mar kasta ka walwali jiray biilka korontada. Dad ayaa jidka hadba marayay. Badanaa waa dhallinyaro iscaashaqsan oo laamiga wayn gaadiidka dadwaynaha ka racaaya ama ka soo degtay. Waa waddada aan gabdhaha saaxiibbaday ah ku sii sagootyo marka ay doonayaan in ay gaadiidka dadwaynaha halkaa ka raacaan, haddii ay magaalda degmo kale ka deggenyihiin.

"Cali!" ayay ku dhawaaqday Muna. "Casho waa diyaar!"

"Qolkayga dhig!" ayaan cod dheer ugu jawaabay.

Tiiradii ugu dambeysay ee sigaarka ayaan ku afuufay mugdiga neecawda qaboobi ka dhacayso oo aqalkii Muuse bidix u jalleecay. Waa guriga xaafadda ugu qurxoon. Waa guri casri ah oo cadoo laba dabaq ah, qolal badan ka kooban, beer waynna leh, in kasta oo aanay dad badani ku noolayn. Laakiin u ma uu ekayn sidii lagu yiqiin ee ilayska badan iyo firfircoonida nololeed lahayd. Aammusnaan iyo mugdi ayaa isugu tegay. Xataa nalkii ganjeelkooda hore wuu densanaa. Waligood sidayada oo kale biil koronto ka ma walwali jirin. Waxa aan is iri Muuse ma in uu hore u seexdo ayaa lagu khasbay. Ku dhawaad habeen kasta waxa aannu fariisan jirnay xatabadda hore ee qolkayga oo ilaa goor dambe ku sheekaysan jirnay. Badanaa, marka uu ballan shukaansi leeyahay, qolkayga ayuu adeegsan jiray. Haddii xaaladdu caadi ahaan lahayd gambaleelka galjeekooda ayaan yeerin lahaa, laakiin...

Waxa aan isweydiiyay halka aabbahay jiro. Waan ogaa in uu wax uu samaynayayba aanu walwal qabin e waxa ay niyadu iigu degi lahayd in uu xilligan soo hoyan lahaa. Ma aqaan intii aan halkaa fadhiyay markii aan dareemay hummaagga qof i la jooga.

"Maxaa kaa khaldan?" ayuu qofkii i waydiiyay.

"Haye!" ayaa iri oo kor u eegay gabar i dhinac taagnayd, si aan u aqoonsado qofka ay tahay. "Haye, Caasho!" ayaan ku iri markaan gartay. "Muddo intee le'eg baad halkan joogtay?"

"Wax yar lee," ayay tiri oo i ag fariisatay. "Waan ku la hadlay laakiin waad isla maqnayd." Gacanta ayay xoog ii qabatay. "Ma fiicantahay, jaceyllow?"

"Haa, waa..."

"Ma hubtaa?"

"Ah, haa," garbahaha ayaan ruxay. "Iska warran adigu, wax walbaa adiga ma kuu fiicanyihiin?"

"Xaalku ma xuma." Way iska kay durkisay si ay wajigayga indhaha uga buuxsato. "Ma hubtaa oo ma fiicantahay?"

Caasho waxay ahayd Muuse saaxiibtiis, anigana waannu isku wanaagsanayn. Waxay ku noolayd guri dhawr sekedood noo jiray. Walaalkeed, Caliyare, isaguna saaxiibkay aan isku fiicannahay buu ahaa. Xasan ayay isku fasal iyo saaxiibbo aad isugu dhow ahaayeen. Mar mar ayaan booqan jiray gruigooda.

"Ma waxaad la joogtay Muuse?" "Haa," ayay garbaha ku gundhisay.

"Oo meeyey horta? Waxaan ka wadaa, ma aan arag maalmahan e ma wax baa jira?"

"Waxaan rabey in aan ku weydiiyo isla su'aashaa." Way jeedsatay. "Waxaan is lahaa wax buu ka ogyahay safarkiisa." Markii iigu horreysay ayaan dareemay in ay xanaaqsantahay.

"Bal wax u kaadi!" Wejigeedii ayaan dhankayga u soo jeediyay oo indhaheeda eegay. "Ninkii wuu safray miyaad tiri?" Madaxa ayay ruxday.

"Ma fahmin! Waxba ii ma uu sheegin!" Weli iyada ayaan ee gayay. "Sidee ku dhacday?"

"Isaga iyo qoyskiisa Baydhabo ayay u safreen."

"Haye!" Waan is dejiyay, illeen in la safraa waa iska caadi e. Mar mar ayuu aadi jiray Bay, si uu u soo arko aabbihiis iyo walaalihiis kale.

"Waad iga bajisay!" ayaan ku bilaabay. "Waxaan u maleeyay in aanu soo laaban doonin; waxaan ka wadaa, in uu wax badan maqnaan doono oo uu Yururb ama meel kale u dhoofay. Ma ogtahay?"

"Ma soo laabanayo, Cali," ayay ku oyday.

"Maxaad ka waddaa?"

"Ma fahmaysid." Way sii oyday. "Isaga iyo qoyskiisiiba waxay u guureen Bay. Way..."

"Guureen?" Dib baan u fariistay. "Maxaad u la jeeddaa 'guureen'?"

"Aabbihiis baa waxaa raadinaya wax la yiraahdo U.S.C oo ka baqayaan..."

Inta kale ma aan dhegaysan. Wadnaha ayaa i go'ay. Malaha dagaalkii sokeeye ee baas ayaa bilowdayay, waan gariiray.

"U.S.C." ayaan ku celiyay hubsiimo ahaan.

"Haa," ayay iigu jawaabtay.

"Laakiin sabab?"

"Waxaa lagu eedeeyay in uu dilay dad rayid ah oo ku noolaa gobolka Bay, oo Hawiye u badnaa. U.S.C waxa ay dilaysaa cid kasta oo lagu eedaynayo gaboodfal. "Sidee ku ogaatay?"

"Xalay waxay U.S.C dishay saddex sarkaal oo ka tirsan dawladda oo ku sugnaa guryahooda oo ku yaalla BooliQaran."

BooliQaran waa ilsa xaafaddan Madiina. Waxay ahayd xaafad qani ah oo ay degaan madaxda sare ee dowladdu. Magaca 'BooliQaran' la ma oggolayn in fagaare laga sheego sababtoo ah waxa uu la macne yahay "lacagtii dadka laga dhacay" oo si cad loogu sharraxayo sida qof mushaharkiisa rasmiga ah aanu ka badnayn dhawr kun [shilling] ay ugu suuragashay in uu ku noolaado guri malayuunno doollar jooga, sida kuwa BooliQaran.

"Jeneraal Qaasinna sidoo kale, waxaa loo dilay lugtii uu ku lahaa weerarkii degmada Wardhiigley ee todobaadkii hore," ayay tiri, iyada oo hadalkeedii sii wadata.

"Waan maqlay dhacdadaas."

Aammusnaan ayaannu galnay, waliba mid aad u dheer. "Qoyskaagu wax qorshe ah ma leeyahay?" Aammuskii bay ka baxday.

"Qorshe?"

"Waxaan ka wadaa dalku ammaan ma aha hadda, waana hubaa in aabbahaa taas ogyahay oo cidi aanay uga war roonayn."

"Wax qorshe ah ma lehin," ayaan si murugo leh u iri. Maxaan kaloo u sheegi karaa? Ma in qoyskeennu go'aansaday in uu negaado oo dagaallamo?

"Qoyskiinna ka warran?" ayaan weydiiyay.

"Dalka waan isaga baxaynnaa," ayay ku dhawaaqday.

Annaga oo aan wax kale is oran ayuu baabuur Jabbaan yar ahi si degdeg ah noo soo hor istaagay. Boor badan ma aan arki karin waase uu uruyay oo matoorka baabuurka isla markii bareegga la qabtayba waa la damiyay. Lix nin ayaa ka soo booday, sida filimmada. Darawalkii wuxuu dhinac istaagay albaabka baabuurka oo furnaa. Saddex waxay istaageen meel saddex mitir u jirta wejigayga oo sidii taallooyin is ligeen. Laba ayaa nagu soo dhawaaday. Mid baa si degdeg ah oo amarkutaaglayn ah u hadlay.

"Waa kan gurigii Faarax baan u malaynayaa?" ayuu yiri ninkii.

"Waa sax, mudane," ayaan tartiib ugu jawaabay.

"Aaway isagii? Miyuu hurdaa?" mid kale ayaa yiri.

"Maya, ma hurdo." Waxaan u istaagay inaan arko wejigiisa. Sidii nin booliis ah ayuu shaarubbo weyn lahaa.

" Kumaad tahay?"

"Saaxiib baannu nahay" ayuu yiri ninkii u horreeyay. "Ma carruurtiisii baad tihiin?"

"Haa... Maya... Waxaan ka wadaa..."

"Waan xusuustaa in Faarax aanu gabdho dhalin. Ma saxanahay?"

"Waa sax, mudane."

Caasho iyaduna way istaagtay.

"Hadhow baan is arki doonnaa," ayay ku cudurdaaratay, iyadoo malaha dareentay waxa aan dareemayay. Cabsi.

"Haye. Waa inoo hadhow."

Ninkii ugu horreeyey oo isaguna shaarubbo weyn lahaa ayaa gabadhii oo sii socota isha la sii raacay.

"Saaxiibad?" ayuu weydiiyey. "Haa, laakiin anigaa wiilkiisa ah."

"Waan ognahay taas," ayuu yiri oo dhoollacaddeeyay. "Cali mase Xasan?"

"Xasan." Waan garan karay in nimanku aabbahay si fiican u garanayeen laakiin ma hubin in ay saaxiibbo ahaayeen iyo in kale. Si kastaba ha ahaatee, ma jirin wax aan samayn karo iyo sida beenta yar ee doqonnimada ah ee aan ka sheegay magacaygu ay wax uun u tari karto!

"Ma hubtaa in aadan been noo sheegayn? Waxaan u la jeedaa, waa muhiim in aan aragno aabbahaa." Wali waa wuu dhoollacaddeynayay.

"Maxaan beenta u sheegayaa?"

"Si kastaba ha ahaatee, mar dambe ayaannu is arki doonnaa."

"Haddii aad rabto in aad farriimo u reebto..."

"Loo ma baahna," ayuu yiri ninkii labaad. "Waan hubaa oo mar dambe ayaannu arki doonnaa." Wuxuu u gacanhaadiyay saddexdii taallo oo uu ugu baaqay in hawshoodii dhammaatay lana gaaray waqtigii la bixi lahaa.

"Habeen wanaagsan, Xasan," ayuu yiri oo ku noqday baabuurkii. Lixdoodiiba degdegtii ayay ku yimadeen ayay ku dhaqaaqeen. Waxa uu boorka ay kiciyeen iiga sii muuqday nalalka dambe ee gaarigooda ilaa ay mudgiga ku mirqeen.

Hareeraha ayaan eegay si aan u ogaado bal in ruux meesha joogo. Qofna. Mar kale ayaan fariistay oo isku deyay in aan ogaado cidda ay yihiin nimanku. Ma laga yaabaa in ay booliis yihiin? Waan iswaydiiyey. Mase saaxiibbo? Wax ay rabeenba, kolley waa wax aad muhiim u ah. Waxaan ka arkayey wajiyadooda baxsan iyo indhahooda danaynta badani ka muuqatay. Wax ay ka shaqaynayeenba, qaadka ay cunayeen ayay habeenkii oo dhan ku soo jeedi kareen, si ay habeenkii oo dhan hawshooda u wataan. Waa hubaal in ay siyaasad ahayd. Balse su'aashu waxay ahayd, dhinkee bay ka socdeen. Waxaan rabay in aan aabbahay mar uun arko. Waxaa jiray su'aalo badan oo aan laga jawaabin oo aan rabay in uu iiga jawaabo. Hadba waxaan eegayay labada dhinac ee waddadayada yar, anigoo rejaynaya in Volkswagenkii Aabahay ka soo muuqdo. Waxba. Wax Volkswagen ah haba sheegin! Waxaan ku baraarugay mu'addinkii masjid ii dhowaa. Alla! Show waa salaaddii subax, ayaan is iri.

Durba afartii subaxnimo ayay ku dhowdahay? Waan istaagay oo ku noqday qolkaygii. Waxaan gashaday surweel jiinis ah iyo funaanad. Ma garanayo sababta. Kali ah waxaan dareemay in aan wax uun diyaar u ahay. Waxaan isku deyay in aan idaacadaha daarto, bal waxa ay sheegto. Waxba. Way ka baxday. Waxaan furay albaabkii gudaha si aan u eego bal in qof kale soo jeedo. Qofna ma joogin daaradda oo dhammaan nalalku way dansanaayeen. Waxa aan xiray albaabkii gudaha oo isku dayay in aan raadiyo radoga mawjadihiisa kale ee caalamiga ah. Waxaan helay Codka Maraykanka [VOA].

Madaxweyne Bush ayaa la filayaa inuu u safro Yurub....Carrafaad ayaa la filayaa inuu u duulo Qaahira si uu u la kulmo Madaxweynaha Masar....

Halkii ayaan ku soo noqday oo haddana jaranjaradii albaabkayga iska fariistay. Qof kastaa wuu safray; Caasha, Muuse, Buush, iyo xataa Carrafaad! Waxa aan sugi la'aa in aan aabbahay ka la hadlo sidii uu dalkan nooga saari lahaa

.

5

Subaxdii dambe waxa i kiciyay qaylo silloon. Indhaha ayaan kala qaaday oo isku deyay inaan aad u dhegaysto qaylada. Waxa ay u ekayd in aan seexday dhawr saacadood uun ka hor, meesha aan joogana waan la qabsan kari la'ahay. Ka dib ayaan gartay in qof albaabkayga garaacayo. Madaxa ayaan in yar kor u qaaday aniga oo uu i hayo madax xanuun aad u daran oo la moodo qaaddiro quwaysatay. Qayladii ma joogsan.

"Cali!" ayuu qof ku qaylinayay. "Cali, fur albaabka!" Waa aayaday Canab. "Albaabka fur!" Ma maqli karayn waxa kale ee ay leedahay sababtoo ah yabaqa dad kale ayaa ku soo biiray. Dhammaantood aad bay isugu dhowyihiin. Waxay i la ahayd inay aabahay sheegtay laakiin ma aan hubin.

"Albaabka u fur!" ayay ku sii adkaysatay.

Sariirtii baan ka soo booday oo kursi ka sii dul dhacay oo albaabkii baas ku gaaray muddo dhererkeeda saacad dhan la mooday. Waan ballaqay. Labadaydii aayo, iyo Muna iyo labadii wiil ee walaalahay ahaa ayaa meesha taagan. Dhammaantood heegan bay u taaganyihiin. Walaalkay iga yaraa, Naasir, sida inta kale u ma aanu ooyayn mana qaylinayn e isaga oo aammusan ayuu meel gees ah taagnaa. Muna oohin ay gaabsanayso ayay cuskasho isku la tiirisay derbiga. Aayaday Fallis waxay u boodbooddday sidii loo soo sheegay ilme middi lagu dhuftay. Canab waxay u cabaadaysay sidii xayawaan duurjoog ah oo

33

diriraya. Walaalkay kale ee yaraa, Axmad, isaga oo ooyaya ayuu hooyadiis faraqa ku dhegganaa. Isla markii aan soo istaagayba Canab ayaa funaanadda igu dhegtay.

"War aabbahaa waa la dilay!" ayay tiri. "Ilaahow! Xalay dileen!"

Axmad ayaa ii soo dhawaaday oo jiininskayga ku dhegay.

"Xalay dileen!" ayay ku celisay.

"Aammus!" ayaan ku iri aniga oo qaylinaya, sababtoo ah way iga cabsiiyeen. Waxba iska ma beddelin. "War aammusaan idin iri!" Waan ugu celiyay. Isla markaaba waa la wada aammusay. "Guriga qaylo iyo buuq u ma rabo! Ma i maqlaysaan?"

Way wada aammuseen oo dhaqdhaqaaq oo dhan joojiyeen, laakiin wax kastaa indhaooda ilmaynaya ayay ka sheegayeen.

"Waxaan rabaa in qofkiin si deggan iigu sheego waxa socda," ayaan ku amray, anigoo indhaha gacmaha ku marmaraya oo isku dayaya inay la qabsadaan iftiinka kediska ah. Madaxaa i cuslaaday.

"Aabahaa wuu dhintay!" ayay labadaydii aayo isku mar ku qayliyeen.

"Aammmusa!" ayaan ku iri. Haddana way wada aammuseen. "Haddaba," ayaan iri, intaan hoos ugu soo foorarsaday labadaydii walaal ee yaryaraa oo markan labaduba surweelkayga jiiniska ah ku dheggan. Way aammuseen mar kale. Ilmadii ayaan gacmaha kaga tirtiray.

"Yaa warkan keenay mase lagu kalsoonaan karaa?"

"Mid ka mid ah labadii nin ee xalay halkan na la joogay ayaa noo yimid oo yiri aabbahaa waxaa loo malaynayaa in uu dhintay. Waa uu..." Canab ayaa damacday in ay hadalka sii wadato.

"Oo muxuu ugu maleeyay in uu dhintay?"

"Wuxuu yiri, ciidammada dawladda ayaa duqeeyay guri ay C.U.C shir qarsoodi ah ku lahayd. Toddobaatan Hawiye ah ayay halkaa ku dileen!"

"Ma waxaad ka waddaa U.S.C?"

"Ma aqaan wax la yiraahdo waxna iga ma gelin!" Way barooratay. "Waxaan hubaa uun in aanu Faarax xalay soo hoyan!"

"Aammus!" Garbaha ayaan qabtay oo ruxay. "Aabbahay ma dhiman! Waan ogahay in aanu dhiman!"

Dhammaan way i soo wada eegeen, iyaga oo rejo ka qaba in aan saxanahay.

"Aabbe wuu noolyahay," ayaan ku dhawaaqay, sidii aan ogahay halka uu jiro.

"Oo ma wax buu kuu sheegay?" ayay i waydiisay Falis. "Waan ogahay in uu dhawaan wax badan kaa la hadlayay."

"Haa," been ayaan sheegay. "Haddaba aynu sidii dad waawayn u dhaqanno oo qaddarinno carruurta na aga joogta."

Alxamdu Lillaah! Canab Ilaah ayay u mahadcelisay. "Oo xaggee buu joogaa? Muxuu sida wax u jiraan noogu sheegi waayay?"

"Waa sir!" Sidii aabbahay ayaan u hadlay markii iigu horreysay. "In aad ogaato ma aha!"

"Fadlan, xagge buu jiraa?" ayaa la iga wada codsaday.

"Dalka ma joogo" ayaan been ku allifay.

"Alxamdu Lilaah!" Mar kale ayaa la wada farxay.

"Ma dibadduu u safray?" Axmed ayaa i waydiiyey.

"Haa," ayaan ugu laabqaboojiyay. Weli wuxuu ku dhegganyahay jiiniskayga. "Haddaba, i sii furayaasha," ayaan ku iri Canab.

"Furayaashee?"

"Furaha baabuurka."

"Oo ma wadi kartaa?"

"Na sii dee furaha xun!"

"Waan ka xumahay," ayay ku cudurdaaratay oo qolka gudaha u gashay.

"Badbaadadaada uun baan ka fekerayay."

Tan iyo goorma ayay haweenkani dareenlaxaweedkaas yeesheen? Waan la yaabay. Haddii runta la qirto, duunkayga hoose ayaa xoogaa ku raaxaystay muuqaalkaas murugada leh. Waligay ku ma riyoon in ay noloshayda iman doonto maalintan oo kale. Waxay ahayd wax ka baxsan malaawaalkayga in aan arko aayooyinkay oo i baryaya amarkaygana qaadanaya. Awowgay wuxuu oran jiray noloshu waa waaya aragnimo silsilloon. Maalin kasta dhacdooyinkeeda silloon ayay la timaaddaa ayuu oran jiray. Durba waxaa ii muuqatay masuuliyadda i sugaysa, aniguna si "raganimo" leh ayaan dhabarka ugu ritay, sidii aabbahay oran lahaa.

Waan ogaa in aayooyinkay middoodna aanay gaariga xataa in taabto ii oggolayn, iska daa in aan wado e. Aabbe ayaa mar ku taliyay in aan rukhsada wadidda qaato laakiin Canab ayaa ka dhaadhicisay in uu iyada u sameeyo. Waxay doonaysay in wax kasta iyadu faraha ku dhigto, sidii aanan jirinba! Fallisna ma ay dhaamin. Waxay ku dadaali jirtay in ay aabbe ka dhaadhiciso in aanu ii oggolaan in aan hooyaday soo arko. In kasta oo aanay waligeed hooyaday arag, waxay oran jirtay waa naag xun. Haddii uu jiri lahaa sharci bannaynaya in aabbe wiilkiisa u furi karo sida ooridiisa, aayooyinkay waxay ka dhabayn lahaayeen in aabbahay i furo. 'Adduunyo waa wareegto!' ayaan is iri. Labadan islaamood ee hortayda taagan waa kuwan maanta aniga i soo magangalay. Waxaan u ahay rejada kali ah ee ay wax kaga qabsan karaan dunidan "rageed" ee aynnu ku noolnahay. Marka run loo hadlo, in kasta oo qalbigayga qaybi u bogaysay awoodda cusub ee aan yeeshay qaybta cabsi ayay la aammustay.

"Baabuur waa uu wadi karaa," ayay shaaca ka qaadday Muna oo kun goor i aragtay aniga oo gaariga xadaya.

"Waa kuwan," ayay tiri Canab oo furayayaashii ii dhiibtay.

"Xaggee u socotaa?" Fallis ayaa warsatay.

"Ma hubo. Bal waxaan isku deyayaa in aan wax ka soo ogaado USC iyo duullaankooda baas." Qolkayga ayaan dib ugu laabtay.

"Isjir," ayay tiri Canab.

Sariirtaydii ayaan ku fariistay. Waxaan ka war helay lugaha oo i gariiraya. Waan istaagay oo intaan albaabkii xiray ku soo laabtay halkii aan fadhiyay oohin bilaabay. Waxaan isku deyay in aan la i maqal, illeen nin in uu ooyo ma aha e. Oohintu waa shuqul dumar ee ragga lagu ma yaqaan. Waxaan karaahsaday ciddii xeerkaas dejisay oo iska ooyay aniga oo in la i maqlo intii karaan ah iska ilaalinaya. Ilaahow aabbahay badbaadi, ka ma kaban karno in uu naga baxo xilligan ummuuruhan oo dhammi jiraan e ayaan ku ducaystay "Quraac ma rabtaa?" ayuu qof aanan markaa hubin kuu ahaa

i waydiiyay.

"Maya!" ayaan ku qayliyay oo mar kale istaagay. Oohini waxba tari mayso ayaan is iri. Waa in aan masuuliyadda aqbalaa. Xususqorkaygii ayaa soo qabsadat oo taariikhda qoray. Jimce, Diseembar 28, 1990, abbaarta 10:00 am.

6

Sidii maalmaha kale uun bay cimiladu u diirranayd laakiin anigu Volkswagenkii gacaarnayd baan ku dhex dhidhidasnaa. Waxaan u sii socday magaalada aniga oo aan rejo wayn ka qabin in aan soo helo wixii aan soo doonay, wax ay ahaayeenba, maadaama aanan garanayd meel aan u socdo. Waxa aan rejaynayay in aan la kulmo wax uun faa'iido leh; mucjiso uun iyo wax la mid ah.

Waxaan u leexday dhanka KM4 oo ah isgoys wayn oo afar kiilomitir u jira bartamaha magaalada, sida loogu magac bixiyay. Waxaan arkay in basaska dadwaynuhu aanay buuxin oo sidii lagu yiqiin aanay u buuxdhaafsanayn. Haddii aan aabbahay saaxiibbadiis cid ka aqoon lahaa! Wax kasta markaasaan ogaan lahaa. Maxay dawladdu u laysay toddobaatan qof ? Dagaalkii sokeeye wuu bilowday miyay ka dhigantahay? Taa waxaa ka sii muhiimsan, aabbahay ma ku jiraa dadka la laayay? Waxaan xusuustay sidii marar aan xisaab lahayn Aabbe ii la doonayay in aan la kulmo saaxibbadiis: siyaasiyiin, ganacsato, macallimiin, mid walba. Allow Alle! Shukaanta ayaan gacanta la dhacay. Haddii aan aabbahay maqli lahaa!

Isbitaal Banaadir ayaan midig uga leexday, Equatore Cinema ayaan dhaafay oo toos u qabsaday waddada 26ka Juun. Dhallinyaro aan badnayn ayaa farfadhiyay makjhaayadaha shaaha ee waddada hareereheeda ku yaal, ama biibbitooyinka, sidii loo yiqiin. Waxay cayaarayeen dumnad, shax, turub ama siyaasadda ayay ka sheekaysanayeen, si ay qulqulatada maskaxeed uga nafisaan.

Dhallinyaradu waxay u qaybsanayd laba kooxood. Koox makhaayadaha shaaha fariista oo sheekaysta; kooxdani waxay daneeyaan hadba meesha xaaladda siyaasadeed ee dalku marayso. Kooxda labaad waxay xiisaynayeen muusig, isboorti, shukaansi iyo waxyaalahaas. Xaaladda siyaasadeed, dhaqaale, iyo bulsho ee dalkooda wax yar bay ka ogaayeen ama la maba socon. Anigu kooxda dambe ayaan ka tirsanaa. Waxa kali ee labada kooxood wadaageen in midkoodna aanu ku hawllannayn wixii uu doonayay in uu ka shaqeeyo. Labada kooxoodba dalkooda boos uga ma bannaanayn. Shaqooyin ma laha, jaamacado ma laha, joornaallo ma jiraan, raadiyowyo ma laha, TV ma laha, waxba ma jiraan.

Aniga oo sugaya in samaafaraha Shaqaaluhu cagaar noqdo ayaan xusuustay in saaxiibkay gurigoodu igu dhowyahay, sidaana samaafarihii bidix uga leexday oo hoos ugu degtay degmada Hodan iyo xagga xaafadda dadka dabaqadda dhexe ahi degaan ee Casa Popolare. Saaxiibkay Cabdulqaadir waxaa lagu naaneysi jiray Sette oo macnaheedu afka Talyaaniga ku yahay 'lambar toddoba', sababtoo ah booskaas ayuu kubbada cagta ka dheeli jiray. Aniga iyo Cabdulqaadir, in kasta oo aannu dhawaanahan ka la xiriir furannay, waxa aannu ahayn saaxiibbo isu dhow waagii aannu iskuulleyda ahayn. Waxa uu iskuulkii sare ka dib ku biiray Xarakada Ikhwaanul Muslimiin, sidaa darteedna qaabnololeedkeennu aad ayuu u kala duwanaa. Si ka duwan wadaadda aynigiisa ah, waxa uu ahaa nin aad u xiisegelin badan oo maaweeliye ah fikradaha u maan furan, kuwo diineed iyo kuwo kalaba. Waxaan u haystay in uu aad iiga garaad sarreeyo igana korranyahay, in kasta oo uu dhowr sano kali ah iga waynaa. Waxa kali ah ee aan ku nacayay waxay ahayd in uu mar kasta igu wacdin jiray in sidiisa oo kale wadaad noqdo. Si ay ahaydba, diinta ka sokow, waxa kale oo uu xiisayn jiray siyaasadda, waxna aan is iri kolley wax uun buu ka ogyahay waxyaalaha dalkan ka socda. Waxa aan ogaaday in samaafaryaasha Casa Populare ay wali casyihiin xataa marka aan dhaafo. Waxaa ii muuqday booliiska taraafikada oo taargadayda lambeerkeeda qoranaya. Nacallaa lambaraddaada ku yaal! Waan ku qayliyay oo intaan marshada beddeshay dhismayaasha African Village oo bidix iga xigay xawaare ku dhaafay.

African Village waxay ahayd xaafad ka kooban ilaa konton dhisme oo midkiiba saddex dabaq yahay oo isu wada eg. Waxaa la dhisay toddobaatameeyadii, waagii Ururka Midowga Afrika uu u shiray magaalamadaxdayada. Waxaa loogu talagay in la dejiyo wafdiyada iyo martida timid. Dabcan shirku dhowr toddobaad kali ah ayuu socday, ka dibna dhismayaashaas waxaa la siiyay dad gaar ah oo dawladda ku lug lahaa. Dadkaas qaarkood aad ayay hodan u ahaayeen ama waxay iska la waynaayeen in ay halkaa degaan, sidaa awgeed ayay dad kale uga kireeyeen ama ka iibiyeen dad u baahnaa.

Dhawr daqiiqadood ka dib waxaan gaariga joojiyay gurigii Cabdulqaadir hortiisa oo saddex ilaa afar sakadood u jiray African Village; guri wayn oo iska caadi ah oo qolal badan ka kooban. Saddex qolalka ka mid ah ayaa waddada ku sii jeeday oo waxay u kiraysnaayeen ganacsiyo. Midkood waxaa ka furnaa footo labada kalana waxay ahaayeen biibbitooyin iibiya cabbitaannada fudud iyo sigaarka oo midkood uu lahaa qoyska Cabdulqaadir. Marka dhismaha la la laabto waa ganjeelkii laga gelayay oo aan hortiisa gaariga dhigtay. Gaarigii ayaa xiray oo albaabkii garaacay. Waxaa xusuustay waagii iigu dambeysay ee aan albaabkaas garaaco. Waa hore ayay ahayd. Waxaan u malaynayaa in afar ama shan bilood laga joogay. Maalintaas arrin muhiim ah ayaa jirtay; cayaar sharad ah ayaa la qalqaalinayay waxana aannu ugu nimid in aan ka barino in uu kooxdayada u cayaaro, maaddaama u cayaarta kubbadda joojiyay markii uu wadaadka noqday. Weerayahan aad u wanaagsan ayuu ahaa wuxuuna xiran jiray maaliyad lambar toddoba ku qorantahay. Mar kale ayaan albaabkii garaacay si la ii maqlo, maadaama gurigu aad u waynaa daarad ballaaranna lahaa. Cabdulqaadir aabbihiis ayaa albaabka furay.

"Asalaamu calaykum," salaanta Islaamka ayuu odaygii igu salaamay. Odayga ruuxiisu wadaad wayn ayuu ahaa laakiin sida wiilkiisa oo kale Ikhwaan ma ahayn e wadaaddhaqameedkii la yiqiin ayuu ahaa. Waxa uu qabay in Ikhwaanka waxooda oo dhammi kabadbadin tahay.

"Wa calaykum asalaam, adeer Nuur," ayaan salaatii ugu naqay oo gacanqaaday.

"Maandhow muddo fog baa isugu kaaya dambeysay," ayuu yiri isaga oo gaariga gurigiisa hor yaal eegaya. "Oo in aad gaari leedahayna ma ogayne!"

"Abbahay ayaa leh," ayaan ku iri aniga oo dhoollacaddaynaya. "Haye, soo gal igaarkey. Soo gal." Dhinac ayuu iiga bayray. "Cabdulqaadir ma joogaa?" ayaan warsaday markii aan gudaha soo galay.

"Haa, haa, kolley qolkiisa uun buu ku jiraa." Qolkii Cabdulqaadir ayuu ii tilmaamay.

"Masjidka ayaa u socdaaye waxay i la tahay in aan adiga iyo Cabdulqaadirba halkaa idin ku arko."

"Waa yahay, haye." Been baan u sheegay.

7

Qolka Cabdulqaadir waan aqiine aniga oo aan waqti iiga ma lumin ayaan abbaaray. Albaabka oo yara furan ayaan garaacay.

"Haye?" ayaa gudaha ka yeertay.

Qolkii ayaan galay oo ugu tegay isaga oo bartamaha taagan oo qarsho barafuun ah haysta. Macawis iyo shaati labaduba cad ayuu qabaa. Waa dharka uu xirto marka uu masjidka aadayo.

"Haye! Waa la iskeenay!" ayuu yiri isla markii uu i arkayba. Qarshadii uu haystay ayuu igu soo fiiqay. "Kedis farxad leh!" qarshadii ayuu miiska dhigay oo i soo aaday.

"Haye!" ayaan iri. Salaan ayaannu isqacanqaadnay.

"Fariiso."

"Mahadsanid." Sariiirtiisa ayaan gees ka fariistay.

"Shaah?"

"Maya, mahadasanid."

Markii aannu salaamihii dhammaysannay ayuu i soo dhinac fariistay.

"Xaaladuhu ma hagaagsantihiin?" ayuu i warsaday intuu garbaha i qabsaday.

"Haa," ayaan qun yar u iri. Si qumman ayuu ii eegay wajigayga.

"Maxaa jira?" ayuu i waydiiyay isaga o indhahayga toos u eegaya. Intaa ka badan isma aanan celin karayn. Waa in aan cid uun wax u sheegaa.

"Aabbahay..." Markii aan bilaabay ayuu iga dhex galay. Waan ku farxay in uu sidaa yeelay, maxaa yeelay jumladda ma aanan dhammayn karayn. Aad ayay u xanuun badnayd in aan iraahdo aabbahay dhimay.

"M... Maxaa aabbahaa?" Wajiga ayuu tubay. "Wuu fiicanyahay sow ma aha?"

"No, ma fiicna." Ayaan u sheegay.

"Maxaa dhacay?"

"Wuu maqanyahay!" ayaa iga la roonaatay. "Haa, wuu maqanyahay!" Waan ku celiyay. Durba xoogaa rejo ah ayaan qalbiga hoose ka dareemay.

"Ilaa goorma?"

"Ilaa xalay." Isaga ayaan eegay. "Waad ogtahay toddobaatanka nin ee la gumaaday... Aabbe wuu... Ma aqaan, ma hubo waxaa loo malaynayaa in uu ku jiray."

Ma uu hadal. Aniga ayuu igu dhaygagay. Talo igu ciirtay. Waxaan ka rejaynayay in uu igu biiriyo wixii xog la heli karo ee gumaadka ragga ku saabsan. Waxaa caddaatay in aanu wax xog ahba ka hayn.

"Dawladdaa xalay siddeetan nin laysay," mar kale ayaan ku celiya.

"Aabbahaana in uu ku jiro ayay ku la tahay?" "Haa," ayaan la soo booday.

"Suuragal ma aha!" ayuu yiri, intuu aayar istaagay. Gacmaha ayuu madaxa saaray oo intuu indhaha isku qabtay saqafka kor u eegay. Madaxiisii yaraa ayuu aad u tuujiyay, sidii uu doonayo in uu indhaha moqorradooda ka so saaro. Wuxuu u dhaqmayay sidii lagu qasbay xusuusashada maalintuu dhalanayay.

"Suuragal ma aha!" ayuu ku celiyay. "Ma rumaysanayo" Wuu i so eegay. "Labdayda indhood baan ku akhriyay!"

Wuxuu ka hadlayo ma aanan garanayn.

"Degdeg baan u soo laaban!" ayuu yiri oo qolkii dibadda uga cararay.

"Aabbe!" ayuu ku dhawaaqay.

"Masjidkuu aaday!" ayaan kor ugu sheegay.

"Hooyo! Ku mee..."

Waxaan isku deyay in aan fahmo wuxuu u dan leeyahay. Kolley way iska caddayd in uu wax qaali ah goobayo laakiin su'aashu waxay ahayd waa maxay wuxu? Waxaan aad u dareemayay in wuxuu aabbahay la xiriiraan. Sida ugu khayrka badan ayaan niyastay oo dulqaad ku dhawray.

"Waa tan!" ayuu yiri ka dib markii isaga oo degdegaya uu so laabtay. Kurjad warqado ah ayuu keenay. Wuu la kala baxay oo isaga oo wax ka akhriyay isla markaana anigana i so eegaya yiri, "Magaciisu ku ma jiro ninyahow." Wuu qoslay.

"Waa maxay waxani?" ayaan waydiiyay. Erayadii uu yiri ayaa maskaxdayda ku soo labanoqonayay.

"Waa liiskii!" warqadihii ayuu dhabtayda ku soo tuuray. "Adiguba akhriso!" Warqadihii ayaan dhufsaday aniga oo aan wali garan waxa uu yahay liiska uu ka hadlayo. Waa kurjad warqado teebgaraysan ah.

"Liiskee?" ayaan waydiiyay anigooba akhranaya liis magacyo ah oo i hor yaal.

"Waa liiska magacyada laba iyo toddobaatankii shahiid ee xalay la laayay."

Ma xusuusto wax uu yiri markaa ka dib oo waxa aan dhex galay liiskii. Maxamed Ibraahin Cabdi... Sheekh Saleebaan Sugulle...

Sheekh Cabdi Nuur Cabdulle... Liiskii oo dhan ayaan akhriyay oo dhowr mar ku celceliyay ilaa aan ka hubsaday in magacii aabbahay aanu ku jirin.

"Oh! Sette, aad ayaad u mahadsantahay!" Intaan farxad la istaagay ayaan hab siiyay. "Oo xaggee ka soo heshay?"

"Waan ogaa in uu aanu ku jirin!" Sidayda oo kale ayuu aad u neeftuurayay. "Waad iga nixisay walaalow."

"Xaggee ka soo heshay?" Waan ugu celiyay.

"Ilowareedyo ii gaar aha ayaan leeyahay," ayuu yiri isaga oo si islawayni leh u dhoollacaddaynaya, ka dibna wuxuu haabtay dhalo uu miiska saaray. Barafuun ayuu shaarka ku buufsaday. "ma kuu dhiibaa?"

"Maya, mahadsanid."

"Ina keen Alle u soo mahanaqnee," ayuu yiri, intuu garabka iga taabtay.

Eegmo ayaan ugu jawaabay. Waan garanayay in uu ka wado ina keen masjidka aadne. Hore ayuu isugu deyay inta uu ku guuleystayna dhif ayay ahayd. Laakiin wuxuu ahaa qoofka kali ah ee igu qancin karay in aan masjidka aado, maxaa yeelay lajoogiddiisa ayaan iska jeclaa.

"Soo bax, aynu ugu yaraan Alle u soo mahadnaqdee." Wuu i baryey.

"Haye," waan ka yeelay. Allana kolley in arrintan looga mahadnaqo wuu mudanyahay ayaan is iri.

"Waa in aynnu dhakhsannaa," cimaamaddiisii caddayd ayuu garabka u ritay. "Maanta masjidka khudbo fiican ayaa ka jirta."

"Mar kasta sidaa ayaad tiraahdaa," ayaa si aan danayn lahayn u iri.

"Maya... maya. Markan waa dhab oo way jirtaa! Ina keen adigaaba arki doonee," ayuu yiri.

"Ina keen."

8

Masjidka Sheekh Cali Suufi wuxuu ku yiil meel African Village u dhow, sidaa awgeed ammin gaaban ayaannu ku gaarnay. Wuxuu ka mid ahaa masjiyada magaalada kuwa ugu waawayn. Marka aan leeyahay WAYN waxaan ka wadaa tirada dadka ku tukada. Waxaa jiray masjidyo kale oo labalaab ka waynaa dhisme ahaan laakiin dadka ku tukadaa le'gyihiin kalabar inta tukada midkan. Masjidkan Salaadda Jimcaha magaalada daafaheeda oo dhan ayaa looga kala yimaadaa. Maalmaha kale la ma buuxiyo. Laakiin Jimcahaas masjidku aad ayaa loo buuxiyay. Gaariga waxa aannu dhigannay meel u dhexaysa African Village iyo masjidka maxaa yeelay gawaari ayaa meel kasta la dhigtay. Masjidkii oo mar horaba buuxsamay ayay boqollaal qof bannaanka fariisteen.

"Adigu aniga i soo raac uun," ayuu hadalka iigu soo gaabiyay. Kabihii ayuu iska bixiyay oo intuu gacanta ku qaatay dadkii i sii dhex marsiiyay. Waan daba galay. Jameecadii ayaannu sii dhex qaadnay oo albaabka beegsannay. Laba boqol oo mitir ayuu noo jiray laakiin waxay u ekayd in uu aad intaa uga fogyahay marka dadkaa oo dhan la sii dhex jibaaxayao oo la cagacadyahay sagxad shamiitaysan oo kululna la sii dul marayo. Masjidka bannaankiisa roogag ma ool qof kastaana salli uu u tukado ayuu hore u soo qaatay. Saaxiibkay dadkii uu sii xulayay ayuu raalligelin iyo hadallo cududaarasho ah ku dhex yaaciyay qof kasta oo uu riixo ama ku istaago. Isaga ayaan ku dayday oo iska daba galay.

Waqti aad mooddo in uu saacad dhan u dhigmo ayaannu albaabkii ku gaarnay. Gudaha ayaannu galnay. Wixii ugu horreeyay ee aan dareemay wuxuu ahaa qaboobanaanta iyo nadaafadda halka aan ku taaganahay, waxa labaadna waxay ahaayeen barafuunno ka duwan iyo dhididka isku milmay.

"Nagaga filan intaasi!" ayaan ku la faqay saaxiibkay. La ma oggola in kor loo hadlo masjidka dhexdiisa, gaar ahaan marka Quraanka la akhrinayo. Wuu iska kay dhega tiray oo iska socday. Waan sii daba galay.

"Halkan," ayuu yiri, isaga oo tilmaamaya kob aan dadku ku badnayn oo safka shanaad ama lixaad ku beegnayd. Waan ku farxay in aannu ugu dambayn salka meel la helnay. Cabdulqaadir kitaab ayauu meel dhawayd ka haabtay oo bilaabay in uu Quraan akhriyo. Waan fariistay oo aammusnaan iska daawaday dadkii badnaa. Qof kastaa meel buu fadhiyay. Wadaad ayaa hor fadhiyay jameecada oo Quraan codbaahiye ku akhrinayay, dadka intiisa kalana qaar wadaadka xaggiisa ayay u jeedeen oo dhegaysanayeen waxa uu akhrinayo, qaarna way tukanayeen ama sidayda oo kale iska fadhiyeen. Laakiin waxaan u malaynayaa in aan anigu ahaa qofka kali ah ee dadka ruuxooda daawanayay.

"Asalaamu calaykum!" ayuu igu salaamay oday dhinacayga fadhiyay.

"Wa calaykum salaam!" ayaan uga celiyay.

"Maanta Imaamkee tujinaya?" Aniga oo aammusan ayaan eegay.

"Waa Sheekh Cabbaas ama... Dhab ahaan, ma hubo," ayaan ugu jawaabay oo dhoollacddayn edboon u muujiyay. Isaguna wuu dhoollacaddeeyay oo oday kale oo dhanka bidix ka fadhiyay ku jeestay. Wadaadka codbaahiyaha Quraanka ku akhrinayay ayaa joojiyay akhriskii. Ku dhawaad dhammaan waa la wada istaagay oo la bilaabay in sunne la tukado. Aniguna waan tukaday. Ma garanayn waxa jameecada kale ku ducaysanayeen laakiin anigu waxaan Alle ka baryey in uu naga joojiyo waxa socda ama dalkaygan ka dhici doona. Aniga oo salaaddii ka sii baxaya ayaa makarafoonkii qof ka hadlay.

"Asalaamu calaykum wa raxmatullaah wa barakaatuhu. Muslimiinta halkan joogta iyo meel kastaba dhammaan waan idin salaamayaa," ayuu ku bilaabay

Imaamkii. Wuxuu xabeebtirtay. "Maanta wax badan ka hadli maayo. Sida aad ogtihiin ama haddaba ogaan doontaan..." Mar kale ayuu xabeebtirtay. "La ii ma oggola in aan masjidkan ka khudbeeyo laakiin joojin maayo inta aan noolahay. Dalkani xaalad khatar ah ayuu ku jiraa. Toddobaatan iyo laba nin oo aan waxba galabsan ayaa la iska laayay xalay sababtoo ah waxay sheegeen aragtiyaha ay ka qabaan falalka uu ku kacayo taliskan millatariga ah!" Hareeraha ayuu eegay oo hadalka kor u qaaday. "Culummo Alle ayay ahaayeen oo ka soo hor jeeday dawladdan dalkeenna burbirinaysa. Siyaasad ahaan, dhaqaale ahaan, bulsho ahaan, maskax ahaan iyo diin ahaanba! Qof kasta oo naga mid ah oo isku daya in uu u halgamo xuquuqaha asaasiga ah way takhallusayaan! Toddobaatan iyo labadaas shahiid waxaa ka mid ahaa kuwii noogu wanaagsanayaa arrimaha siyaasadda iyo diinta!" Masjidka bannaankiisa ayuu daaqad furnayd ka eegay oo sii watay khudbadii. "Nafahooda ma aannu badbaadin karayn dabcan, laakiin mabda'yadii ay rumaysnaayeen waynu badbaadin karnaa, nafaheennana waynu badbaadin karnaa. Ma ay dhiman inta aynnu halgankoodii sii wadno. Aynu halganka sii wadno! Haddii aynu..."

Bararrrrarac! Bararrrrarac! Bararrrrarac! Bac! Bac! Bac!' Wiif! Wiif! Wiiif!

Rasaas ayaa meel aan fogayn laga maqlay. Meel aad u dhow. Waxaaba la moodayay in ay masjidka dhexdiisa ka dhacayso. 'Bararrrrarac! Bararrrrarac!' Waa la wada istaagay si loo arko waxa meesha ka dhacaya. Qaylo ayaa la bilaabay. Qablankii rasaastu wuu ka sii daray oo ka sii daray. Dadkii qaar ayaa bilaabay in ay masjidka dibadda uga cararaan. Aniguna waxaan bilaabay in aan dadkii iska riixo oo sida dadka kale dibadda isu maqiiqo. Hawl fudud ma ahayn. Bararrrrarac! Babbabbab! Wiif! Dush! Askar ayaa masjidkii timid. Dad kale oo badan ayaa qaylo isku daray. Inta qaylinaysa iyo inta kale la ma kala garan karayn. Waxaan u malaynayaa in aan kuwa cabaadaya ka mid ahaa. Rag labbis ciidan gashan ayaa meel kasta masjidka lagu arkay. Qaarkood dadka ayay baadadka qoryahooda ku garaacayeen. Qaarkood xabbado ayay ridayeen. Markaa ayaan gartay in aanay millatari caadi aha ahayn. Waa Koofiyad Guduud, ciidan si gaar ah loo xulo oo loo tababaro ilaalada gaarka ah ee taliska. Markan dibadda ayaan u soo baxay. Waan cararay. Waa la wada cabaadayayaa. Dadka badankiisu way dhiigayeen. Qaarkood dhulka ayay daadsanaayeen iyaga oo qaylinaya. Ka dibna waxay dadkii bilaabeen in ay ku dhawaaqaan "Allaahu akbar! Allaahu akbar!" Qayladhaan dineed ayaa la isugu habarwacday. Dadkii waxay bilaabeen in ay isdifaacaan. Qaar ayaa xataa Koofiyad Guduuddii qaryaha ku qabsaday oo ka faramaroojiyay. Koofiyad Gududdiina qaar ayaa dhulka daadsanaa oo markooda dhiig iyo cabaad ka baxayay. Aniga ma aha e dhammaan markan erayo halkudheg ah ayaa lagu orinayaa. Koofiyad Guduuddii waxay bilaabeen in ay jiibabkoodii ku boodaan oo sida ugu dhakhsaha badan ku baxsadaan. Haddii midkood kufo dadwaynaha ayaa garaacayay ilaa uu miyir beelo amaba dhinto. Ka dib muddo dhawr saacadood u ekayd ayay rasaastii istaagtay Koofiyad Guduuddiina meeshii laga waayay. Dadka qaarkiis oo dhacdadaa waa dambe ka sheekeeyay waxay sheegeen in dhacdadaasi toban daqiiqadood iyo wax la mid ah uun ku dhacday. Ilaa iyo hadda taa ma aan rumaysan. In ay ahaydba, caradii dadwaynuhu ma damin. Qaar cabsi ayay la cabaadayeen. Qaar murugo ayay la baroorayeen. Qaar aragaggax ayay la qaylinayeen. Ma aan garan karin qolo aan ku biiro, dabadeedna qof baa xoog ii riixay oo waddada iga saaray. "War ninkan dhaawaca ah gaariga i la asaar ama waddada ka leexo!" Wuu igu qayliyay. Nin da' dhexaad ah oo xooggan gadh waynna leh ayuu ahaa. Waxaan xusuustay in uu fadhiyay safka hore markii aannu masjidka ku jirnay. Dumar badan ayaa waddada ku ooyayay carruurana hore iyo gadaal bay u ka la cararayeen. Dhammaan waa la wada qaylinayay. Aambalaas ayaa timid mar dambe oo dadkii dhaawaca ahaa la saaray. Wuxuu maalintaas xinjiraha lahayd maanku ii soo laabtay mar ay kow iyo toban saac oo galabnimo ku dhawayd. Hareeraha ayaan eegay aniga oo waxa aan doondoonayo garanayn.

Jir ahaan iyo maskax ahaanba waan u suursanaa. Markii aan cabbaar waddada hadba dhan isugu cayrsaday ayaan xusuustay wixii aan u dan lahaa. Gaarigaygii. Waan in aan gaarigaygii helaa. Halkii aan dhawr saac ka hor dhigay ayaan isku sii daayay. Halkii buu yaal. Taayirka hore ee midig ayaa banjaray. Khaanadda dambe ayaan furay. Iskoordo ku ma jirto! Waxaan bilaabay in aan gaariga waddada ku riixo. Niman dhallinyaro ah ayaa i la riixay. Durbadiiba waddada ayuu gaarigii qabsaday. Nimankii waxay sheegeen in aanay intaa ka badan i caawin karayn, sidaa darteedna waxay noqotay in aan kaligay sii riixo.

Dhanka Isbitaal Digfeer ayaan waddada u la leexday oo sii riixay. Waxaan ii caddaatay in xaafadda oo dhan heegan ku jirto. Meel kasta dumar, carruur, iyo rag ayaan guryahooda hor taagnaa oo iyaga oo indhahooda araggax ka muuqdo su'aalo waydiinayay. "Maxaa dhacay?" ayay i warsatay habar waayeel ahayd.

"Ma aqaan," ayaan ku gunuunucay oo gaarigaygii iska sii riixday.

"Alla shaarkiisu waa wada dhiig!" ayuu ku qayliyay canug dhinaceeda taagnaa. Islaantii shaarkayga ayay eegtay oo cabsi darteed gadaal iiga durugtay, canuggiina diraceedda ayuu faraqa ku dhegay.

9

Aniga oo qubaysanaya ayaan maqlay walaalkay oo qaylinaya.

"Cali xabbad baa ku dhacday!" ayuu yiri.

Waxba ma aan oran oo maadaama aan aad u daallanaa ma aanan awoodin in aan musqusha ka soo dhex tannaagoodo. Waxaan ku dedaalay in aan biyaha bilbilaya ku raaxaysto.

"Maxaa jira?" ayay waydiisay hooyadiis oo malaha qolkeeda ku jirtay.

"Cali xabbad baa ku dhacday!" ayuu ku celiyay. "Kaalay oo dharkiisa arag!"

"War xabbadi igu ma dhicin! Iiga soo bax qolkayga!" ayaan kor u iri.

"Maxaa jira?" ayay haddana hooyadii ku celisay. Waxaan dareensanaa in ay soo baxayso oo waxa canuggu sheegayo soo arkayso.

"Cidina qolkayga yay gelin!" ayaan ku adkaystay. Waa la wada aammusay.

Dhawr daqiiqadood ka dib ayaan musqushii ka soo baxay aniga oo shukumaan guntan. Meeshaa waa lagu dhammaa oo faahfaahin baa la wada sugayay. Iyagana oo aan midkoodna hadlayn ayay i daawadeen markii aan soo baxay oo qolkaygii galay aniga oo biyo iga tifqayaan. Waa u la kasay in aanan biyaha iska soo qallajin si aan ugu sii qabowsado neecawda, sida aabbe yeeli jiray marka uu maalin daal badan soo shaqeeyo. Shukumaankii ayaan sariirtii Xasan ku dul tuuray, dabadeedna aniga oo qolkii dhex taagan ayaan dareemay in ay la i eegayo. Dhanka kale ayaan u jeedsaday. Qoyskii oo dhan oo isriixaya oo dhammaantood doonaya in ay gudhaha indhaha ka buuxsadaan ayaa isku buurtay albaabkayga.

"Maxaad eegaysaan?" ayaan waydiiyay.

"Ma shil baad gashay?" ayay i waydiisay Fallis oo dharkayga dhiigga leh ee dhulka daadsan tilmaamaysa.

"Maya," ayaan tartiib u iri.

"Markaa mee gaarigii?" ayay i waydiisay Canab.

"Garaash buu yaallaa. Taayirka hore ayaa aad u banjarsanaa Aabbana taayir iskoordo ah ma laha."

46

Hadda qolkaygii ayay dhex taagantahay. "Maxaa dhacay marka?"

"Koofiyad Guduuddii ayaa masjidka nagu weerartay." "Weerartay? Koofiyad Guduud?" Fallis ayaa ku dartay. "Xaggee... Waxaan ka wadaa masjidkee?"

"Masjidka Sheekh Cali Suufi."

"Yaa Allaah!" ayaa la wada yiri. "Cidi ma ku dhimatay?" ayay warsatay Fallis, oo haddana isa saxday illeen waxay xusuusatay dharkaygii dhiigga lahaa ee dhulka daadsanaaye. "Waxaan ka wadaa ... Meeqa qof baa ku dhintay?"

"Ma aqaan... Dad badan in ay ku dhinteen baan u malaynayaa."

"Sabab?"

"Ma aqaan sababta! OK?" Indhahaan ku wada kuuray. "Haddaba iska kay dhaafa, OK?" Waan kala diray oo albaabka xirtay.

Sariirtaydii ayaan geddi cad isugu tuuray. Naataro ii dhawayd ayaan haabtay oo muusig daartay. Sawirka wixii dhacay ayaa maskaxdayda ku soo dhacay. Waa markii iigu horreysay ee aan kanshe u helo xusuusashada wixii dhacay. Iimaamkii khubaynayay...Koofiyad Gududdii oo xabbado ridaysa...dadwaynihii cabaadayay.... wax kasta. Waxaan isku deyay in aan xusuusto halkuu iga soo gaaray dhiigga shaatigayga ku yaal laakiin waan xusuusan waayay. Isla markaa ayaan xusuustay saaxiibkay Cabdulqaadir. Waxaan ka la garan waayay in uu noolyahay iyo in kale. Intaan istaagay ayaan sigaar ka la soo baxay jeebka jiiniskayga oo xabbad shitay aniga oo war san rejaynaya. Waxaan is iri dagaalkii sokeeye ee aabbe sheegi jiray baa bilowday!

Albaabka hore ayaan furay oo hareeraha eegay wax silloonna ka eegay. Wax kastaa caadi ayaa u ekaayeen, in kasta oo dadka qaar albaabbadooda hor tubnaayeen oo sheekaysanayeen. Waxay u badnayd in ay warka dhegaysteen ayaa isiri oo albaabka soo xiray haddana. Sariirta ayaan dul fariistay mawjadda raadiyaha warwareejiyay. Markan waxaan raadinayay wax uun tilmaamaya in dalku khatar ku jiro iyo in kale.

Warkii siddeedda fiidnimo ayaa soo galay.

"Warka madaxdiisa." Ayuu ku bilaabay warfidiyeenkii. "Madaxwaynaha ayaa tahniyadda Sannadka Cusub u diray madaxda adduunka, Madaxwaynuhana farriimo niyadsami leh ayuu ka helay madax badan. Khudabdii uu Qaranka u jeediyay waxa uu Madaxwaynuhu ku ballanqaaday in horumarka dalku figta sare gaari doono sanndka 2000. Laba iskuul oo cusub ayaa laga dhisay degmada Hawlwadaag...."

Sigaarkii aan cabbayaya ayaan dhulka ku tuuray oo aayar cagtayda midig ugu damiyay, ka dibna sariirtii ayaa is fiican isugu kala bixiyay. Saqafka wasakhda badan ayaan cabbaar kor u eegay oo la yaabay sababta raadiyuhu u sheegi waayay qulqulatadii dhacday ee dhiiggu ku qubtay. Kolley raadiyahayaga qaranka taliska xukunka haystaa iska leh ayaan is iri, aniga oo daba socda eraydii aabbahay in badan oran jiray. 'Waligood runta ma sheegaan,' ayuu oran jiray. 'Xataa isku ma dhibaan in ay waxyaalaha dhacaya been ka sheegaan e way ismoogeysiiyaan uun wixii aanay jeclayn, sidii aanay dhicinba!' Waxaan iswaydiiyay in Aabbe saxnaa iyo in kale. Malaha kolleyba waa in aynnu xuquuqdeenna u dagaallannaa ayaan ku fekeray. Laakiin taasi waxay ka dhigantahay dagaal sokeeye! No, maya! Ka ma qaybqaadanayo dagaal sokeeye. Ma aha oo kali ah in aan ka baqayo e gebi ahaanba waan ka soo hor jeedaa. Warkii wuxuu dhammaaday isaga oo aan lagu soo qaadan dhacdadii xumayd. Hees caan ahayd ayaa ku xigtay. "Noolow, noolow, noolow Siyaad noolow! Kaannu jeclaynow! Kaayagii barakysnaayow!" Raadiyihii ayaan damiyay oo qosol la dhoollacaddeeyay. Waxaan kala garan waayay in fannaanniinta ku heesaya ay ka dhab tahay waxay ku heesyaan! Waan ogaa ninkii heesta curiyay in ay dhab ka ahaayeen erayadu oo madaxwaynaha ayay ilamaadeer ahaayeen. Wuxuu ahaa Janan halabuur la yaqaan ah. Dadku waxay ku xamanayeen in waxa uu sheegto in uu isagu curiyay oo dhan uu soo iibsaday. Gabayada, heesaha ammaanta ah, heesaha jacaylka, iyo dhammaanba. Albaabka gudaha oo la soo garaacay ayaa fekerkii iga dhex galay.

"Soo gal," ayaan ku iri aniga oo aan soo fariisan. Muna ayaa soo gashay.

"Caawa ma cashaynaysid miyaa, waa afar saac oo habeennimee?" ayay i waydiisay.

"Afar saac?" Waan ka daba iri. Markan waan soo fariistay. "Haa, waa afar saac oo toban dhimman." Way dhoollacaddaysay. "Ma meeshaan ayaan kuugu keenaa?"

"Maya, mahadsanid." Haddana sariirtii ayaan isku tuuray. "Abbateed u ma hayo."

"Garbaha ayay ruxday oo albaabka oo sidiisii hore u riixnaa uga tagtay. Waxaan rejeystay in saaxiibkay Muuse i la joogo. Wax kasta waannu isla xallin lahayn. Haddii uu ugu yaraan telefoon guriga noogu jiri lahaa saaxiibbaday ayaan wici lahaa. Waxaan hubaa in aan wax kasta ogaan lahaa. Laakiin maanta mar horaba sow anigii wax ogaaday, sow ma aha? Waan xusuustay. Haa. Waa anigii ka war helay in aabbe aanu ku jirin toddobaatan iyo labadii nin ee la laayay. Sariirtii ayaan ka degtay oo intaan bannaanka us oo baxay daashka fariistay. Qosykayga qofna waqtigaa oo kale daashka ma fariisto. Laakiin caawa way ka duwantahay. Dhammaan halkaa ayay ku dhammaayeen, walaalkay noogu yaraa laga bilaabo ilaa aayadaydii noogu waynayd. Daaradda ayay joodariyaal soo dhigtay, meel qolka jiifka iyo qolkayga u dhexaysa. Dhammaantood toos ayaan ugu jeeday, in kasta oo nalalka badankoodu dansanaayeen, sababtoo ah caddo ayaa jirtay. Canab, Muna, iyo labadii wiil ee walaalahay ahaa waxay ku fadhiyeen joodari, Fallisna dhulka ayay fadhiday. Walaalkay noogu yar ayaa ka caawinayay in ay cagaha ciidda oo ay qabow ka doonaysay ku xabaalato. Dhammaantood ladnaan baa ka muuqatay. Ugu yaraan murugo ka ma muuqan. Masaakiintaas aan waxba galabsan waan ku farxay in aanay waxba ka la socon xaaladda siyaasadeed ee dalka. Dhawr beri uun ka hor sidooda oo kale ayaan ahaa. Awowgay show wuu ku saxnaa sidii uu nolosha ku qeexay ayaan isiri.

"Haye, maxaa halkan ka socda," ayaan sheeko uga bilaabay, aniga oo ciidda qabow bawdyahah hoostooda ka dareemaya markii aan la fariistay.

"Eeddo Canab ayaa sheeko noo wadday!" ayuu sheegay Naasir oo markaa taagan. Wuu i soo dhinac fariistay.

"Sheekadee ayay idiin kaga sheekaysay?" "Yaxaaskii iyo dawacadii! Ma taqaan?" ayuu yiri.

"Hayeh. Mar hore, waagii aan adiga ku le'ekaa, ayaa iigu dambeysay," ayaan ugu jawaabay aniga oo dhankayga u soo dhawaysanaya.

"Sheeko kale ma nooga sheekaynaysaa? Eeddo waxay tiri sheekooyin badan buu yaqaan e," ayuu i waydiiyay isaga oo madaxiisa yar shaarkayga ku salaaxaya.

"Waa sax."

"Ma nooga sheekaynaysaa?"

"Horta sigaarkayga ii keen."

"Haddaan keenayaa," ayuu yiri oo dhakhso qolkii ugu cararay. Wax yar ka dibba sigaarkii ayuu ii keenay oo halkiisii fariistay. Kaftan ahaan ayaan u eegay.

"Fadlan, waad ballanqaadday," ayuu ku baryootamay. "Maya, ma ballanqaadin." Eegmo niyadjab wayni ka muuqdo ayuu igu jalleecay. "Laakiin kolley hal sheeko ayaan kaaga sheekayn." "Haa!" ayay labadoodiiba la soo boodeen. "Laakiin..." gacanta ayaan u taagay.

"Laakiin waa in aannu ka awaabi karnaa su'aalaha aad sheekada naga waydiin doonto.

"Waa sidaa Axmadow."

"Diyaar ma tihiin?" ayaan waydiiyay.

"Haa," ayuu yiri Naasir oo gacanta i haysta.

"Waa baa waxaa jiray...." ayaan uga bilaabay.

"Sug! Sug!" Waxaa iga dhex galay Axmad oo u soo ordayay in uu agtayda fariisto. Cagahayga ayuu soo fariistay.

"Haddaan diyaar ahay."

"Waa baa waxaa jir..."

"Horta sheekadu magaceed?" ayuu i waydiiyay Axmad. "Dhurwaagii doqonka ahaa."

"OK," ayuu yiri markii uu hubsaday in aanu sheekadan hore u maqal.

"Waa baa waxaa jiri jiray dhurwaa duq ah. Kaynta oo dhan caan bay ka ahayd oo waayeelnimo iyo xigmad ayaa lagu yiqiin. Waxay jeclayd ilmaha laakiin, nasiib darro, ilmo ma aanay dhalin..."

"Sabab?" ayuu waydiiyay Axmad.

"Sababtoo ah ninkeedii waa uu dhintay iyaduna waa ay diidday in ay dib u guursato." Waa uu ku qancay intaas.

"Waxay doonaysay in ay carruur yeelato si ay u barto waxa ay taqaan. Si ay ahaataba, mar uun ayay uur yeelatay oo canuggeedii kowaad ummushay. Wiil buu ahaa. Waa ay jecelayd aadna way isugu fiicnaayeen. Laakiin markii wiilkii waynaaday ayay wax isbeddeleen. Ma uu rabin in uu hooyadiisa xigmadda badan leh wax ka barto. Ma uu fahansanayn sida ay muhiim u tahay in uu hooyadiis wax ka barto. Aad ayay uga murugootay markii ay aragtay gefka wiilkeedu galayo. Laakiin maalin uun bay dhimatay. Si ay ahaataba, dhurwaagii yaraa kaligiis ayuu noqday markii hooyadiis dhimatay. Waana uu gaajooday maadaama uu ugaarsiga hooysadiis isku hallayn jiray. Waligiis ma aanu jeclayn in uu kaligiis ugaarsado mana uu raaci jirin marka hooyadiis ugaarsiga aaddo, sababtoo ah caajislow ayuu ahaa. Si ay ahaataba, waxaa timid maalintii uu kaligiis ugaarsi tegi lahaa, maxaa yeelay gaajadaas ku ma uu sii joogi karayn. Laakiin dhibku wuxuu ka taagnaa in aanu garanayn sida loo ugaarsado..."

Waxaan maqlay Canab oo qoslaysa.

"Maxaa jira?" ayaan warsaday, aniga oo dhoollacaddaynaya oo hareeraha eegaya si aan u ogaado waxa lagu qoslayo. Waxba ii ma muuqan.

"Waa maxay?"

Carruurta ayay farta ku fiiqday. Waan dhugtay, ma se way hurdaan.

"Gudaha gee, oo habeen wanaagsan" ayaan iri oo istaagay. "Habeen wanaagsan."

"Aan idiin ku daree, waxaan arkay liiska raggii USC ee la laayay. Aabbe ku ma jiro. Waan iska ogaa laakiin waan hubinayay lee.

"Liiska! Oo xaggee ku aragtay?" "Ilowareedyo ii gaar baan leeyahay;" ayaan ugu jawaabay. "Berri ayannu ka hadli karnaa arrimahan. Habeen wanaagsan." Mar kale ayaan dhoollacaddeeyay.

Qolakygii ayaan ku laabtay oo sariirta isku tuuray. Xasillooni la'aan daran ayaan dareemayay laakiin sidii hore oo kale u ma walwalsanayn. Waxaan xusuustay in la gaaray xilligii aan VOA dhegaysan lahaa. Sidii caadada ahayd ayaan raadiyaha oo dhegaysigiisa jeclaa daartay. Badanaa BBC ama VOA ayaan dhegaysan jiray maadaama ay ahaayeen labada idaacadood ee kali ah ee aan Ingiriisi ku dhegaysan karay.

Idaacadda Voice Of America ayaan sii jeclaa sababtoo ah af Ingiriiska Maraykanka ayaan kaga roonaa kan Biritishka. Waxa kali ah ee aanan VOA ku jeclayn waxay ahayd in ay marar dhif ah uun soo qaadi jirtay Qaaradda Hooyo, Afrika, in ay Nayjeeriya ama Koofur Afrika ka hadlayso ma ahan e. Ma aqaan sababta. BBCdu way ka duwanayd oo aad ayay uga hadli jirtay arrimaha Afrika.

"....and that is it for the hour," ayay tiri gabadhii warfidiyeenka ahayd. Qof kastaa wuu garan karayn in ay shaqadeeda ku raaxaysanayso. "News is next but if you've got to go this is Teresa Coleman and Michael Hess wishing you a very good Holiday Season and a Happy New Year."

"Happy New Year?" Waan xusuustay. Way na kaa! Nolol cusub ayaa I gashay markiii aan xusuustay in dhwar beri uun ka dib uu curan doono sannadka cusub ee 1991.

"Cidina ii ma diidi karto in aan waqti wanaagsan qaato. Haa, cidina dabbaaldeggayga ma khashkhashaadi karto. Aniga iyo saaxiibaddayba waxaannu aadaynaa diskooteegga Hoteel Curuba. Halkaasaan goobjoog ka ahaan doonaa marka nalalka la damin doono daqiiqadda u dambeysa ee sannadka dhammaanaya. Haa. Waxaa la isla tirin doonaa soddonka ilbiriqsi ee u dambeeya saacadda u dambaysa sannadka dhammaanaya, aniguna waan la tirin doonaa aniga oo codkayga ugu dheer ku dhawaaqi doona ilaa nalalka la daarayo si sannadka cusub loo soo dhaweeyo. Sannad cusub baa dhalan doona nolol cusubna waan geli doonaa. Haa, nolol ka roon sidii hore.

10

Baska yar aad looga ma buuxin. Rakaab lix qof oo kali ayaa fuushanaa. Waa laba nin, laba dumar ah, gabar yar oo dhawr iyo tobanjir ah, iyo aniga. Labada nin kursiga dambe ayay fadhiyeen. Midkood oday ayuu haa macawis xiran iyo shaati daliigo caddaan iyo iyo madow isugu jira leh. In uu reer miyiyi ahaa waxaan ku garanayay ushan uu sitay iyo kabihiisa boorka leh. Nin kale oo gaabnaa da'dana ilaa afartameeye faygeeda ku jiray waxa uu gashanaa ookiyaale fool xun, surweel debecsan, iyo shaati labbis. Dumarka waawayn iyo gabadha yari waxay isla fadhiyeen kurisga ka horreeya labada nin. Haweeneyda kale oo u ekayd in ay fikir isku la maqantahay waxay kaligeed fadhiday safka hore. Gadaasheeda oo daaqad xigta ayaan fariistay. Waxay u muuqatay in sheeko u socotay.

"Ma hubtaa in dhibkaasi ka dhacay masjidka dhexdiisa? Waxaan u qabey bannaanka." Haweeneydii gabadha la fadhiday ayaa warsatay.

"Aan kuu sheegee anigaaba goobjoog ahaa! Koofiyad Guduuddii ayaa masjidka soo gashay oo xabbado riday!" Wiilkii kursiga dambe fadhiyay ayaa la soo booday.

"Innaa Lillaah! Masjid gudihiis!" Odaygii oo labada gacmoodba kor u taagaya ayaa isaga oo yaabban yiri. Ushiisii ayaa kor u duushay oo saqafka soo hardiday. "Way muuqataa in aanay masjid wax ka aqoon. Waa Guriga Alle. Ilaah Gurigiisuna waa in uu ammaan ahaadaa. Innaa Lillaah!" Madaxa ayuu u qaadanwaa la ruxay.

"Meeqa qof baa ku dhintay?" ayay warsatay haweeneydii. "Tirada aan rasmiga ahayni waa ilaa lixdan iyo siddeed." "Tirada rasmiga ahina?"

Haweeneydii iga horreysay ayaa intay dib soo jalleecday afmaroor u dhoollcaddaysay.

"Tirada rasmiga ah aa?" ayay si kudigasho leh u waydiisay. "Oo xaggee laga helaa tirada rasmiga ah? Hurdada ka toosa walaalayaal!"

"Waa runtaa oo waxa dalkeennan ka dhacaya waxba na loo kaga ma sheegin." Wiilkii ayaa ku raacay. "Waan hubaa in qaarkiin aydaan xataa maqal in subaxan maanta ah afartan hooggaamiyayaal siyaasiyiin iyo culumo ah Maxkamadda Sare dil ku xukuntay."

Waa la wada aammusay. Xataa darwalkii ayaa dib soo jalleecay si uu u arko qofka hadlay. Wiilkii wajiguu tubay. Odaygii caalwaa ayuu dhan u la jeestay.

"Ma maanta?" ayaan waydiiyay.

"Haa, hadda." Wali sidii gurracnayd ee murugada lahayd ayay u dhoollocaddaynaysay. "Darawalow, halkaan ii jooji!" ayay ku dhawaaqday.

"War idinkiinnaan dhallinyarada ah ayaa rejada dalkeenna ahe, wax uun sameeya. Mudaharaadyo, kacaanno isbeddeldoon, wax uun," ayay tiri, iyada oo aniga iyo wiilkii kale. Baskii ayay ka degtay.

'Afartan nin oo kale!' ayaan is iri. 'Haddana siyaasiin kale?' Waxaan ku walaacay in aabbe kooxdan ku jiray. Na ma uu soo wicin warqadna noo ma soo dirin. Cabdulqaaddir! Waan soo xusuustay. Kolley wax buu ka ogyahay. Gufaaco neecaw ah ayaa daaqaddii furnayd ka soo gashay. Cabsi cusub ayay jirkayga oo dhan ku yaacisay. 'Cabdulqaadir ma noolyahay horta?' ayaan isku la hadlay. Ilaahow! Waan ducaystay. Markaa ayaan ku baraarugay in la gaaray meeshii aan u socday.

"Darawalow! Meeshaan ii jooji fadlan!"

Garaashkii aan u socday hortiisa markii uu bareegga ku qabtay ayaan ka degay. Garaashkii ayaan galay, lacagtii taayirka bixiyay oo gaarigii ka kaxaystay. Markan gurigii Cabdulqaadir ka ma fogi. Isbitaal Digfeer agrtiisa ayaan marayaa. Xusuusihii wixii maalin hore masjidka ka dhacay ayaa dib iigu soo maaxday. 'Ka warran haddii maalintaa Cabdulqaadir la dili lahaa?' ayaan iswaydiiyay. In kasta oo aan nolosha Cabdulqaadir ka walwalsanaa, waxaa uurka hoose i gubayay walwal aan tayda u baqayo. Maxaan samayn lahaa haddii uu dhintay? Bidix ayaan u la laabtay African Village oo Masjidka

Sheekh Cali Suufi soo dhaafay. Wax kastaa caadi ayay u muuqdeen, marka laga reebo dhiigga dhulka daadsan. Sheellaraha ayaan cagta ku sii xajiyay, muddo aad gaabanna waxaan ku gaaray gurigii Cabdulqaadir. Ganjeelka in aan garaaco u ma aan baahan oo wuuba iska ballaqnaa. Cabdulqaadir hooyadiis, Xaajiyo Xaliimo, ayaa barandada dhar ku dhaqaysay. Wax walwal ah iyo dhib jira midna wajigeeda ka ma muuqan.

"Hooddi!" ayaan ku salaamay.

"Hooddeen Cali!" ayay si farxad leh iiga qaadday salaanta. "See tahay waan kaa walwalsanayne?"

Malaha Cabdulqaadir ayaa u sheegay wixii masjidka ka dhacay ayaan qiyaasay. Marka waa uu noolyahay.

"Waan fiicanahaye Cabdulqaadir ka warran?" ayaan waydiiyay.

"Faras wuu ka fayowyahay," ayay tiri.

"Haye Cali!" ayuu igu salaamay Cabdulqaadir oo malaha maqlayay anigoo la hadlaya hooyadiis. "Soo gal."

Macawis ama cimaamad iyo wax la mid ah midna ma xirna e dhar caadi ah ayuu qabey; shaati gacmadheere ah oo cad iyo surweel madow. Waa sidii uu u labbisan jiray waayadii hore ee aannu gabdhaha wada shukaansan jirnay.

"Waan kaa walwalsanaa," ayuu yiri markii aan qolka sii galaynay.

"Sidaa oo kale ayaan aniguna kaaga walwalsanaa."

"Wallee waxay ahayd wax laga naxo!" ayuu si baqdin leh u yiri. "Waxaan mooday inaan dhiman doono!"

"Haa, bal iiga sheekee."

"Sidee ku baxday?"

"Haddii aan runta kuu sheego, ma aqaan."

"Aniguba ma garanayo." Wuxuu iigu siddiiqay in uu madaxa ruxo oo indhihiisii waaweynaa libiqsado. Waxa uu u ekaa in cabsida haysaa ay ka badantahay intii aan filayay.

"Sidii hore waa dhaantaa sow ma aha?" ayuu yiri markii uu waaqaca ku soo laabtay.

"Fiican?"

"Haa, waxaan ka wadaa aabbahaa ma ku soo wacay camal?" "Aabbahay miyaan sheegay?"

"Maya e waxaan is iri wuu ogyahay in uu Kenya jiro!" "Kenya!" ayaan la soo booday. "Ma aabbahay baa Kenya jooga?"

Madaxa ayuu ruxay.

"Yaa kuu sheegay? Macnaha...ma hubtaa? Waxaan rejaynayaa in aanu warkii Yoobsan ahayn." Toos ayaan u eegay.

"Ma aha warkii Yoobsan ee waa dhab."

"War san! Oo sidee ku ogaatay, hana igu oran 'ilowareedyo ii gaar baan leeyahay!'"

"Calasow ayaa reerkiisii la hadlay saaka."

"Hayeh!" Magaca waan xusuustay laakiin wax kale ka ma oran karayn.

”Ma taqaannid miyaa? Waa guddoomiyaha USC!” Sidii la iga rabo in aan ninka aqoodo ayuu ii la hadlay.

”Gartay…” Neef baa iga soo boodday. Haddii aanu wacalkaasi aabbahay u imaan lahayn habeenkii ay gurigeenna ku shirayeen! Alla kali ah haddii…

“Wuxuu yiri aabbaahaa iyo shan ka tirsan madaxda sare ee USC ayay wada joogeen.”

“Alxamdu Lillaah! Walaalow ku jecliyaa!”

Wuu qoslay oo hab i siiyay. Ma aqaan wax aan samayn lahaa la’aantiis. Qof mar kasta dadka caawiya ayuu ahaa oo aan mar kasta isku hallayn karo.

”Oo maxaad maanta sidaa ugu labbisatay? Ma Cabdulqaadirkaagii hore ayaad ku laabatay,” ayaan waydiiyay, intaan mar kale dharkiisa fiiriyay. Wuu sheexqoslay.

”Wuu na khasbayaa ninyahow.”

”Kee?”

“Yaa kale!” Wuu yara carooday. ”Af wayne!” Waa mid ka mid ah magacyada Madaxwaynaha loo yiqiin. Cabdulqaadir mar kasta magacaas ayuu ugu yeeri jiray. “Wuxuu yiri qof kasta oo labbis diineed lagu arko waa in la xiro.”

“Miyaad kaftamaysaa?”

“Haddaba waa aniga sidii dhawr iyo tobanjir iska dhigaya.” Cabdulqaadir wuxuu ku labbisnaa dhar Yurubiyaan ciyaal loogu tala galay. Nadariyaddaasi waxay ku dhalatay markii uu ku Ikhwaanka ku biiray. Hadalkii isaga oo sii wata ayuu yiri, “ Hadde Maxkamadda Sarana waan u socdaa.”

“Waan ku raacayaa.”

Wuu qoslay oo yiri, “Isbeddel dabciyeed miyaa ii muuqda?” U ma jawaabin.

“Waa hagaag walaakeyow.”

Cabdulqaadir waa runtiis. Waligay ma xiisayn waxa dalka ka dhacaya. Maba iga hayn. Waa in aad maalin iyo habeen oo dhan dad kala duwan la sheekaysataa oo aad warar iyo aragtiyo ururisaa, maadaama idaacadda, TVga, iyo wargeysyaduba aanay waxba sheegayn. Wararka noocaa ah ayaa la oran jiray ‘Radio Yoobsan.’

Yoobsan waxay ahayd makhaayad shaaha caan ku ahayd oo magaalada hoose ku tiil, halkaa oo dadka shaqo la’aanta ahi ku soo ururi jireen oo xanta la isku dhaafsan jiray har iyo habeen. Makhaayadahaasi afar iyo labaatanka saac way furnaan jireen sababtoo ah waa lagu qayili jiray. Calalinta caleenta maandooriyaha ah ee Qaadku waxay ahayd caado dalka oo dhan lagu madadaasho. Qaadka waxaa laga qaadaa sheeko badni dadkana hurdada ayuu ka qasaa si ay habeen oo dhan u sheekeeyaan. Si ay ahaataba, wararka ka yimaada Yoobsan la isku ma hallayn karayn, sidaa darteedna magaca 'Yoobsan' waxay dadku u yiqiinneen xanta suuqa iyo wararka makhaayadaha iyo marfashyada lagu qayilo. Aniga way igu adkayd in aan la qabsado wararka noocaa ah. Cunista qaadka iyo fariisiga makhaayadaha suuqa ma jeclayn. Waa waxa aan warmooge u ahay. Ku dhawaad dhammaan dhallinyarada facayga ahina waa sidaa. Baashaalka kale ayay ka jecelyihiin waxyaalahaas.

"Maanta gaarigii ma wadataa?" ayuu i waydiiyay markii in uu baxo u diyaar noqday.

"Haahey."

"Na wad hee."

Aniga iyo Cabdulqaadir waxba isma oran ilaa aannu Shaqaalaha gaarnay, halkaa oo aan bidixda ugu leexday dhanka magaalada hoose.

"Haye, maxay ahaayeen afartankan nin? Macnaha... maxay sameeyeen? Maxayse fursad haystaan?"

"Waaba afartan iyo toddoba," ayuu yiri, siaga oo ay indhihiisu ku sii jeedaan biibbitooyinka ku yaal hareeraha waddada Maka AlMukarrama. Waxaa ii muuqday in in aanay sidii hore baabuurtu waddada ugu badnayd. Ma jirin basaskii badnaa ee waddada wayn isku dhaafdhaafi jiray.

"Waa Kooxdii Maanifeesto," ayuu hadalkiisii raaciyay. "Maanifesto?"

"Haa, Maanifeesto waa koox waddaniyiin ah oo isugu jira odayaal iyo indheergarad qabiil kasta leh."

"Gartay,"

"Waxay soo jeediyeen in talisku is casilo inta goori goor tahay. Waxay..."

"Cali! Cali!" Qof waddada marayay ayaa ii yeeray. Dhinacyada ayaan eegay si aan u arko qofka ii dhawaaqaya laakiin xawaare sare ayaan ku socday. Muraayadda dambe ayaan ka fiiriyay, mase qof baa i daba cararaya. Gaarigii ayaan qaboojiyay aniga oo wali muraayadda dambe fiirinaya. Waxaa ii muuqday laba nin oo dhallinyaro ah. Raambo oo saaxibbaday ka mid ah ayaan gartay. Gacantuu ii haadinayay si aan u arko. Gaarigii ayaan dhinac u duway oo joojiyay.

"Haye Raambo?" ayaan ku iri markii uu i la soo sinmay. "Ilaa markii aad samaafaraha Shaqaalaha ka soo leexatay waan kuu gacanhaadinayay!" ayuu ku cawday. "Ha i dhihin ku ma arkayn!" Wuu dhoollacaddeeyay. Raambo nin aad u xoog wayn ayuu ahaa, sida magacu tilmaamayo.

"Wallaahi ku ma arkayn. Oo harta sidee igu garatay?" Waan soo degtay si Raambo iyo saaxiibkiis kursiga dambe ugu xaluushaan.

"Igu garatay aa?" ayuu la soo booday isaga oo sii xaluulanaya. Saaxiibkiisna wuu ka daba galay. Kursigaygii ayaan ku laabtay oo gaarigii dhaqaajiyay.

"Sidee gaariga iigu garatay ayaan ka wadaa?"

"Malaha waad illowday waagii aad gaari wadidda baranaysay in aad fatuuradkuuseydaan maalin kasta soo xadi jirtay?" Wuu qoslay. "Maalin ayaad xataa wadidda igu bartay. Ma illowday waxaas oo dhan?"

"Oo waa adigii dugsiga Quraanka ku dhuftay!" Waan xusuustay. "Waa adigii sigay laba dugsileyda ka mid ahaa oo Quraan akhrinayay."

"Khaladka adigaa lahaa futo boholyahow!" "Nacallaaye adigaa khaladka lahaa!"

Runtiis ayay ahayd oo aniga iyo gaarigaba si fiican ayuu noo yiqiin. Raambo waxa uu ka mid ahaa saaxiibbada ay walaalkay Xasan aadka isugu dhowaayeen. Deris ayaannu ahayn intii Xasan dalka joogayna kudhawaad maalin kasta gurigayaga ayuu imaan jiray.

"Haye, xaggee u socoteen xarfaaney? Magaalada lee miyaa, sidiinnii?"

"Oo hadda xaggee u socotiin?" ayaan waydiiyay markii aannu isa salaannay. "Magaalada hoose miyaa, sidiinnii?" Rambo ilaa iyo waagii Xasan dalka ka tegayba wuxuu ka mid ahaa ragga biibbitooyinka magaalada hoose ku yaal fariista. Waa sababta aannu u kala lunnay.

"Magaalada hoose!" ayuu la soo booday, sidii ay tahay wax aan la sheegi karin. "Goormaa kuugu dambeysay in aad timaaddo magaalada hoose?"

"Ma aqaan. Dhawaanahan ma ahayn. Sabab?"

"Maanta meel furani ma jirto, sabatuna waa xukunkii maxkamadda oo dhacaya. Ma aqaan in aad maqasheen laakiin halkaa ayaannu u soconnaa."

"Haa, waannu maqalnay. Annaguna halkaa ayaannu u soconnaa."

"Alla foolxumo waynaa!" Baakad sigaar ah ayuu jeebka shaatiga ka la soo baxay oo anigana xabbad ii soo taagay.

"Maya, mahadsanid."

"Hayee tarraq ma haysaa?"

"Haa." Tarraqii ayaa u dhiibay.

"Idinku iska warrama? Maxaad Hodan ka doonaysaan?" Muraayadda ayaan ka fiiriyay. Qiiq buu afka ka sii daynayay.

"Macnaha ma xariifad cusub baa xaafaddaas kuu deggan?" ayuu i waydiiyay.

"Daba bohoyahow dadka oo dhan ma adigoo kale ayaad u qabtaa oo qaxarkaan lagu jiro gabdho gaadayay?" saaxiibkiis ayaa ku la kaftamay.

"Ninkaan ma taqaannid. Gabdho gaadid ka ma daalo, wax kasta oo dhaca!" ayuu isaguna ku kaftamay.

Waxaa ii muuqday Cabdulqaadir oo dhoollacaddaynaya. Aniguna waan u dhoollacaddeeyay. Cabdulqaadir aad u la ma dhacsanayn arrimaha gabdho gaadidda iyo waxyaalaha la midka ah.

11

Dhismaha Maxkamadda Sare kun goor ayaan hore u arkay laakiin waligey gudaha u ma gelin. Dhisme wayn oo waddada saaran ayuu ahaa. Sidii caadada u ahayd, tobaneeyo booliis kali ah ayaa hor taagnaan jiray, maantase wax kasta way ka duwanaayeen sidii hore. Dad kumannaan gaara ayaa hor dhoobnaa. Waxay u ekayd sidii dadkii dalka oo dhammi isugu yimaadeen. Rag, dumar, carruur, loo ma kala harin. Badankoodu way taagtaagnaayeen, qaarna way farfadhiyeen. Dhammaan waxaa isha lagu hayay albaab xiran, sidii dadwayne sugaya riwaayad bilaabanaysa.

Dadka meesha dhooban kalabar waxay ahaayeen nabadsugid. Booliis ma ahayne waa Koofiyad Guduud sidii maalintii dhawayd oo kale u hubaysan. Waxay isku dayayeen in ay kala cayriyaan dadwaynaha caraysan. Ma fududayn in dadka xaggooda hore loo gudbo, sidaa awgeed meel dambe ayaan iska istaagnay. Wadnahaa aad ii garaacay markii aan Koofiyad Guduud arkay, Cabdulqaadirna kolley dareenka aan qabo oo kale in uu qabo ayaan islahaa.

"Gadaashaan aan iska joogno," ayuu soo jeediyay Cabdulqaadir.

"Sidaasaa anigana i la qumman," ayaan ugu jiibiyay.

"Intee wax marayaan ilaa iyo hadda?" Waxaan waydiiyay nin naga horreeyay. Ninkii indho kulul ayuu igu soo fiiriyay oo su'aashaydii ismoogeysiiyay. Nin shaaribbo dhaadheer ayuu ahaa oo u eg in aanu reer magaalada ahayn.

"Adigoo ralli ah..." Waan ugu celiyay aniga oo garabka ka taabanaya. Waxaan u qaatay in aanu su'aashaydii fahmin. "Waxaan ku waydiiyay..."

"Waan gartay waxaad i waydiisay! Sug oo arag waxa dhaca!" ayuu isaga oo wali caraysan igu yiri, wuuna iga jeestay.

Waxaan dareemay Cabdulqaadir oo i gujinaya, markaan eegayna wuxuu farta iigu fiiqay ninka calooshiisa. Waxaan arkay in bastooladi guntiga macawista ugu jirto. Baqdin darteed ayaan gadaal uga soo joogsaday, wuuse i dareemay.

"Adigu ku ma jirtid. Iyagaan u wataa!" ayuu yiri. Markan hoos ayuu u hadlay. Wuxuu farta ku fiiqay ciidankii Koofiyad Guduudda.

"Naga wad meeshaan," ayuu igu la faqay Cabdulqaadir. Ninkii ayaan u wada dhoollacaddaynnay oo meeshii ka dhaqaaqnay. Meel kale ayaannu dadkii ka dhex galnay.

"Ha la hadlin dadkaas ninyahow. Dadkan aad dadwayne caadi ah u qabto kalabar waa ciidan nabadsugid ah. Ma garan kartid," ayuu yiri, isaga oo hareeraha iska eegaya, bal in cidi dhegadhegaynayso hadalkiisa.

"Waa layaab! Meesha waxba ka ma socdaan wali." Haweeney Cabdulqaadir ka dambeysay ayaa tiri.

"Maxay tiri?" ayuu warsaday Rambo oo Cabdulqaadir dhinac taagnaa.

"Waxba. Saakadii hore ayay maxkamaddu dacwadda u fariisatay, ilaa haddana waxba ma socdaan."

"Waa ifafaale wanaagsan. I la ma aha in dil lagu xukumi doono," ayuu yiri nin haweeneyda dhinac taagnaa.

"Si ay wax yeelaanba, wax cusub ayaa maanta laga bilaabo dhici doona. Waxaan u la jeedaa in Afweyne aanu waligi ka labalabayn dilka dad aan waxba galabsan." Cabdulwaadir ayaan jalleecay markii ninku "Afweyne" yiri, maadaama naanaystaan Madaxwaynaha lagu duro. Dadkii u dhawaa oo dhan ayaa indhaha taagay.

"Ha baqina!" ayuu ku qayliyay, si loo wada maqlo. "Way u dhammaatay. Taliskan way u dhammaatay! Waan hubaa. Maanta laga bilaabo!"

"Raynrayn badan iyo cabsi aan yarayn oo isku qooshan ayaan isku mar dareemay. Ninka warkiisa waan u bogay, laakiin goobta uu ku yiri ayaanan jeclaysan. Waa maxfal la dhoobanyahay meesha uu ka dhex yiri! Walle tanina waa mashaqo kale oo hor leh. Boqollaal goor ayaa dad loo xiray in ay fagaare ka dhalleecayn taliska xukunka haysta. Xataa waxaan xusuustaa habeen aan bas saarnaa oo nin cabsani uu taliska wax ka sheegay, ka dibna laba qof oo rakaabka ka mid ahaa, kolleyba jaajuusyo taliska u shaqeeya, ayaa baskii ka dhex jiitay isaga oo katiinadaysan.

Abbaraha shantii galabnimo ayuu xukunkii dhacay. Nin tuute millatari ku labbisan ayaa isaga oo dadwaynihii hor jooga codbaahiye ku hadlay. Qof ayaa lahaa waa Taliyaha Ciidanka Booliiska.

"Mudanayaal iyo marwooyin, dhegaysta," ayuu hadal ku bilaabay. Waa la wada aammusay oo sidii dhagaxyo aan nuuxsi laga filayn loo istaagay.

"Xukunkii waa la riday. Kooxda Maanifeesto waa lagu waayay dambi ay qaranka ka galeen!"

"Woo!" Dadwanihii ayaa orriyay.

Ganjeelooyinka hore ee maxkamadda ayaa la ballaqay. Waxaa ka soo muuqday koox odayaal ah. Dadkii ayay salaan u wada gacanhaadiyey. Qof kastaa wuxuu doonayay mar uun in uu taabto, marka aniga la iga reebo. Isma aan dhaqaajin markii dadku u dhaqaaqeen in ay Kooxda salaamaan. Badankoodu gadhadh waawayn ayay lahaayeen. Dhammaan macawiso iyo shaatiyo ayay xirnaayeen. Qaarkood ayaa cimaamado sitay. Dhammaantood way dhoollacaddeynayeen dadwaynaha isugu yimidna salaan ayay ugu gacan haadinayeen. Si lamafilaan ah ayuu iiga dhex muuqday waji igu yaal laakiin meel aan ku arkay aanan garanayn. Nin dhuuban oo gadh wayn ayuu ahaa. Isla markaaba ninkii ayaa soo garab istaagay Cabdulqaadir. Salaan ayay isgacanqaadeen.

"Waa Taliyihii hore ee Booliiska!" ayuu qof yiri. "Kan dhinaciisa taaganina waa malyanneerkii!"

"Kaasina waa Imaamka Masjidka Sheekh Cali Suufi."

Waa sax! Haddaan xusuustay ninka meeshaan ku arkay. Waa ninkii maalin hore khudbadda Jimcaha jeedinayay, markii Koofiyad Guduuddu masjidka soo galeen. Waa isagii!

Kooxdii Maanifeesto waa la soo daayay ugu dambayn. Dadwaynihii waxay bilaabeen in ay si nabad ah ku kala dareeraan. Hareeraha ayaan eegay, mase saaxiibbaday midna ma joogo. Waan raadiyay mase helin. Cabdulqaadir mar kale ayuu dadkii ku dhex libdhay. Markaan ka quustay ayaan iska dhaqaaqay oo aaday halkii gaarigu ii yiil.

12

Intii aan guriga u sii socday dadku waxay u ekaayeen in ay sidii hore ka farxad badanyihiin. Biibbitooyinkii iyo ganacsiyadii kale waa la furay. Dhallinyaro ayaa sidii lagu yiqiin ku urursanaa maqaaxiyaha shaaha. Markan waan ogaa waxa ay ka sheekaysanayaan; sidii dadwaynuhu u joojiyay bahalnimadii taliska; sidii Soomaali oo dhammi ugu midoobeen iska caabbinta taliska. Xataa aniguna raynrayn guuleed baan dareemay. Waa markii noloshayda iigu horreysay ee aan dareemay in aan dalkayga wax taray. Dhammaan waxaa loo midoobay ka soo horjeedsada dawladda. Ammaanayaan dareemay. Sidii aabbahaya wax u filayay cagsigeeda ayaa dhabowday. Dhammaan waa loo midoobay iska caabbinta taliska xukunka haysta. Daaroodku la ma ay safan taliska. Anigaa indhahayga ku arkay.

Durbaba waxaa soo gaaray KM4. Garaash halkaa u dhawaa ayaan gaariga dhigay, si aanay Canab iiga qaadin. Waxaan ku fekerayay in aan haddana isku diyaariyo dabbaaldegga Sannadka Cusub. Waxaan is lahaa cidina hadda kaa ma hor istaagi karto. Basaskiina caadi bay u shaqaynayeene bas Madiina u socday ayaan ka soo raacay KM4. Markii aan guriga imid wax kastaa sidoodii ayay caadi u ahaayeen. Cid kale iskaba daa e qoyskaygu xataa sidii hore way ka farxad badnaayeen.

"Aabbe Kenya ayuu joogaa," ayay igu salaameen isla markii aan soo galayba.

"Waan ogahay. Telefoon ma soo diray?" ayaan iri, aniga oo dhoollacaddaynay.

"Haa, guriga Xaaji Ismaaciil ayuu soo wacay! Anigaa la hadlay isaga iyo Xaaji Ismaaciilba."

"Waa hagaag. Wax kaloo cusub?" Qolkaygii ayaan furtay.

"Maya, waxba. Gaarigii wali ma aadan soo qaadin?"

"Lacag u ma hayo. Ma bixinaysaa?"

"Maya! Xaggee ka keenaa lacagta?" ayay tiri, sidii aan filayay. Way necbayd qof lacag waydiiya.

"Arbacada ama Khamiista ayaan lacag filayaa. Markaa ayaan bixin doonaa."

"Ilaa Khamiista ma sugi karo!"

"Waa xalka kali ah ee la hayo."

Qolkaygii ayaan galay oo albaabka soo xirtay. Waxaa miiska sariirta gees yaal iiga dul muuqatay baqshad. Waan istaagay oo soo dhuftay. Aniga ayay igu socotaa. waan furay oo akhriyay. Saaxiibkay Muuse ayaa soo diray. Akhris ayaan ku bilaabay.

Gacaliye Cali:

Waan ladanahay, adigana sidoo kale ayaan kuu rejaynayaa. Waan ka xumahay in aan magaala madaxda degdeg uga soo baxay. Been kuu sheegi maayee ma damacsanayn. Aabbanahay ayaa qorshaha oo dhan keenay isaga oo aan waxba ii sheegin. Waan hubaa in aad hadda ogtahay sababta aan uga baxay magaaladaydii, saaxiibbaday, iyo adduunkii aan aqiin oo dhan. Si ay ahaataba, wali waxaan jooga Bay. Aabbahay ilaa xalay waa la la'yahay. Meel uu jiro war laga ma hayo. Qoyskayagu ma oga in aan warqad kuu soo dirayo oo ma rabaan. Laakiin waligeen cid na kala geyn kartaa ma jirto. Waa ballan.

Saaxiibkaa rumaad,

Muuse A. Keenadiid.

FG: dadka oo dhan igu salaan.
SANNAD WANAAGSAN DHAMMAAN!

Cinwaan loogu jawaabo ku ma qornayn. Shukumaankaygii ayaan soo qaatay oo qolkii ka soo baxay. Aniga oo musqusha u sii socda ayaan sii maray Fallis oo daaradda rushaynaysa. Sidaa ayaay maalin kasta samayn jireen, si boorku u nabmo.

"Yaa warqadda miiskayga saaray?" ayaan waydiiyay, aniga oo isku deyaya in aan ka ilaaliyo qoyaanka biyaha ay sayrinayso.

"Maxamad Ismaaciil. Saaka ayuu furihii boostada qaatay si uu warqado uu sugayay uga la soo baxo." Tuubbadii ayay markaa si xiiraysay oo waxay u ekayd in ay rushayntii dhammaysay. "Sabab?" ayay raacisay hadalkeedii. Maxamad Ismaaciil waa wiilka Xaaji Ismaaciil. PO boxkeenna ayuu adeegsan jiray maadaama aanu isagu mid lahayn. Qoyskiisa in uu kooda la isticmaalana ma uu rabin, sabab aanu sheegin darteed.

"Ma aqaan. Warqaddu Muuse ayay iiga timid, laakiin waxaan is iri kolley qof kalana warqad buu u soo diray," ayaan iri, aniga oo suulka gacta god gibin ah rayska uga qodaya.

"Maya, warqaddaas kali ah ayay ahayd. Maxaa?" Garbaha ayay gundisay oo tiri, "Wax kastaa waa hagaag ma yiri?"

"Haa, kali ah aabbihiis ayaa la la'yahay. Sannad cusub oo farxadeed buu kuugu hambalyaynayaa."

"Macallin Cismaan iyo qoyskiisii saaka ayay baxeen," ayay shaaca ka qaadday.

"Macallin Cismaan?" Magaca waan maqlay laakiin waxaa xusuusan kari waayay qofkuu ahaa.

"Haa, Macallin Cismaan!" Waxaan gacanta ku tilmaantay halkii uu degganaa. "Cali Yare aabbihiis!"

"Ahaa!" Waan gartay. "Way baxeen? Oo xaggee aadeen?" "Sacuudi Carabiya!"

"Nasiibkiis" ayaan ku iri oo musqusha galay.

Cali Yare wuxuu ahaa Caasha walaalkeed ka wayn, Xasanna isku galaas ayay ahaayeen. Anigana saaxiibbo isku fiican ayaannu ahayn. 'Wallee nasiib buu leeyahay' ayaan isku la hadlay aniga oo qubaysnaya. Dhawaan uun ayay ahayd markii Caasha ii sheegaysay in ay jeclaan ahayd haddii aabbaheed taajir ahaan lahaa oo uu dalkan aan la isku hallayn karin ka dhoofin lahaa! Tuubbaddii qubayska ayaan dhinac uga durkay oo cirka buluugga ah indhaha la raacay. Musqusheennu, sida kuwa dadka kalaba, kor ka ma dednayn. Sababta ma aqaan. Malaha cimilada kulul ayaa loo la dan leeyahay. Ma aqaan. Durbadiiba dud shimbiro cad cad ah ayaa cirka ku soo ekaaday. Xorriyadda noolayaashi ku raaxaysanayay way iska muuqatay. Hadba siday doonaan bay joog sare iyo mid hoosaba ugu duulayeen. Waxaan jeclastay in aan shimbir ahaan lahaa, haddana degdeg ayaan maankayga u beddelay oo Alle uga mahadnaqay in aan dad ahay. Dhab u ma hubo wixii maskaxdayda beddelay laakiin sababaha midkood waxay ahayd in aan mar maqlay shimbiruhu waxay leeyihiin maskax aad u yar, marka abuurta kale la barbardhigo. Aniga oo maanfikirkayga la dhacsan ayuu qof aayar u soo garaacay albaakii musqusha.

"Yaa waaye?" ayaan waydiiyay.

"Musqusha kaligaa ma lehide giiska jooji oo ka soo bax, dad kalaa u baahane!" ayay tiri Canab.

"Waa soo baxaa," ayaan iri oo shukumaankaygii gantii uu surnaa ka soo dhufsaday. "Waa soo baxaa."

Fidkii habeenkaas ayaannu aniga iyo qoysku wada cashaynnay. Waa hore ayaa iigu dambeysay in aan sidaa yeelo. Muna ma aha e intii kale waa la isugu yimid. Miiskii waynaa ee qadada ee qolka fadhiga yiil ayaannu hareeraha ka fariisannay. Aniga, Fallis, Canab, iyo Axmad ayaa afar kursi ku kala fariisannay, Naasir dhabta hooyadiis ayuu ku fadhiyay. Halkaas ayaannu iskukaris bariis iyo digir ah ku cunaynnay.

"Oo Muna meeday?" ayaan waydiiyay, aniga oo fiirinaya Canab oo i dhinac fadhiday.

"Ma ogi. Ma joogin markii ay baxaysay. Malaha..." "Ballannay lahayd," Fallis ayaa dhanka kale ee naga soo horjeeda ka soo tiri.

"Ma isla kii ayay la ballansanayd," ayaan warsaday. Waa la wada ogaa in aanan ka helin ninka ay la sheekaysato oo aan nahlaawe u qiin.

"Haa, isla isagii!" ayay ku kaftantay Fallis. "Oo maxaa ku jaban in ay isla isaga la sheekaysato? Dadka oo dhan ma adigoo kalaad u qabtaa maanta gabar la socda berrina mid kale?"

"Oo maxaa ku jaban?"

"Ma ogi," ayay ayay si ismoogeysiin ah u tiri. Way ogayd in aan mawduucan saacado badan ka la doodi karo. "Kolley xor baad tahay," hadalkii bay soo afjartay. "Oo horta gabdhihii saaxiibbadaa ahaa maxaa ku dhacay beryahaan? Ma adigaa ha ii imaannina ku yiri mase way ku naceen, mase wax kalaa jira?"

"Way i naceen," ayaan ku la kaftamay.

Hadalkii ayay sii wadatay. "Ragga kulligood waa isku mid. Marka ay kaligood yihiin dumarka way way baryaan, marka ay dad kale hor fadhiyaanna waxay iska dhigaan in aanay rabin." Waan ku wada qosolnay. Ka dib waa la aammusay oo qof kasta saxanka iyo qaaddasiisa ku mashquulay.

"Aad ayay kuugu adagtahay sow ma aha in saaxiibbadaa oo dhammi kaa tageen?" ayay i waydiisay Canab markii aannu cashadii dhammaysannay.

"Haa. Dalka waa laga wada tegayaa. Jeclaan lahaayaa in aabbe taajir ahaan lahaa, sida kuwa dawladda ku jira," ayaan iri, intaan neef iska soo kudiyay.

"Dadka dawladda ku jira oo dhammi qani ma wada aha hee," ayay tiri Fallis.

"Dancan, dhammaan ma wada aha laakiin kolley Marreexaanku waa wada lacagley."

"Hawiyahana way ku jiraan kuwo taajiriin ah."

"Haa, laakiin hadda ma ka hadlaynno Hawiye iyo Daarood, sow ma aha?"

"Haa, laakiin waxaad u jeeddaad aqaan."

"Maqal. Waan aqaan in qaar Hawiye ahi ay dawladda ku jiraan oo ay sida kuwo kale u musuqmaasuq badanyihiin. Qaar Daarood ahina way jiraan. Laakiin Marreexaanka dawladda ku jira oo dhammi waa lacagley." Qolkii ayaan ka soo baxay sababtoo ah waxaan ogaa halka sheekadu u socoto oo horaan waxaan oo dhan u aqiin.

Fallis sidaa ayay iska ahayd oo arrimaha qabyaaladda xasaasiyad bay ka qabtay. Maadaama ay iyadu Daarood ka dhalatay, mararka qaarkood si inteenna kale ka duwan ayay u dhaqmi jirtay. Mar kasta oo laga hadlo taliska xukunka dalka haysta way soo boodi jirtay iyaga oo tolkeeda Daarood difaacaysa. Ma aqaan sababta. Qofna ma takoori jirin, kolley anigu intaan arkayay. Sidaa oo jirta, haddana marka qabyaalad ama wax la mid ah laga hadlayo dadka way iska saari jirtay. Si kastaba, qoyksa ayay ka tirsanayd waana ay ogayd taa.

Dhallinyarada midba kan kale qabiilkiisa wuu xifaalayn jiray, iyada oo aan waxba xumaan ah uurka la isugu hayn. Dhab ahaan, waxaa jiray saaxiibkay Saciid la oran jiray oo aan u bixinnay "Saciid Marreexaan", sababtoo ah waxa uu ahaa qofka kali ah ee saaxiibbada ka mid ah ee Marreexaan ka dhashay. Dadka waawaynse xaalkoodu sidaa waa uu ka duwanaa. Waxaa dhici karaysay in ay wax intaa ka sii yar isku dilaan.

Anigoo qolkaygii ku laabtay oo wax aan isku mashquuliyo ka fikiraya ayay fikrad degdeg ahi iigu soo dhacday. Dharkaygii ayaan kala soocid ku bilaabay. Intii ugu wanaagsandayd ayaan dhinac u saaray si loo dhaqo oo aan habeenka wayn ee soo socda ugu diyaarsado. Waxaan kaloo go'aan ka gaaray dharka aan berri xiran lahaa; dabagaab jaalle ah iyo funaanad gacmagaab ah oo AFRIKA oo far madow ahi ku qorantahay. Waxaan is iri aroorta hore toos oo soo gado suspenders madow oo aan ku qaato dharka labbiska ah ee aan u diyaarsaday dabbaaldegga habeenka Sannadka Cusub. Wax kasta way isku toosnaayeen; gaarigii, lacag aan u sii diyaasaday munaasabbaddan, iyo dabcan gabadhiiba. Waxba ma dhinnayn. Wax kasta way saxnaayeen. Raynrayn ayaan dareemay oo ka fikiray tallaabada xigta ee aan qaadi doono. Waxaan soo qabsaday mid ka mid ah buugag sheekafaneedyo ah oo aan akhriskoodu meel ii marayay. Buugag badan oo noocaa ah ayaa qolka ii yiil, dabeecadna waxaan u lahaa in aan dhammaantood akhriskooda isku dhinac wado sidaa darteedna aanan waligay midkoodna dhammayn. Hadba anigoo dareenkaygu siduu yahay raacaya ayaan mid cusub dooran jiray. Markan waxaan soo qabsaday buugga uu qoray Daniel Defoe ee sheekada Robinson Crusoe oo sariirta la tegay.

13

Horraantii waxaan u qaatay in aan riyoonayo laakiin durbaba waxaan ogaaday in aanay jirin. Indhaha ayaan xoogaa kala qaaday oo isku deyay in aan maskada soo wada xaadiriyo. Waan lulooday, dabadeedna waxaan dareemay sidii barkintaydu dhaqaaqayso, ama wax sidaa u eg. Madaxa ayaan la soo kacay oo qolkii yaraa hadba dhinac fiiriyay.

Qolka oo dhan ayaa ruxmayay; sariirta, derbiyada, iyo aniguba? Waxaan xusuustay filin aan waa daawaday oo dhulgariir ku saabsanaa. Waa tabtaas oo kale, kali ah waxyaalaha derbiyadayda surnaa u ma soo daadanayn sidii filinka. Waan soo booday oo istaagay. Waxaan maqlay jug aad u culus. Wax ay tahay ma aan garan laakiin waa jabaq aanan waligay maqal. Waxaa yeertay hhiigg! Ggiigg! Guriga bannaakiisana waxaan ka maqlayay yabaq. Albaabkii hore ayaan aaday oo ballaqay. Dhammaan halkaasaa la foognaa; qoyskayga, deriskii, iyo dad kaloo badan. Waa la wada argaggaxsanaa hadallo badanna waa la isdhaafsanayay.

"Waxaani waa waalli!" ayay haweeney la soo boodday. "Waa xalka ugu wanaagsan," ayuu nin yiri.

"Soddon daqiiqo ka hor ayay bilaabatay,"

"Indhihii hurdaysnaa ayaan marmaray oo dadkii shamuumsanaa u soo dhawaaday. Qoyskayga qofna i ma dareemin in aan goobta joogo. Sida dadka oo dhan ayay cirka wax ka eegayeen.

"Maxaa jira?" ayaan waydiiyay Muna oo cirka tilmaamaysagacantii ay ku tilmaamaysay ayaan kor indhaha u la raacay. Waxaa ii muuqday uuro madow.

"Waa dagaal!" ayay tiri iyada oo aan wajigaygaba jalleecin. "Dagaal?"

"Haa! Waan baqayaa Caliyow!" ayay tiri, intay i soo jalleecday.

"Yaa dagallamaya?" ayaan warsaday.

"Ma aqaan!" ayay tiri, iyada oo gacanta xoog ii tuujinaysa. "Xaqudirirayaashii USC ayaa dawladda la diriraya," ayuu yiri nin aniga i soo eegayay. Qalbigaa i laxaway.

"Maya, sidaa ma aha. Waa ciidammadii dawladda iyo shacabka oo iska soo hor jeeda," ayuu yiri nin kale oo aan ku raacsanayn siduu wax u sheegay.

"Shacbka! Shacabkee?" ayay la soo boodday haweeney.

"Ma aqaan laakiin haddaad magaalda dacalkeeda kale arki lahayd! Ciidamada ayaa dadka xabbado ku ridaya. Qof kasta way tooganayaan!" Aniga intaasaaba iiga filnayd. Dhab ahaan, iga badan. Cirka ayaan fiiriyay iyo uuradii madoobayd oo u muuqata in ay sii ballaaranayso. Waxay u muuqatay in magaalada oo dhan dab haysto. Eraygii "Dagaal Sokeeye" ayaa igu soo dhacay. Dagaalkii sokeeye wuu bilowday. Cabsida aan qabey walwalkaa iiga badnaa. Waxaan ka walwalsanaa qoyskayga. Hooyaday. Waxay degganayd Huriwaa oo magaalada dhinaceeda kale ah, Ilaah kali ayaana ogaa sida xaalkeedu yahay. Waa in aan wax uun sameeyaa. Wax lee.

"Soo gala guriga!" ayaan ku amray Fallis, Muna iyo walaalahay oo iyaga oo aammusan ganjeelada hore dhoobnaa. Canab ma joogin, haddii aanay gudaha guriga ku jirin. Way i soo wada fiiriyeen.

"Guriga gala ayaan idin iri, oo qofna ka ma soo bixi karo! Hadde waa qofna! Ma i maqlaysaan?" ayaan ugu canaanceliyay. Aammusnaan ayay amarkii ku qaateen. Qolkii ayaan ku noqday oo dharka beddeshay. Waa in aan hooyaday soo arkaa. Baskii u horreeyay ee baxayay ayaan u raacay KM4 iyo halkii gaarigu ii yiil.

Hooyaday da'da dabayaaqada afartameeda ayay ku jirtay aadna way u qurux badnayd. Waqooyiga magaalada ayay ku noolayd. Waagii aabbahay furay ka dib ma aanay guursan, sidaa awgeedna, maadaana aanay caado ahayd in dumarku kaligood meel degaan, ganacsi qoyskoodu lahaa ayay ka shaqo gashay waxyana hadba mid la noolayd ragga walaalaheed ah ee kow iyo tobanka ah iyo qoysaskooda. Abtiyaashay rag dhaqaale ahaan ladan ayay ahaayeen oo waxay lahaayeen makhaayado, beero, baabuur badan oo kuwa xammuulka culus qaada ah. Waan u tegi jiray marka aan ka cabanayo aabbahay iyo labadiisa xaas ee dhibka badan, aayooyinkay, waana la joogi jiray ilaa xaalku degayo. Mar kasta oo aan aado, waxaan u tegi jiray oo guryahooda midkood shir u wada fadhiya, marka laga reebo hooyaday iyo walaalkooda ugu yar. Waxay aad uga hadli jireen qabyaalad iyo siyaasad, tabtii aabbahay iyo saaxiibbadiis gurigayaga ugu shiri jireen. Aad ayaa loogu caajisayaa in wax badan la sii joogo, sidaa awgeedna isla marka xaalkii gurigeenna iga keenay kala degaba waan ka soo noqon jiray.

"Gaarigaygii way qaateen!" ayuu yiri nin baska saarnaa. Baska meel uu ka fadhiyay ma xusuusto. "Waxay igu yiraahdeen ka deg gaariga. Waan ka yeelay maxaa yeelay qori ayay igu soo fiiqeen. Way i garaaceen oo i soo cayriyeen. Waan..."

"Nasiib baad lahayde!" ayuu yiri nin kale. "Nin iyo naag ayay ku dileen kali ah in ay diideen markii la yiri ka dega gaariga. Way..." Wax aan ku macneeyo ayaan garan waayay waxa la sheegayo. Wax aan sameeyo ayaa iga madoobaaday. Markii aan arrinka ka fiirsaday, waxaan go'aansaday in intii aan gaariga qaadan in aan baska ku tago meeshaan u socday. KM4 ayaa ku degtay oo halkaa ku sugay bas magaalada hoose u socda, kaa oo aan ku sii beddelanayo mid kale oo Huriwaa i geeya.

Laba saac iyo bar subaxnimo ayay ahayd iyo boosteejada KM4 oo aan bas ku sugayo. Dad badan oo sugayay basas ay u raacaan xaafadaha kala duwan ayaa meesha dhoobnaa. Waligay dad sidaa u tiro badan halkaa ku ma arag. Basaska Madiina ka imaanayay oo si caadi u shaqaynayay ayaa meesha dad ku soo daadguraynayay, laakiin basaskii magaalada hoose aadi jiray ayaan jirin. Basaska kali ah ee la heli karay waa kuwa Madiina ku laabanaya. Xataa gawaari kale oo shacab leeyahay ma socon. Waan sugnay oo sugnay laakiin waxba isma beddelin. Waxaa la arkayay Jiibab rag hubaysani ka buuxaan oo dhanka magaalada hoose u yaacaya. Ma joogsan ragga saaranna na la ma ay hadal. Xataa na ma soo fiirin. Dadwaynihii waxay bilaabeen in ay basaskii u raacaan dhanka

Madiina. Qaar way iska lugeeyeen. Aniguna waxaan go'aan ku gaaray in aan gurigii isaga laabto.

Afar saac oo subaxnimo ayaan guriga imid. Qolkii ayaan iridbannaaka ka soo galay, iyada oo aanu qofna iga war helin. Aniga oo argaggaxsan ayaan sariirtaydii fariistay. Waxaan si uun u dareemayay in xaaladdu aad u xumaatay. Aad ayaan maanka u tuujiyay laakiin waxba way ku soo dhici waayeen. Laba walxood ayaa maankayga ka guuxayay: hooyaday, iyo aabbahay. Sida wax iigu muuqdeen, waxaan ugu baahnaa aabbaha si aanan noloshaydii oo dhan ugu baahan, hooyadayna way ii baahnayd. Intaa uun ayaa maskaxdayda haysatay. Hase ahaatee, argaggaxaygii wuxuu saddexlaabmay markii aan maqlay aayaday Canab oo daaradda ka barooranaysa. Waan soo booday oo albaabkii gudaha furay. Waxaan u tegay iyada oo dhulka fadhida oo la wada fiirinayo.

"Maxaa dhacay?" ayaan warsaday. "Cidi ma noola. Waa la baabba'ay!"

"Maxaad ka hadlaysaa!" ayaan waydiiyay aniga oo oohin isku celinaya.

"Dadkaygii! Dadkeennii!"

"Ha ooyin, Ilaah dartiis." Wax kaloo aan ku iraahdo ma garanayn.

"Reer Wardhiigley cidina ka ma noola! Kulli waa la laayey! Rabbiyow! Anigaayeey...!"

Reer Wardhiigley inta ugu badani waa Hawiye. Wardhiigley waa degmo ka mid ah kuwa ugu da'da wayn degmooyinka Muqdisho, Hawiyahana ayaana ahaa dadkii u hor degay, sidaa darteed ayay ku dhawaad dhammaan dadka degmadaas degaa Hawiye u ahaayeen. Eheladayda badankoodu halkaa ayay degganaayeen.

"Yaa kuu sheegay?"

"Anaa saaka tegay..."

Waxaan arkay Canab walaalkeed, Maxamad, oo daaradda dhankeeda kale kursi ku fadhiya, isaga oo aammusan oo aan nuuxsanayn. Waan salaamay.

"Wardhiigley ma joogtay saaka?" ayaan warsaday, aniga oo yaabban.

"Haa." Ilmadii ayay iska tirtay. "Kow iyo tobankii saac aroor hore ayaan salaadda subax u kacay. Waxaan maqlay qaylo aad u qaab daran ka dibna dibadda ayaan u baxay si aan u soo arko waxa jira. Dadka deriska ah ayaa ii sheegay Wardhiigley ayaa gubanaysa. Baskii u horreeyay ayaan raacay. Dadkaygii ayaan ka walwalsanaa. Markii aan tegay, waxaan arkay ciidammadii dawladda oo dadka xabbadaynaya.

"Rabbiyow! Haddii aad...!"

"Markii hore waxaa dagaallamayay USC iyo ciidammada," Maxamad ayaa hadalkii ka dhex galay.

"Waxa oo dhammi sidee ku bilowdeen horta?" ayaan warsaday.

"Ma aqaan. Xalay toban saac ayaan sariirta tegay sababtoo ah xaafadda oo dhan ayaa kacsanayd oo heegan ahayd. Waxay yiraahdeen subixii dagaal baa dhici doona waana..."

"Sidee ku ogaadeen?"

"Ma aqaan. Dadka kalabar ayaaba qoryo ku hubaysnaa. Waxay u ekayd in ay diyaar u sii ahaayeen."

"Oo sidee qoryaha ku heleen?"

"Dhawaanahanba way urursanayeen. USC ayaa u keentay." "Bal USCdaan iiga sheekee. Ma la arkaa? Macnaha...sidee u egyihiin?

"Labbis ma leeyihiin?"

"Maya. Way adagtahay in la aqoonsado. Way nagu dhex noolyihiin mana arki karno! Qof kastaa wuxuu sheegaynayaa uu ka tirsanyahay USC. Dhammaan qoryo ayaannu haysannaa waana..."

"Innaga?"

"Haa. Qof kasta oo qori doonayaa si fudud ayuu ku heli karaa." Shaatiga ayuu kor u feyday oo muujiyay bastoolad xulusta ugu naban. "Anigu waan haystaa. In aan isku difaaco lee. Ma kastay?" Xoogaa ayuu aammusnaa. " Dumarkaan iyo carruurta u sheeg in aanay tegin meelaha qaarkood, sida Wardhiigley. Canab waxay Wardhiigley u aadday aniga ayay iga walwalsanayd. Waxay noqotay in aan anigu soo raaco oo ilaa Madiina u soo wehelyeelo. Aniguba aad ayaan u baqayay laakiin waan ku khasbanaa. Miyaanay ahayn?"

Maxamad dhawr saac ayuu na la joogay ka dibna halkiisii Wardhiigley ayuu ku laabtay. Lasheekaysigiisii waxaa iiga baxay in waxa oo dhammi ku bilowdeen ciidan USC ah oo ugaarsanayay saraakiil Daarood ah oo Dawladda ka tirsan, kuwaa oo ay ku eedaynayeen dilka dad Hawiye ah. Guryahoodii ayay ugu dhaceen oo ku dileen. Gawaaridoodii ayay qaraxyo ugu xireen. Mar kasta oo fursad ku helaanna way tooganayeen. Dad badan ayaan u riyaaqi lahaa waxa USC ku magacawday "ka takhallusidda musuqmaasuqayaasha" haddii USCdu layn lahayd musuqmaasuqayaasha oo dhan ee aanay kuwa Daarood kali ah beegsateen. Dabcan, dawladdu waa in ay ka cadgoosataa koox jiritaankeeda khalkhal gelinaysa. Halkaa waxaa ka dhalatay in USC laga takhalluso. Halkii ay ku xoog badnayd oo Wardhiigley ahaydna waa in la hilfaha loo laabaa. Sida Maxamad sheegay, sababtaa ayaa Wardhiigley subaxaan loo duqeeyay.

14

Maalintaas, qadadii ka dib, waxaan socod lugabaxsi ah ku maray waddada wayn, si aan u soo indhaindheeyo xaaladda guud. Si kale aan u dhigee, in aan soo qiimeeyo xaaladda nabadgelyo. Layaabka aan arkay, kumannaan shacab ah ayaa waddada qulqulayay! Waxay u ekayd in magaalada laga wada qaxayo. Waa dad kumannaan kun tiro le'eg; yar iyo wayn, rag iyo dumar. Markii hore way iga daaddegi wayday waxa ii muuqdaa. Laakiin waa tan oo dadkii magaaladii way ka yaacayaan, iyaga oo u qulqulaya xagga Afgooye oo ah magaalada ugu dhow ee Muqdisho koofur kaga beegan. Way caddayd in ay magaalada isaga guureen oo waxayba siteen alaabo wixii ay qaadan kareen: cunno, biyo, teendhooyin, dhar, barkimo, joodariyo, wad uun. Waxba ka ma soo tegin. Qaar way lugaynayeen, kuwana nooc kasta oo gaadiid ah ayay fuushanayeen, dameer laga bilaabo ilaa gawaarida waawayn ee xammuulka, dhammaanna waxay afka saareen dhanka Afgooye. Hal qof oo dhanka magaalada hoose ee Muqdisho u socday ma jirin. Dadka qaxaya waxaa iyaguna tirada ku dhawaa dadka kooxkooxda u shamuumsan ee iyaga oo waddada hareeraha ka taagan daawanaya, didii ay madax VIP ah soo dhawaynayaan! Waxay i xusuusiyeen sannado ka hor mar uu magaalada booqasho ku yimid Nicolai Ceausescue, madaxwaynihii Romania. Dadwaynihii magaalda oo dhan waxaa lagu amray in ay in waddooyinka soo dhoobtaan oo soo dhaweeyaan. Aniguna hadda ayaan daawatada dhinacayga kaga jiraa. Waxaan arkayay waddada cagagubyada leh ee cagaha qaxootiga ku sii sibqaysa. Nasiib badnaayeenaa in yar oo kabo saandal ah illanaa! Qaarkood ayaa hadba istaagayay si ay erayo kooban oo iswaraysi ah isu dhaafsadaan dadka waddooyinka tuban.

"Ma hubo si loo aammini karo Xamariyaashaan!" Qof baa yiri.

"Waa runtaa! Waxay u badanyahay in ay xaaladda ka badbadinayaan." Qof kale ayaa ugu siddiiqay.

Dadka magaalada ka qaxayay, dhab ahaan, Xamari ma wada ahayn. Xamari waa dadkii ku noolaa magaalada qaybteeda ugu qaddiimsan ee dhagaxa ka dhisan ee Xamarweyne lagu magacaabo. Ab ka ab ayay reer magaal ahaayeen oo la ganacsanayeen Carab, Baakistaani, Hindi, iyo dadyow kale oo xeebeheenna soo gaaray. Siyaasadda ku ma ay jirin, sida Soomaalida kalana dagaal loogu ma yaqaan. Colaad oo dhan way necbaayeen. Xataa markii aannu ciyaalka ahayn ma xusuusto iyagoo dagaallama marka banooniga la dheelayo, ama dhagax ku tuuraya laamiyeeriyada guryaha deriskooda, ama kooxo gaangis intay samaysataan rabsho kicinaya, sidii aan u badnayn markii aan ciyaalka ahayn. Waxay caan ku ahaayeen ganacsiga. Badankooda, haddiiba aanay kulligood ahn, waxaa lagu lagu yiqiin hawlo lacagsamayn ah. Dukaammada iibiya kabaha, kuwa macmacaanka, iyo harqaannada magaalada iyagaa lahaa. Waxaa kaloo loo yiqiin "Gibilcad" waana sababta qof kastaa si fudud ugu garan karo. Haddii aanay gibil caddayn, waxaa lagu gartaa sida ay u hadlaan.

Dadkii qaxayay qaarkood ayaan waraystay oo ka ogaaday in bartmaha magaalada dagaal culusi ka socdo. Duqayntu markan Wardhiigley ku ma ekayne waxay gaartay bartanka magaalada. Dad hubaysan oo waddooyinka meeraynaya in la arkayay ayay sheegeen. Bililiqana way socotay. Markii aan waydiiyay dadka waxaa falaya kuwa ay yihiin, waxay ii sheegeen ay dhanka dawladda ahaayeen. Faahfaahin kale ma sheegin. Dawladda uun.

"Ma u malaynayo in dadkaas oo dhan ay been sheegayaan, Xamariba ha iska ahaadeene," ayay haweeney soo jeedisay.

"Oh! Ha rumaysan! Ganacsi la'aantu iyaga geeri ayay u la mid tahay!" Nin baa isaguna ku baaqay.

Waxaa i qabatay in aan u sheego in uu reer Xamarka u gefayo laakiin waan iska aammusay. Juuq ma oran. Laakiin markan waan iska ogaa in aan sida dadkaas ku wada dambayn doonno.

Goor ay kow iyo toban saac oo galabnimo ku dhowdahay ayaan gurigii u lugeeyay. Hadba intaan istaago ayaan waddada wayn eegayay. Sababta ma aqaan. Malaha in mucjiso dhacdo ayaan filayay. Malaha reer Xamarka iyo dad kalaba si lamafilaan ah bay isaga soo laaban doonaan, iyaga oo ku qaylinaya "Waannu khaldanayn! Waannu khaldanayn! Wax kastaa hadda waa caadi! Waxba ma hallaysna!" In kasta oo ogaalakygu intaa dhaamay, hadba dib ayaan gadaashayda u eegayay ilaa aan gurigii tegay.

"Waa maxay sidani? Xaggee dadkan oo dhammi u socdaan?" ayay waydiisay Canab oo waxa meesha ka socda ganjeelada ka soo khaawisaysay.

"Waa reer Xamarkii oo magaalada ka baxaya," ayaan aniga oo ismaahinaya ku gunuunucay. Anigaa maskaxdayda ku mashquulsanaa. Waa in aan qorshe samaystaa.

"Baxaya!" Indhaha ayay degdeg midig iyo midix u kala rogtay, iyada oo isku deyaysa in ay aniga iyo dadka waddada qulqulaya isku mar na wada dhugato. "Xaafadaha magaalada hoosana ma ka bilaabatay?"

"Haa. Waxayna i la tahay in annaguna aynu dhawaan bixi doonno," ayaan ku iri.

"Annaga aa?"

Aniga oo aan u jawaabin ayaan qolkii galay. Su'aalo badan ayay i la dabagashay laakiin way iga hartay markaan qoyskii oo dhan daaradda ku soo dhaafay oo qolka galay. Inta alaabo sariirtayda dul daadsanayd dhinac isaga tuuray ayaan fariisay oo si qoto dheer uga fikiray qorshahayga.

Arrinta qosykayga waa in aan wax ka qabtaa. Labada wiil ee walaalahay ah ayaa iigu darnaa. Waa in aan magaalada ka saaraa. Wax lagu sheegaba, wax aad u xun ayaa magaalada ka dhacayay. Kumannaan qof wax kasta oo ay waayo tabcayeen intay ka tagaan iska ma dhaqaaqeen sabab la'aan. Waa doqonnimo in la sii dhawrto. Inta goori goor tahay waa in walaalahay magaalada ka saaraa. Mar dambe oo habeenkii ahayd ayaan isugu yeeray dhammaan qoyska oo qorshahaygii u soo bandhigay.

"Xaggee aadaynnaa?" ayay i waydiisay Fallis.

"Meeshaad doonto."

"Adiguna?" ayay warsatay Canab.

"Anigu waan sugayaa ilaa xaalku isbeddalayo."

"Maya, joogi maysid."

"Haa, waa joogayaa."

"Waan ku la joogaynnaa haddii..."

"Haddii aydaan rabin aan baxdaan idinka lee waaye, laakiin Axmad iyo Naasir waa in ay magaalada ka baxaan." Iyaga oo aammusan ayay i soo wada fiiriyeen. Waan sugay.

"Haye e xaggee bay aadayaan?"

"Hooyaday iyo abtiyaashay ayay Huriwaa la joogayaan ilaa wax noo kala caddaadaan.

"Waa yahay haddii aad sidaas tiri."

"Haddii xaalku faraha ka baxana waxaa la geynayaa Jowhar oo guriga aan xagga ku leennahay ayay joogayaan. Maxay ku la tahay?

"Waa fikrad fiican," ayay Canab igu raacday, markii sida ay u badantahay garatay rejo xumada aan dareemayay.

15

Sidii qorshuhu ahaa ayaan laba iyo toban saac aroortii kacay. Waa markii noloshayda u horreysay ee aan xilligaas tooso, xataa waagii aan iskuulleyda ahaa. Aayooyinkay oo iyagu mar hore toosay ilmihii ayay diyaarinayeen. Waan dhaqdhaqannay, ka dibna canjeelo ayaannu ku quraanacay, hal saac oo subaxnimana diyaar ayaannu ahayn. Axmad bac yar oo aan u malaynayo in xoogaa dhar ahi ku jireen ayuu gacanta ku siday.

"Hadda diyaar ma la yahay?" ayaan labadoodiiba waydiiyay markii aannu ganjeelada ka sii baxaynnay.

"Haa," ayaa cod hoose laakiin si fiican loo maqlayo ku yiraahdeen. Maalaha hooyooyinkood ayaa xalay oo dhan la dardaarmayay, sababtoo ah su'aalo badan i ma ay waydiin. Sidaa ayaan door bidayay, illeen jawaabo u ma aan hayn su'aalahooda qaabka daran e.

Markii aannu nusu saac waddada u taagnayn bas ayaannu ogaannay in aanay jirin basas Madiina ka baxaya iyo kuwo imaanaya toona. Waa in aannu lugaynnaa. Saidaa awgeedna waddada ayaannu niyadwanaag cagta ku saarnay. Anigaa jidmariye u ahaa. Gacmahooda yar yar oo dhidid qooyay ayaan dareemay markii aannu waddada ku dhacnay. In kasta oo xilligu subax hore ahaa, dad aad u badan oo wali magaalada ka sii baxayay ayaa jidadka marayay. Dhammaantood xagga koofureed ayay u socdeen, annaguna waqooyiga ayaannu u daba marnay. Dhawr su'aalood ayaan waydiiyay dadkii aannu la kulannay waxayna noo sheegeen in xaalku sidii shalay ka sii xunyahay. Waxay sheegeen bililiqo iyo dilal caadi ka noqday meelo badan oo magaalada ah. Nasiib ama nasiibdarro mid ay annaga noo ahaydba, Madiina waxay ka mid ahayd degmooyinka magaalada hoose ka baxsan waana sababta dad Meediina degganaa aanay uga war hayn waxyaalaha dadka qaxayaa sheegayeen, in ay degmooyinka magaalada dhankeeda kale ku yiil tagaan ma aha e. Taladii na la siiyay ayaannu qaadannay oo waddadii waynayd inta ka leexannay waddooyinka yar yar qaadnay.

Magaalada dhankeedii kale waxaan ugu tagnay muuqaallo walwal leh; waayeello kaligood tukubaya, carruuro lumay oo iska ooyaya, dhallinyaro qoryo aanay qarsanayn ku hubaysan oo wax bililiqaysaya oo aad looga baqayo, iyo in kaloo badan. Aniga oo Cabdinaasir xambaarsan ayaan Axmad gacantii aan hayay xoog ugu dhegay oo iska sii lugeeyay, rucleeyay, mararka qaarna orday. Mararka qaar waxaan ku gabbanaynay guryaha gadaashooda. Mar ay afar saac oo subaxnimo marayso ayaannu soo gaarnay Boosteejada Banaadir. Nabadqab ayaannu ku nimid.

Maanta sidii lagu yiqiin ma aha oo Boosteejada Basaka ee Banaadir oo ah tan ugu wayn uguna mashquulsan magaalada cidla ayay ku dhawayd. Ama, aan iraahdee, wax dad caadia ahi u eki ma joogin. Labaatameeyadii shacab ah oo meesha joogayba waxaa wheliyay labalaab askar tuutaysan ah. Koofiyad Guduud ma aha e waa ciidanka Xoogga Dalka. Safaf ayay u taagnaayeen iyaga oo wajiyadooda aanu wax jixinjix ahi ka muuqan, sidii jamalka badda. Dadka waxay ku safayeen hooska mid ka mid ah dhismayaasha magaalada.

"Maxay dadka u baarayaan?" ayuu warsaday Axmad.

"Ma aqaan." Hooska ayaan ku leexiyay si aan qorraxda subxeed ee kulul ugu harsanno.

"Hoy, adiga! Xaggee baas oo u socotaa? gal safka!" ayuu iigu dhawaaqay mid askrai ahaa oo arkay annaga oo inta safka dhaafnay hooska u sii soconna.

Waan soo laabtay oo safkii galay. Gacmahaa waxay i la xanuunayaan sidii walaalahay ugu dheggenaayeen. Tookadayada ayaannu sugannay in na la baaro. Ciidankii tuutaysnaa shaqadooday qabsadeen. Dadkii oo dhan ayay jeebabka midba mar baareen, iyaga oo aan qofna dhaafayn; waayeel, dhallinyaro, gabdho, iyo xataa ilmaha. Waan iska sugnay oo isha ka fiirsannay. Dadka badankoodii markii la baarayba way iska tageen, in yar uun baa basas sii sugay. Markan safkii aan ku jiray waxaan ka noqday saddex. Nin iyo ilmo, sida ay u badnayd, uu isugu dhalay ayaa iga horreeyay. Ninku intii uu safka ku jiray oo dhan askariga ayuu u dhoollacaddaynayay. Waxaa ii muuqday bastoolad uu qarsanayay oo dhabarka hoose surwaalka ugu nabnayd. Markii la baarayay wuxuu isku boojeeyay cunugga yar. Wadnahaa garaaciisaa dhegaha i jabiyay. Bal ka warran haddii ay ku qabtaan bastooladda! Waxa ku dhici kara ma aanan xammili karin in aan ka fikiro e waan u duceeyay uun.

"Kor u qaad gacmaha!" ayuu igu amray askari, markii la i soo gaaray. Waxaan u sii jeeday ninkii oo tallaabaduu qaadaba gaadaal soo dhuganaya, sidii uu ka baqayo in askarigu u yeero oo mar kale baaro. Ganuggii ayuu gacanta jiiday oo darbiga shaneemada ka laabtay, isaga oo ku dhow in uu cagaha wax ka dayo. Haddii uu cararana la ma garteen oo qof hub qarsanaya iyo mid aan haysanba naftaa la la wada cararayay.

"Maxaa ku jira meeshan?" ayuu waydiiyay askarigii oo farta ku fiiqaya bacdii yarayad ee Axmad gacanta ku siday.

"Ma aqaan... Waxaan...ka wadaa....waxaan u malaynayaa
waa dharkiisii ama wax uun..."

Bacdii ayuu wiilkii ka dhufsaday oo degdeg u fiiriyay. "Hadda ka dib wax kasta oo aad sidato iska ogow." "Haye, mudane."

Hooskii ayaannu dhanka kale saddex qof oo kale la harsannay.

"U malayn mayo in maanta basas shaqaynayaan," ayay tiri islaan waayeel ahayd oo dhinac taagnayd. Waxay u muuqatay in ay hadal u oommanayd. "Laba saac ka badan ayaan bas sugayay." Hadalkii ayay sii wadday. "Igu rayn lahaydaa in aan sidiinnoo kale u dhallinyarahay! Waad lugayn kartaan. Aniguse..." Madax hagoogan ayay hadba dhan u ruxday, iyada oo ka xun waayeelnimada seetaysay. "Ma qorraxdan...iyo ilaa Yaaqshiid! Tabartey ma aha."

Intii aanay wax tabarteed ah iyo wax aan ahayn ii sii gelin, iyo malafka taariikjnololeedkeeda, ayaan ka gudbay. Annaga oo waxba noo qorshaysnayn ayaannu iska dhaqaaqnay. Nin gaarigacan wayn oo qudaar ka buuxdo riixaya ayaa nooga soo baxay meel shan boqol oo mitir noo jirtay. Dadkii oo lacag caddaan ah faraha ku hasyta ayaa dhan kasta kaga soo xoomay, aanuguna docdeennaan ka raacnay oo xaggiisa u degdegnay. Markii aannu kurjad cambe ah ka gadannay ayaannu xatabadda dukaan xirnaa la fariisannay oo ku cunnay, halkaana qorshaha waxa ku degsannay. Midkayaba laba cambe ayuu cunay, intii soo hartay oo afar ama shan ahaydna bacdii ayaannu ku ridannay oo waddada magaalada na geyn cagta u saarnay. Hadba waxaan noo maraynnay mayd ama laba albaab dhinac yaal. Mararkaa oo kale, ciyaalka waddada ayaan dhanka kale u goysiinayay, si aanay maydadka u arag. Marka maydad ii muuqdaanba matag ayaa i qabanayay laakiin carruurta dartood ayaan isku celinayay.

"Jidka wayn ha isku marina," ayay nagu la taliyeen laba nin waddada naga hor yimid. Waa qofafkii noogu horreeyay ee aan in cabbaar ah aragno. Madaxa ayaan mahadnaq ugu ruxay oo iska socday.

"Wax basas ah oo Madiina aadayaa ma joogeen xagga?" ayuu mid ka mid ah na waydiiyay markii uu na sii dhaafayay. Madaxa ayaan maya ruxay. Midkeenna ma istaagine socodkaan isku waraysannay. Mar kale ayaannu waddadii waynayd ka bayrnay oo jidcadde la siman raacnay. Aad ayuu uga saxmad badnaa waddada wayn oo markaa isagaaba waddo wayn noqday. Dadku, in kasta oo aanay badnayn, way ka door bidayeen waddada wayn. Nasiinadii ka dib waxa noo suurowday in aannu sidii hore socodka u boobsiinno. Waxa aannu bilownay in aannu ciid cacagagubyo leh ku ruclaynno. Markii aannu soconnay muddo saacado u ekayd, in kasta oo dhab ahaan saacad kali ah ahayd, waxaannu soo gaarnay isgoys ay ku taal taallada caanka ah ee Sayidka, annaga oo oon iyo gaajo la liidanna.

Dad ilaa tobaneeyo qof ah oo dhisme gadaashiisa ku gabbanayay ayaan ku darsannay. Sababtu waxay ahayd, markan waxaan u soo dhawaannay aagga Madaxtooyada oo taallada ka dambeysay. Madaxwaynuhu halkaa ayuu degganaa, sida aan u malayn jirnay. Soo qaadidda magaca madaxtooyada oo kali ah ayaa laga cabsan jiray. Sida caadada ahayd, dhowr iyo toban asakri oo ilaalo qoryaha darandoorriga u dhaca ku hubaysan ayaa madaxtooyada hor taagnaa. Dadka meesha marayay ayay khaskhashaadayeen oo su'aalo silloon waydiiyanayeen.

Xaggee u socotiin? Xaggee ka timaaddeen? Maxaad u seexan waydeen? Iyo waxyaalo la mid ah. Maalintan wayba ka sii darnayd. Halkaa oo dhowr iyo tobanka sakari joogi jirtay waxaa waardiyaynayay dhowr iyo toban jiib oo waddadaas ilaalinayay. Sida iska muuqatay, dadka gabbaadka aqalka derbigiisa isugu tegay midkoodna ma doonayn in uu waddadaas maro maanta, annaguse waa in aan marnaa, haddii aannu hor maraynana waxa aan la kulmi doonnana ayaannu ka walwalsanayn. Dhismihii gadaashiisa ayaan ku ururnay oo hadba laba ama saddex naga mid ahi ku nasiibsadeen in ay samaafarayaasha ka gudbaan oo waddada gooyaan. Aniga oo darbi ku gabbanaya ayuu qofi garabka iga taabtay.

"Ciyaalkii Ina Daleel midkood sow ma ahid?" ayuu i waydiiyay qofkii aanan aqoon. Daleel waa hooyaday aabbaheed.

"Haa," ayaan ugu jawaabay, aniga oo u qaba in ninku hore iigu arkay guriga abtigay. Maba igu soo dhicin waxa ninku doonayo. Ma i salaamayay uun mase wuu i la talin doonaa? Mase...? "Waa sax oo hooyaday gabadha kali ah ee Daleel dhalay."

"Sidee yahay abtigaa, Bile Daleel?" ayuu i waydiiyay.

"Hee, Bile Daleel hee?"

"Rasaastii ma ka bogsaday?"

"Rasaas?"

"Waxaan maqlay in la...."

Ciidan jiibab wata ayaa ka soo yaacay Madaxtooyada oo waddada dhankeeda kale ah. Dadkii i la joogay oo uu ku jiraan ninkii ii warramayay dhammaantood qof kastaa meeshii uu baxsan karay ayuu u cararay. Aniguna in aan cararo ayaan damcay laakiin waan aqoodi waayay. Waxaan dareemay sidii cagahaygu dhulka ku dhegganyihiin. Jiibabkii cagaarka madowxigeenka ah u ekaa dadkii yaacayay ayay si waalan u caysradeen dabadeedna, markii dadkii jihooyin ka la duwan u kala firdhaday, waxay ka leexdeen meel naga durugsan. Dadku sidii ay u ordeen in ay istaagaan iska daaye dibba ma ay soo eegin. Waxay u ordeen sidii bisado gaajaysan oo dooli cayrsanaysa. Waxaan u arkayay darawallada jiibabka oo ku qoslaya, sidii ay fulaynimo meesha ka dhacday ka maadeysanayaan. Ha khalkhalain naftaydoy ayaan isku dhiirrigeliyay. Debinkan mar uun ka bax. Dad kale oo badan oo iyaguna sidii kuwii hore si ka daran hadba dhan u yaacaya ayaa dhismayaasha gadaashoodaa ka muuqday. Annaga oo buurkii ka sii degaynna si aan meesha uga fogaanno ayaan ku baraarugay in aan Naasir dhulka ku jiidayo. Markii iigu horreysay ayaan gadaal fiiriyay oo istaagay markii ay ii muuqan wayday calaamaddii Koofiyad Guduuddu.

"Jilbahaa i xanuunaya!" ayuu yarku ku qaylinayay, isaga oo lowyihiisa oo murmurxay tilmaamaya.

"War aammus! Orodka ha joojin!" "Ma ordi karo."

Waan soo dhuftay oo sidii hore si ka gaabisa ugu sii cararay Tiyaatarka Qaranka. Markaa ayaan ogaaday in uu na weheliyo oo na garab ordayo wiil dhallinyaro ah oo aniga xoogaa iga wayn. Indhaha ayaannu iska salaannay oo intaan madaxa isu gundhinnay sii orodnay. Tiyaatarka markaan gaarnay ayaannu joogsannay si aan xoogaa u nasanno.

"Istaaga! Istaagga!" Ciidan jiib ka buuxaa fariinka nagu ag qabtay. "Ha is dhaqaajinnina!" ayuu nagu amray askari gaariga saarnaa oo qaylinaya. Waan istaagnay, nuuxnuusi la'aan. Markan waxay u badnaynd in walaalahay baqdinta iyaga haysay oo kale anigana iga dareemeen. Sida aan u gariirayay waxaan ku sigtay in aan joogga ka faniino.

"Yaad tihiin?" Laba askartii ka mid ah ayaa qoryo nagu soo fiiqay. U ma aannaan jawaabin. "War kor u hadla! Yaad baas oo tihiin?" ayuu ku celiyay.

Su'aasha ah "Yaad tihiin?" macnaheedu wuxuu ahaa 'qabiilkee tihiin?' Sidaa ayay su'aasha u dhigeen, maadaama dawladda laga filayay in ay qabiilaysiga ka soo hor jeddoo.

"Dad baannu nahay dee!" ayuu ku qayliyay ninkii i la socday oo xooggaa codkiisu aanu ka yarayn kii wax na waydiinayay. "Maxaan kaloo kuu la ekaannay?" Isla sidii aan su'aasha u fahmay ayuu u fahmaye wali wuxuu ilaalinayay xeerkii dawladda oo toos uga ma uu jawaabin. Anigu lahjaddiisa iyo dhiirranaantiisa ayaan ka gartay in uu Isaaq ka dhashay. Dadkaasi hadal lama baqaan.

"Haddaan gartay waxaad tihiin," ayuu yiri askarigii oo lahjadda gartay. "Yaad baasoo tihiin idinkuna?" Markan wuxuu la hadlayay aniga iyo walaalahay.

"Dhammaantayo walaalaannu nahay dee! Miyaadan noo jeedin?" ayaan sidii ninkii na la socday qaylo ugu jawaabay, aniga oo lahjaddiisii iyo dhiirranaantiisii isu yeelaya.

"Wax hub ah ma sidataan?" ayuu na waydiiyay nin kale.

"May."

"Iska taga," ayuu nagu amray. "Oo horta xaggee u socoteen?" Waa su'aal lagu qoslo ayaan hoos iska iri.

"Gurigeennii dee," ayuu ugu jawaabay ninkii na la socday, jiibtii ciidanka oo markaa u sii dhaqaaqaysa xaggii aannu ka nimid.

"Waar ma Isaaq baad tahay?" ayuu i waydiiyay ninkii dhallinyarada ahaa markii aan isku kaliyeysannay.

"Maya. Miyaan u hadal ekahay?" Waan dhoollacaddeeyay.

"Hadda u ma hadal ekid, laakiin markii hore waan ku dhaaran lahaa." Isaguna wuu dhoollacaddeeyay.

"Saaxiibbaday baan ku mahadinayaa."

"Ma Hawiye ayaad tihiin?" ayuu ma warsaday.

"Haa."

"Haddaa sidii aad yeesheen waad ku saxnaydeen. Idinkay idin raadinayaan," ayuu yiri.

"Waan ogahay oo waa sababta aan Isaaq isaga dhigayay." Mar kale ayuu dhoollacaddeeyay oo gacanta salaan noo soo taagay.

"Ku mahadsanid dee in aad walaal kumeelgaadh ah ii noqotay." Salaan ayaannu isgacan qaadnay.

"Isku lehin." Hareeraha ayuu eegay, si uu u hubsado in nabadgelyadeennu sugantahay. "Xaggee u socoteen?"

"Huriwaa."

"Carro dhow oo ciyaalkan loo la lugayn karo ma aha."

"Waan ogahay."

"Ha idiin wacnaato hadde."

"Sidoo kale adigana."

Waannu ka la dhaqaaqnay.

Midig ayuu ugu leexday xaafadda Xamarwayne, annaguna Boondheere ayaannu bidix ugu leexannay. Halkaa ayaannu socodkii ka sii ambaqaadnay, annaga oo waddada wayn iska ilaalinaynna. Waxaan hadba mid raacnay jidcaddayaasha badan ee waaddada wayn hareeraha ka mara. Markaa wax aannu ka shakino aragnaba dhismayaasha gadaashooda ayannu ku gabbanaynay. Mar aan dhisme gadaashi ku gabbanaynay ayaannu maqalnay erayadan:

"Istaag! Ha isdhaqaajinnina haddaad nolol rabtaan!" Jabaqdii codka amarka bixinaya waxay u labadhacday sidii koox dhammi isku mar amarka wada bixiyeen. Aayar ayaannu dib jalleecnay, aniga oo gacmaha madaxa saarnay, si aan u aragno qofka amarka bixinaya. Qof dhaqaaqaa noo ma muuqan. "Ha isdhaqaajinnina haddaad nolol rabtaan!" Markan waxaan gartay in codku ka imanayay daaqadda mid ka mid ahaa dhismayaal dhaadheer ee naga dambeeyay. Dariishaddii dhismaha codku ka imanayay oo saqafka sare qaar maqnaa ayaan kor u eegay. Meesha gudaheeda wax baa ka socday, laakiin amarku annaga nagu ma socon. Labadaydii walaal ayaan gacmaha qabtay. Maba aannaan sii sugine waannu cararnay. Waxa kali ah ee aan maqlay waxay ahaayeen xabbado xaggii dambe laga ridayo iyo oohinta walaahay ee labadayda dhinac ka yeeraysay. Labada qaylo midna na ma joojin karayne waannu sii cararnay.

Toban daqiiqo gudahood ayaannu ku gaarnay Suuqa Boondheere. Sida la iska filan karo, suuqa dad badan ayaa joogay laakiin dadku sidii lagu yiqiin ee ganacsiga ku mashquulsanaan jiray ma ahayn ee waa si kale. Waa dad iibin, iibsi, naadin, qaylo ama dhiitin aan ku mashquulsanayne dhammaan sidii dhagaxyo u aammusan. Meesha gumaad baa ka dhacay. Waxay u ekayd in aan cidna nolol looga tegin, carruur, dhalliyaro iyo dumar, iyo waayeel midna. Dambiilo khudaar iyo mirooley ka buuxaan ayaa iyaga oo gamboon meel kasta daasdan.

Meesha waxaa ka muuqday burbur, baabba'a, cidla', bililiqo, wax nolol ahina ku ma harin.

Waxay u muuqutay in wax noolba aannu aanagu meesha ka joogno. Labadii wiil ayaan waday oo gaari xammuul oo gubtay gadaashiisa ku qariyay kuna iri halkaa igu suga. Ka dib ma aqaan wax i madaxmaray. Waan iska celin waayay in aan mar kale si qumman u soo arko wixii aannu mar dhow meesha ku soo marnay. Waan fajacay markii aan bilaabay in maydadkii meesha yiil mid mid wajiyadooda u fiiriyo, si aan u hubsado bal in dad aan aqaan ku jiraan. Qaarkood dhiig ayay matageen, kuwo indhahaa loo daboolay, inna sidii ay caadi u soo jeedaan ayaa la moodayay oo daymo araggax ayay ku qallaleen. Waxaa iga hor yimid maydka gabar dhallinyaro ah oo jirkeeda in yar maryo ku hareen oo miis dushiis bilqan. Waxay u badnayd in ay moos iibin jirtay, maxaa yeelay moos badan oo burburay ayaa iyada iyo miiska oo dhan dul daadsanaa. Gabadha 'wajigeeda' waxaa lagu sheegi karay uun god qodan. Wajigaasi wuu i argaggixiyay. Baraarugga ayuu maankayga ku soo celiyay. Wuxuu noqday muuqaalkii iigu dambeeyay ee aan isha ka buuxsaday wajiyadii dadkaas. Waxaan u tegay labadii wiil oo intii aan maydadka dhex wareegayay iyaga oo beerka dhulka ku haya gaarigii hoostiisa iga soo eegayay.

"Ina keena," ayaan ku iri oo mar kale waddada cagta saarnay. Yaaqshiid iyo Kaaraan ayaan isu marnay, ugu dambaynna sagaalkii saac ee galabnimo ee Isniintaas mixnadda badnayd ayaannu gaarnay guri uu lahaa mid ka mid ah abtiyaashay. Ganjeelka oo xirnaa ayaan garaacay. Ka idb markii aan dhegta u dhigay oo hubsaday in aanay wax dhibaato ahi jirin. Abtiyaashay kii ugu yaraa, Xasan Daleel, ayaa ganjeelka naga furay. Isaga oo aan xataa na salaamin ayuu markuu na arkay oohin la dhacay. Aniga iyo carruurtu ma aannaan ooyin. Malaha caloosha ayaannu ka ooyaynnay laakiin waxaan aad u xusuustaa in aan midkeenna indhihiisa dhibic illini ahi ka iman. Malaha aad baan u daallanayn mase wax naga oohiyaaba noo ma harin ka dib wixii aan soo marnay. Waxaan ogaaday in laba nin oo kale la joogaan, laakiin midkoodna ma aanan garan. Xasan ayaan hore u soo joogsaday oo dhunkasho iyo ilmo isla socda nagu harqiyay.

"Soo gala, soo gala. Qoyskiinna aad ayaannu uga walwalsanayne."

"Waan fiicannahay," ayaan ku iri. "Oo Bile Daleel maxaa ku dhacay? Meeday hooyaday?"

"Caliyow isdeji. Anigaa wax kasta kuu faahfaahin doona goor dhow e. Hooyadaa aad ayay u fiicantahay."

"Bilana?"

"Aniga goor dhow kuu sheegayee sug wax yar baan ku iri!" Wuu igu qayliyay. Waan rumaysan waayay sida uu u hadlayo. Waa markii iigu horreysay ee aan abidkay maqlo isaga oo sidaa u qaylinaya, gaar ahaanna uu aniga igu qayliyo. Aniga iyo isagu waannu isku fiicnayn. Wax kasta oo dhaca, waligiis igu ma uu xanaaqin. In kasta oo uu toban sano iga waynaa, sidii walaalo oo kale ayaannu ahayn ee isu ma aannaan ahayn wiil iyo abtigiis. Waa sababta aanan abti ugu yeeri jirin. Durba waan gartay in wax wayni khaldanyihiin. Annaga oo aammusan ayaannu gudaha galnay oo dhulka fariisannay. Ka dib markii aannu biyo iyo shaah cabnay oo xoogaa nasannay ayuu Naasir hurdo la dhacay. Waxaa ii muuqday wax la karinayay oo aan garan waayay waxa ay yihiin.

"Maxaa karsamaya?" ayaanw aydiiyay.

"Bur."

"Bur aa!" Dadka dalkaygu caado u ma laha in ay bur sidiisa ah karsadaan. "Oo maxaa burka loo karinayaa?"

"Malaha meeshan Madiina ah wax kastaa way ka socdaan," ayuu ku darsaday mid ka mid ah raggii kale. "Ilaa toddobaadkii hore wax aan bur ahayn oo aannu nafta ku ilaalinno ma aannaan helin. Sidaasaanba nasiib ku leennahaye reer Karaan badankoodu bur xataa ma heli karaan. Meeshan gaajo xun baa ka jirta."

"Wardhiigley iyada warkeedaba daa!" ayuu raaciyay ninkii kale oo qooshkii caddaa ee dheriga ku karsamayay walaaqaya.

"Ilaa shalay wax ma aannaan cunin," ayuu yiri Xasan. "Ilaah mahaddi, wali korontada la ma jarin." Ninkii saddexaad ayaa hadalka ku darsaday.

"Waannu soo quraacannay," ayaan u dhex geliyay. Markii noloshayda u horreysay ayaan canjeelo barakadeeda qiray. "Haa oo canjeelo ayuu soo cunnay," ayaan u raaciyay. "Xoogaa cambe ahna waan sidnaa," ayaan haddana iri, intaan bacdii aannu ku wadnay furay.

Shan xabbo ayaa noo hartay. Laba cambe ayaan saddexdii nin siiyay, aniga iyo Axmad laba ayaannu kala qaadannay, midna waxaan u reebnay yarkii hurday. Aammus ayaa cambihii lagu cunay.

Codka kali ah ee la maqlayay wuxuu ka imanayay ilkaha soofaysan ee sidii middi cambaha u goynayay. Dhawr daqiiiqo ka dib, lafihii cambaha ayaa carrabo hamuuman lagu muudmuudsanayay. Waxaan u fiirsanayay sida Xasan wax u cunayay. Wajigiisa murugaa ku haraysnayd. Waan sugi la'aa.

"Ilmaha gudaha geli," ayuu yiri Xasan oo Naasir tilmaamaya. Wiilkii yaraa ayaan soo qaaday oo intaan qolka huradada soo geliyay sariirta saaray. Axmad oo daal iyo gaajo ka cabanaya ayaa isaguna qolka i la soo galay. Wuxuu sheegay in aanu burka karkaraya cuni karayn, aniguna waxaan ku iri hadde iska seexo.

"Waryaaya burka na la cabbi maysaan miyaa?" ayuu Xasan na waydiiyay markii aan qolkii ka soo laabtay.

"Naasir wuu seexday Axmadna wuu diiday."

"Adiguna?" ayuu i waydiiyay isaga oo qoosh cad kala guraya.

Sidii xanjo ayuu u dhegdhegayay. Yaqyqasi buu u ekaa.

"Waan isku deyayaa," ayaan ugu jawaabay.

Intii burka la fuuqfuuqsanayay ayuu Xasan iga waraysatya qoyskayga oo dhan iigana warramay qoyskiisa oo dhan. Wuxuu ii sheegay sidii abti Bile u dhaawacmay. Maalin ka hor ayay ahayd, mar la joogo guriga wayn ee qoysku ku kulmo, halkaa oo uu degganaa abtiyaashay kooda u wayn; dhisme wayn oo ka kooban degaanka abti Maxamad, makhaayad wayn, iyo garaash wayn oo baabuurta lagu sameeyo lana dhigto. Dhibku wuxuu ka dhacay garaashka oo markaa dad badani joogeen; makaanigyo, shaqaale, kaballeeriyo, saaxiibbo, macaamiil, iyo qaar qoyska ka mid ahaa oo hooyaday ku jirtay. Abti wuxuu sheegay in ciidan jiibab iyo gawaari waaywan wata meesha xoog ku soo galay. Abti Maxamad oo abtiyaashay u waynaa qoyskana madax u ahaa ayaa ugu hor arkay markii ciidanku meesha soo geleyay. Isaga oo u haysta in ciidanku USC qayb ka yahay ayuu si degdeg ah u amray in ganjeelooyinka, albaabbada iyo dariishadaha oo dhan la xiro. Cabsi uu USC ka qabay sidaa u ma uu yeelayne (illeen USC waa qabiilkiisa Hawiye ee wuxuu ogaa in ay khashkhashaadi doonaan. Waxay ku soo talagelayaan in ay cunnada makhaayadda bilaash isaga cunaan, baabuurtooda waxay rabaan in isku qiime loogu sameeyo, shaxaad bay waydiisanayaan, iyo waxyaalo la mid ah.

Shaqaalihii amarkiisii bay qaaten, laakiin abti Maxamad halkuu wax ka filayay maba ahayn. Innaba. Baabuurta gaashaaman USC ma wadan e waxaa watay ciidanka dawladda. Ama aan halkaa saxee, maadaama dawladdu sii dumaysay oo qabiilaysi la isugu dhurtay, ciidanku waxay ahaayeen qabiilka Madaxwaynaha. Ciidankii waxay joogsadeen garaashka hortiisa oo ganjeelka hore garaaceen. Laga ma furin. Dadkii gudaha ku jiray waxay ku kala dhuunteen baabuur tiro badan oo meesha tiil. Dadkii makhaayadda ku jiray oo abti Maxamad ka mid ahaa iyaguna sidoo kale ayay yeeleen. Waxay gurguurasho ku galeen kuraasta iyo miisaska hoostooda ama jikada ayay ku dhuunteen. Kornaylka ciidanka watay iska ma iman kolley. Sida Xasan aya la ahayd, waxa oo dhan waa la soo qorsheeyay. Waa la wada ogaa in ay meeshu ka mid tahay meelaha USC ku dhuumato, abtiyaashay badankooduna USC ayay taageersanaayeen. Shirarka USC mararka qaar isla garaashkan ayaa lagu qaban jiray. Waxaa jirtay xan faaftay oo sheegaysay in meesha lagu hayo kayd culus oo hub iyo rasaas USC leedahay ah. Dadka garaashka joogay markaa waxay haysteen kali ah laba qori. Wixii kalee ee kayd hubeed ahaa meel ayaa lagu xiray, furuhuna jeebka abti Maxamad ayuu ku jiray. Kornaylku wuxuu watay saddex gaari oo hubaysan oo uu ku jiray Bagaase uu saarnaa qori wayn oo 37 iyo laba jiib oo askar hubaysani ka buuxdo. Garaashka ayay soo jabiyeen oo qoryo darandoorri u dhaca xabbado dhan kasta u rideen, iyaga oo ku qaylinaya: "Waan idiin jeednaa! Iska soo baxa inta aannaan meesha oo dhan gubin! Waxba idin ma yeelaynno haddaan soo baxdaan!"

Toddoba nin oo ay laba abtiyaashay ka mid ahi u jiraan, Bile iyo Bootaan, kuwaa oo xabbadihii hore ku dhaawacmay, ayaa ka soo baxay meelihii ay ku dhuumanayeen. Toddobadoodii ayaa meel gees ah la isugu geeyay oo cod dheer loogu sheegay in la cafin doono laakiin qof kasta oo wali dhuumanaya nolosha lagu gubi doono. Baqdingelintii waxaa ku soo baxay siddeed kale, laakiin qof kale ma soo raacin, in kasta oo intaa labalabkeed dad dhammi oo Xasan oo aan isagu soo bixin ka mid ahaa meesha ku dhuumanayeen. Askartii shan iyo toban nin oo afar abtiyaashay ahi ku jireen ayay safeen oo toogteen. Laba iyo toban ayaa isla markiiba dhintay. Labana mayd ayay isu ekaysiiyay, iyaga oo aan xataa dhaawacmin, sidaana ku badbaadeen. Dhibbanaha shan iyo tobnaan wuxuu ahaa Bile Daleel oo ku dhaawacmay xabbadihii hore. Isaga oo aad u dhiigbaxaya ayuu dhulka ku dhacay. Dabadeedna askari ayaa xabbad xanuujin ah la beegsaday labada farood ee hore ee Bile gacantiisa midig. Xabbad halis ah ma aanay ahayne ujeedku wuxuu ahaa uun jirdilid.

Hooyaday ayaa markii ay u adkaysan wayday iyaduna halkii ay ku dhuumanaysay ka soo baxday. Askartii ayay ka bariday in ay Bile iska daayaan, ilaa heer ay jilbaha dhulka dhigato oo kornaylkii aad ugu calaalabaryootanto. Way iska garanaysay Bile in aannu xabbadda ka badbaadayn laakiin baryada uun bay ku deyaysay wacalka.

"Isaga tag qabxadyahay" ayuu ugu jawaabay. Gafuurka ayuu qori baadkiis kala dhacey. Isla markiiba afar ilig oo hore ayaa dibadda u soo duulay oo dhulka ku firdhaday. Qori ayuu ku fiiqay oo shiishka saaray laakiin wuu isbeddelay. Waagaa in dumarka la dilo wax laga faano ayay ahayd.

"Naga keena meesha!" ayuu kornaylkii ciidankiisii ku amray.

Iyaga oo sii baxaya ayay sii mareen ilme tobanjir ah oo albaabka makhaayadda ku gabbanayay.

"Meeye dadkii!?" Canuggii ayuu ku qayliyay.

"Ma aqaan." Been buu u sheegay.

Askartii waxaa u muuqday albaabbadii makhaayadda midkood oo in yar furan ka dibna canuggii ayay ku mareen in uu horkaco oo meesha lacagta la dhigo tuso.

"Ma aqaan."

Canuggii iyo askari kulleetiga haya ayaa makhaayaddii soo galay. Sidii uu mar dambe Xasan u sheegay, abti Maxamad oo miis ku hoos gabbanaya qori darandoorri u dhacana gacanta ugu jiro ayaaba sugi la'aa. Xabbadihii garaashka ka dhacay ayuu maqlay, in kasta se oo aanu garanayn kuwa ay yihiin dhibbanayaasha nasiibdarradu ku habsatay wuxuu maleeyay in dad badani dhinteen. Asakrigii kaligi ahaa ayuu xabbadda ka dhaqaalaystay, isaga oo rejaynaya in nacasyo kale meesha soo galaan. Askarigii meeshii oo mugdi aan qofna lagu arag ah ayuu fiirfiiriyay

"Waryaaya hoy! Makhaayaddu waa cidla." Jaalayyaashiis ayuu u yeeray oo yarkii iska sii daayay.

Laba asakri oo kale ayaa albaabka soo istaagay. Markaa ayuu abti Maxamad qorigiisii baas ka riday oo saddexdiiba isla kobtii ku dilay. Dadkii makhaayadda ku dhuumanayay oo dhan halkaa awaxay ka heleen fursad ay ku baxsadaan oo intay jikada sii dhex maraan albaab dambe ka baxaan. Laba askari oo kali ayaa soo orday laakiin goor wixii dhici lahaa dhaceen ayay yimaadeen. Jaallayashood dhinte dadkiina way wada baxsade. Meeshii ayay dhammaan burburinyeen, wixii lacag ahaa oo dhanna intay qaateen ayay garaashkii ku laabteen. Intii ay xaggaa ku sii jeedeen ayay inteennii garaashka ku jirtayna fursad ay ku baxsadaan oo aanay khasaarin heleen. Xataa abti Bile meeshii uga ma ay iman, in kasta oo uu habeennimadii dhintay. Askartii garaashkii ayay ku caroburureen oo burburiyeen, laba Toyota Landcruiserna ka la baxeen oo la tageen.

"Oo hadda afar baa dhimatay?"

"Haa, Bile, Bootaan, Xirsi, iyo Ashkir," ayuu yiri, isaga oo caro cunuhu la go'anyahay.

"Hooyaday meeday? Oo dadkii kaloo dhan meeye" ayaan warsaday.

"Waxay joogaan gurigii Waxaracadde."

Markii aan warkaa maqlay ayaan noqday sidii qof meeli go'day. Wax aanan garanayn ayaa uurkayga saaqay. Jir iyo maskax ahaanba caro iyo colaad ayaan la gariirayay. Waaligay isma oran cadaawad intaa le'eg ayaa maankaaga ku soo dhici karta. Waan qasmay ilaa aan matagay oo dawakhay. Waxay i la tahay in aan dareemay shucuur kasta oo aadane ka suuroobi karta, marka laga reebo murugo iyo oohin. Xataa qosol waa igu soo dhacay, waana aan qoslayba. Dhawr ilbiriqsi ayaan qosol dhab ah dhag ka siiyay, ma rumaysan kartaa! Waliba Xasan hortiisa ayaan ku qoslay. Xanuunka indhihiisa ka muuqday ayaan qosolkii u joojiyay ayaan filayaa, sababtoo ah isla markii aan qosolka ku dhuftayba horaan ka joojiyay. Wax aan sameeyo iyo wax aan iraahhdo midna waan garan waayay. Waxaan noqday sidii ruuxdaydii bidday oo aniga oo arkaya samada u duushay; sidii uun anigoo shakhsiyad kale oo aan yeeshay iga qaalib noqotay. Xataa qosolkayga waxaan u maqlayay sidii aanu anigaba iga soo fulin. Xasan ayaa mar dambe ii sheegay in intaa oo dhan illin dhibco waawayni dhabannada iga da'aysay.

16

Guriga markii aannu u sii soconnay waxaan soo marnay askar kala daadsan oo dhar iska caadi ah ku labbisan. Waxay u muuqdeen sidii ay dhismaha gadaashiisa iyo dhirta ku dhex dhuumanayeen. Bastoolado yar yar, qoryo iyo bambooyinka gacanta laga tuuro ayay siteen. Xasan ayaa i arkay aniga oo yaabban.

"Waa dagaalyannadii USCda," ayuu iigu sharraxay. "Waxay sugayaan goorta Daaroodkii in ay wax bililiqaystaan oo dadka laayaan u yimaadaan."

"Ma Daaroodka oo dhan mase Marreexaan kali ah?"

"Xalay laga soo bilaabo dadku waxay u kala baxeen Hawiye iyo Daarood?"

"Wayna is laynayaan?"

"Maya," ayuu yiri. "Hub ma haysanno. Iyagu waa dawlad annaguna dad shacab ah ayaannu nahay. Iyagu wax bay laayaan annaguna waan dhimannaa."

"Ilaa halkan iyo gurigii waxaan ku arkaynnay maydad." "Wali waxba ma aydaan arag."

Markii aan xusuustay maydadkii aan jidadka ku soo arkay, kuwii Suuqa Boondheere, iyo sheekada abtiyaashay ayaan is arkay aniga oo cadaawad Daarood qaaday. Waan iska hayn waayay. Markii iigu horreysay ayaan bilaabay in aan isiraahdo malaha Aabbe wuu ku saxnaa aragtidii uu Daaroodka ka qabey. Aabbe wuu ku saxnaa. Daaroodku ayaa difaacayay Marreexaanka. Haddii sidii aabbe u sheegay ay wada saxantahayna belaayo way dambeysaa. Waxaa laga yaabaa in aan qof gacantayda ku dilo. Alle ayaan ka baryey in uu tawfiiqda i waafajiyo. Go'aan in aan qaato ayaan kari waayay.

Hooyaday iyo abtiyaashay intoodii kale oo lix dhan, marka Xasan laga reebo, xaasaskoodii iyo carruutoodii iyo awowgey Xaaji Daleel ayaa guriga joogay. Wajiyadooda barar baa ka muuqdey meel kastana murugaa kaga tiil, indhahoodana waxaa ka muuqdey in ay illin fara badan fataheen. Hooyaday ayaa madaxayga dhunkasho kala daashay oo oohin aan hiqdeeda la maqlayn iska oyday. Waxay u ekayd in tamartii dhan laga la baxay. Labadaydii walaal ayay iyagana sidoo kale u dhundhunkatay. Waxaan iska war helay aniguna in aan ooyay markii hooyaday faraqa garbasaarteeda indhahayga illin kaga tirtay. Aad baan u sii ooyay. Markan ayaan markii iigu horreysay iska baroortay aniga oo aan oohinta ka xishoonayn. Dhammaantood daashka ayay kuraas ku farfardhiyeen, annaguna waan la fariisannay oo kuraas hooyo noo soo dhigtay salka dhignay. Waannu fariisannay oo aammusnaan ku dheeraannay. Qofkeenna juuq aan salaan ahayn ma oran. Dhibka dhacay wax ka ma waydiin, iyaguna waxba ma sheegin. Halkaa ayaannu fariisannay oo aammusnaan indhaha uun iska fiirinnay. Dabadeed Abti Maxamad ayaa qori meel u dhaw oo dhulka ah yiil dhufsaday oo si tooxsi leh u istaagay.

"Xaggeed u socotaa hee maandhow?" aabbihiis ayaa waydiiyay. "Bal qorayga iska dhig."

"Wax khaldan ma samaynayo!" ayuu ku qayliyay.

"Qorayga cillan dhig aan ku leeyahay!" Waayeelku wuxuu ku sigtay in uu kufo markuu isku deyay in uu istaago.

Abti Maxamad qorigii ayuu dhulka dhigay oo halkii uu fadhiyay ku laabtay. Gacmuhu way gariirayeen bushimahana caro ayuu la qaniinayay. Ugu dambayn, awoowe wuxuu iga waraysatay qoyskaygii. Warbixintii uu rabey ayaan siiyay.

Waxaan kaloo u sheegay sababta aan carruurta u keenay iyo qorshaha aan u dejiyay.

"Waa qorshe raaya nabee, oo waliba hee aad u raaya," ayuu yiri. Hareeraha ayuu dadammooday iyo afartii haween iyo carruurtii oo gadaashiisa fadhiyay. "Mug dhawaydaan ka hadleynnay in aan carruurta iyo haweenka Jawhar geynno." Cirka oo saafi ah ayuu xoogaa kor u eegay, ka dibna wiilashiisa kan ugu waynaa ayuu u yeeray.

"Ar Maxamad! Orodoo soo qabo bas carruurta iyo haweenka Jawhar geeya."

"Haye aabbe," ayuu ugu jawaabay Maxamad. Qorigiisii ayuu mar kale qaatay oo albaabka toos ugu baxay.

"Ya qoraygaan iska jir hee," ayuu awoowe ka daba geeyay. Garaashkii abtiyaashay lagu laayay ayuu bas ka raadiyay. Ma fogeyn laakiin meeshu halis bay ahayd. Dhawrkii saac ee uu maqnaa inteenna kale wax kaloo la sheego ma aannan samayn. Hadba shaah ayaa na loo keenayay oo aannu aammusnaan ku fiiqsanaynay. Awoowe salaadihiisa ayuu iska tukaday, aniguna xoogaa ayaan Hooyaday si gaar ah oo aan na la wehelin u la sheekaystay.

"Jawharaad noo raacaysaa maahanoo?" ayay i waydiisay. U ma jawaabin.

"Waa in aad na raacdaa."

"Bal aan ka war helo waxay hawl iiga baahanyihiin," ayaan ku iri oo sheeko la qabsaday qofkii kaloo aan la qabsan karay, si aan isaga ilaaliyo in aan hooyaday la murmo, maadaama aanay qorshaba iigu jirin in aan u raaco magaalo sagaashan kiilomitir jirta. Waxaa kaloo jirtay in aan markan kaligay qoyska nin wayn ka ahaa.

Abti Maxamad ayaa wax la sugaba baskii keenay. Markii aannu maqalnay baskii oo guriga hortiisa soo istaagay ayaannu dhammaan dibadda u soo baxnay. Awoowe isla markii uu baska isha ku dhuftayba intuu dawakhay ayuu istaagga ka dhacay. Waxaan u malaynayaa in basku xusuusiyay Bile oo darawal rasmi ah ka ahaa gaadiid dadwayne ahaanna ugu shaqayn jiray. Waayeelkii ayaannu jirkiisii nuglaa biyo qabow ku rushaynnay, si uu soo nibdaado, ugu dambaynna waannu ku guuleysannay. Talada markii aannu rogrognay, waxaannu go'aan ku gaarnay in aannu safarka berri u dibdhiganno. Maadaama aannaan dadka casho u hayn, waxaannu islahayn in aan la kicin baa dhaanta. Ha la seexdo ayaa la isku afgartay. Gurigu shan qol ayuu lahaa oo meel aannu dhinaca dhulka dhigno heliddeeda ku ma aannu dhibtoon. Abtiyaasshay oo dhan daashka ayay seexdeen, marka laga reebo Maxamad oo ogaa in uu isagu darawaalka subixii dhaqaajinaya noqonayo, iyo awoowe. Dumarka iyo carruurtu laba qol ayay wadaageen inta kalana waxay u banneeyeen ragga intiisii kale.

Aniga oo daaradda la aal raggii kale ayaan go'aansaday in aan qol galo oo idaacado dibadeed dhegaysto, maadaama aan anigu ahaa qofka kali ah ee yaqaan Ingiriisi si fiican loogu fahmi karo idaacadaha Ingiriisga warka ku tebiya. Dharkii ayaan beddeshay oo macawis tabalcaaraystay raadiyana soo diyaarsaday intii aanan sariiro qolka yiil middood isku tuurin.

"Ma sidaadii baad afafkaagii aan la aqoon dhegaysanaysaa?" Hooyaday ayaa daaradda iga soo waydiisay.

"Haa."

Waxaan irbabba wareejiyo oo mawjad Ingiriisi ku baxaysa raadidayaba, ugu dambayn waxay ii qabatay VOA.

Arooryo suubban iyo Sannad Cusub oo Farxadeed! Ku soo dhawaada warkii VOA oo uu idiin soo jeedinayo Ros Williamson: Warka madaxdiisa: Madaxwaynaha [Maraykanka] ayaa kulan la yeeshay madax Jabbaan ka socota…. Laba nin iyo ilme yar ayaa ku dhintay xaafad shacabku dego oo Chicago ka tirsan, ka dib markii nin waalan oo qori darandoorri u dhaca ku hubaysnaa uu baas ku furay… Haweeney labaatanjir ah ayaa xalay qowlad ay degganayd lagu kufsaday… Hay'adda Amnesty International ayaa baaraysa xadgudubyo xuquuqda aadanaha ka dhan ah oo ka dhacay xabsiyada dalka Shiinaha, iyada oo fulinaysa mid ka mid ah ololayaasheeda lagu yaraynayo xadgudubyada xuquuqda aadanaha ka dhanka ah ee ka dhaca Dalalka Dunida Saddexaad…Haddana warkii oo fidsan: Wadahadalladii u dhexeeyay Maraykanka iyo madax ka socota Jabbaan ee ku saabsanaa dheellitirka isdhaafsiga ganacsi ee labada dal ka dhexeeya ayaa dardar hor leh la geliyay ka dib markii….

Laba nin ayaa la dilay aa? Si jeesjees ah ayaan u la yaabay. Gabar baa la kufsaday? Iihii? "Amnesty International waa la fugaa! Kir iyo kud!"

"Ma annaagad na la hadlaysaa, Caliyow?" qof baa daaradda iga soo weydiiyey.

"Xuquuqda aadanaha waa la wasaa baan iri!" Sariirtii dusheedaan qaylo kaga soo tannaagooday. "Idinka idin la ma hadlayne waxaan u la jeedaa Amnesty International iyo baarisaheeda baas ee xuquuqda aadanaha! Waa la dhabaa iyada iyo Beesha Caalamkoo dhanba!"

Qofkii su'aalo dambe ii ma celin, aniguna intaas ayaan ku joojiyay. Ugu dambeyn, dhammaanteen waannu seexannay. Hase ahaatee, caloolxanuun aad u daran oo aan ka qaaday wixii aan maanta cunay ayaa igu kacay.

17

Toddobadii subaxnimo dhammaantayo baskii ayaannu saarnayn.

"Waxaan sii mari doonnaa gurigayga, si aan u hubinno in wax kastaa hagaagsanyihiin," ayuu yiri abti Maxamed oo markaa matoorka gaariga kiciyay. Shan iyo toban daqiiqo muddo ka yar ayuu baskii fariinka ku hor qabtay garaashkii. Meeshu sidii ay ahaan jirtay aad ayay uga mashquul badnayd. Dhallinyaro hubka noocyadiisa oo dhan sita ayaa meesha ka buuxay. In badan oo ka mid ahaa ayaan baska u soo dhawaaday si ay abti Maxamad u salaamaan.

"Haddaan meeshiinna idiin ku imaanayaa," ayuu ku yiri. "Qofka kasta oo qori qaadi karaa halkan ha ku degto oo qori ha qabsado. Dhakhsada hee! Dhaqaaqa!" ayuu amar ku bixisay isaga oo gadaal u soo jalleecaya rakaabkii gaariga uu ku waday.

Matoorkii gaarigii ayuu damiyay laakiin muusig shidnaa sidiisa ku daayay oo u degtay raggii hoos ku sugayay. Dumarkii iyo carruurtii ma aha e inteenni kale ayaa degannay, in kasta oo hooyo naga daba timid. Wixii iigu hor muuqday waxay ahayd in garaashkuu aanu ganjeelo lahayn. Waxa labaadna waxay ahaayeen in derbi kasta xabbado daldalooliyeen, ama dillaaciyeen, ama dhiig ka guduudanyahay, ama baaruudi madoobaysay. Makhaayaddii way xirnayd oo sabab loo furaba ma jirin, garaashkuna wuu furnaa dad hawlo badan ku mashquulsanina way ka buuxeen. Badankoodu waxay ka shaqaynayeen baabuur ay dayactirayeen ama ay ku rinjiyaynayeen halkudhegyo ay ka mid ahaayeen: USC ha noolaato!.. Ha dhaco Siyaad, ha dhaco!... Dilaaga Daarood!... USC baa dalkaan ka talisa!... iyo kuwo la mid ah. Rag kale waxay ku mashquulsanaayeen hub ay nadiifinayeen oo xabbado tijaabo ah cirka u ridayeen mararka qaar ama intay qoriga garabka surtaan iyagoo isu bogsan hadba garaashka hore iyo gadaal u ka la socdeen. Dadkii garaashka dhex xoonsanayaa ayaan meel aan maro ka dhex helay oo soo joogsaday bartii Xasan sheegay in afartii abti lagu dilay. Waxaad moodaysay in durbaba la illoobay. Wali waxaa dhulka daadsanaa dhiig nooc kasta oo olyo gaari ah ku barxamay. Waxaan dareemay gacan garabka iga taabatay. Waa hooyaday.

"Kaalay quraaco," ayay igu tiri, iyada oo ilmada calaacalaheeda iiga qallajinaysa. Guri garaashka ku dhegganaa ayaannu aadnay oo ka soo cunnay isla qooshkii caddaa ee layiigga baas ahaa ee xalay i soo jeediyay. Hooyo waxay ii sheegay in ciyaalka iyaga caano la siiyay. Intii aannu wax quudanaynnay ayay sheekadani na dhex martay.

"Waa in aad Jawhar noo raacdaa," ayay hooyaday hadalka ku bilowday. U ma aanan jawaabin.

"Waa khatar in meeshaan la sii joogo."

"Da' uu qori qaadi karo wuu joogaa. Haddii aanu isagu dagaallamin yaa kaloo dagaallamaya?" Abti Maxamad ayaa si xanaaq ka muuqdo u yiri.

"Ma uu gaarin da' uu qori qaado. Anaa hooyadiis ah oo cid kasta ka aqaan waxa wiilkaygu karo iyo wax aanu karin. Qori ma qaadi karo!" ayay isla markiiba ku boobsiisay.

"Hooyo, in aan baxo ma rabo. Waxaan rabaa in aan sii joogo oo dagaallamo."

"Igaarkey, hooyadaa maqalaan ku leeyahay," awoowo ayaa na soo dhex galay, hadalna halkaa ayuu ku xirmay. Qof awoowe hadal ku soo celin karaa ma jirin.

Saddex saac oo subaxnimo ayuu baskii jawhar u dhaqaaqay. Afar qof marka laga reebo, inta kale waxay ahaayeen dumar iyo carruur. Afartu waa abti Maxamad oo darwalka ahaa, awoowe oo waayeel ah, Xasan oo xaaskiisii oo uu sagaalkeedii go'ay la socotay, si uu bedqabkeeda u ilaaliyo, iyo aniga oo ah wiil yaroo hooyadii jeceshahay ah. Wax sheegid mudani ma adhicin intii safarkaas aannu ku sii jirnay, marka laga reebo gawaari yar yar iyo kuwo xammuul oo gubtay oo aannu waddada ku sii marnay. Waa la wada hurday ama daal dartiis ayaan hadalba la karayn.

Nus saac ka dib waxaannu gaarnay Balcad oo ah magaalada kali ah ee ku taal inta u dhexeysa magaalamadaxda iyo Jawhar. Balcad janno yar bay ahayd. Wali cunno waa laga helayaye maqaaxi laamiga dhinaciisa ku taal ayaannu fursad u helnay. Dhammaantayo intii calooshu qaadi kartay ayaannu ku kiisnay intii aannaan ka dhaqaaqin. Nus saac kale iyo xoogaa ka dib ayaannu Jawhar nabad ku gaarnay. Jawhar igu ma cusbayn oo marar baan tegay, gaar ahaan marka aan guriga ka cararo. Waa degaan carrasan bacrin ah lagu mannaystay, sidaa awgeedna dadka deggani ku tiirsanyihiin beerashada dhammaan noocyada khudaarta iyo mirooleyda, galley, suuf, iyo ugu mudnaan mooska iyo qasabka sonkorta oo ay caan ku tahay. Baskii wuxuu istaagay barrin baabuurta la dhigto oo Warshadda Sonkorta ka dambeeyay. Dhowr iyo toban beeralay ah ayaa baska hareereeyay oo su'aalo aan tiro lahayn naga waydiiyay waxa magaalamadaxda ka socda. Ma aannaan qancin karin oo annagayba daal awgii naga tiil.

"Ma annukaad na la jiree Caliyow, mase guriga adoogaa in aad aaddaa kuu raysa?" ayuu awoowe i waydiiyay.

"Carruurta ayaan guriga aabbe geynayaa ka dibna waan soo laabanayaa."

"Ma taqaan gurigaan ku degaynno? " ayuu i waydiiyay Abti Maxamad. Abtiyaashay saddex guri ayay ku lahaayeen Jawhar, aabbahayna mid buu ku lahaa.

"Guriga wayn ayaan filayaa."

"Waa sidaa."

18

Intii aan guriga aabbahay u sii socday, aniga oo labadaydii walaal ee yaryaraa oo aad u daallan jiidaya, ayaa waxaa ii muuqday in magaaladu sideediidii caadiga ahayd ku dhowdahay. Korontadu way joogtay, ganacsiyada oo dhammina way furnaayeen. Dadku hawlmaalmeedkoodii caadigaa ahaa ayay wateen. Carruuruhu jidadka ayay ku cayaarayeen. Si ay ahaataba, shan daqiiqo gudahoodba meeshii aannu u soconnay ayaannu gaarnay. Aqalku wuxuu ka samaysnaa qoryo iyo dhoobo sadex qolna wuu ka koobnaa. Daash wayn oo caws ah ayuu lahaa oo deyr ku wareegsanyahay. Meesha nabad buuxdaa ka jirtay. Laba waayeel oo isqaba, Jimcaale iyo xaliimo, oo aabbahay guriga bilaash ku dejiyay iyaguna meesha hagaajiya ayaa markii aan albaabka soo furay ka shaqaynayay buqcad yar oo gudriga ku qabsan

"Yaa jooga?" ayaan ku dhawaaqay.

"Yaa waaye?" ayuu warsaday odaygii, intuu yaambadii dhulka dhigtay.

"Waa aniga, adeer Jimcaalow," ayaan ugu jawaabay intaa albaabkii soo dhaafay oo xiray.

92

"Kee waaye adiga?" ayuu waydiiyay intuu gacan dhoobo leh indhaha dushooda ku hareeyay, si uu ilayska cadceedda isaga dhigo oo uu si fiican wax ugu argo.

"Waa ilma Faarax."

"Waa ilma Faarax!" ayuu ugu dhawaaqay afadiisa oo dhego culslayd meel u dhowna dhir ku waraabinaysay.

"Way nabad qabaane!"

"Fiiri meeshaan," ayuu yiri, isaga noo tilmaamaya si ay noo aragto.

Isaga way ka aragti roonayd, isaguna wuu ka maqal roonaa. Laba isanfacay ayay noqdeen.

"Ilma Faarax waa yimaadeen!"

"Waa kuwaane!" ayay ku qaylisay markii ay na aragtayba. "Igaarteey!" Mar kasta waxay noo soo dhawayn jireen si naxariis iyo deeqsinimo leh. Markii aannu u warrannay ayay ku adkaysteen in aan iska nasanno. Saddexdiinnaba qol bannaanaa ayaan degnay.

Carruurtii ayaa iga soo hor toostay oo anigu ilaa laba saac oo habeennimo la gaaray indhaha ma kala qaadin. Labadii waayeel waxay noo diyaariyeen cunno aad u badan. Markii aannu cashaynnay ayaan carruurta meeshooda uga tegay oo u baxay in qoyska intiisii kale soo arko. Sigaarkii iigu horreeyay laba maalmood markii aan shitay ayaan raynrayn iyo wareer isla socda dareemay oo aayar isaga socday intii aan gaarayay meeshaan u socday. Si aan isu sii farxad geliyo ayaa dukaammada fiirfiriyay oo dhalo kooke ah sii iibsaday, toban daqiiqo gudahoodna waxaan joogay gurigii waynaa ee abtigay.

Dhammaan hadda jir ahaan waa la soo kabtay. Xasan wuxuu sheegay in uu lugabaxsi aadayo aniga i raac ayuu igu yiri. Waan ka yeelay oo sidaa mar kale waddooyinka magaalada dhex warwareegay. Xasan ayaa magaalada si fiican u yiqiin. Abytiyaashay dhammaantood meel kasta dad bay ka yiqiinneen, sababtoo ah waxay lahaayeen gawaari xammuul iyo basas safarro joogto ah aada. Dadkii uu garanayay mid ka mid ah ayaannu magaalada ka helnay ka dibna waxaannu fariisannay makhaayad shaah, halkaa oo aannu dumnad iyo shadranjad ku cayaarnay. Dhawr saacadood k dib ayaannu meeshii ka kacnay oo ka la tagnay. Waxaan ku heshiinnay in aannu berri isu nimaadno oo go'aansanno tallaabada xigta ee aynnu qaadaynno.

Subixii dambe laba saac ayaan gurigiisii ugu tegay oo ku wada quraacannay. Xasan ayaa ku taliyay in aannu boosteejada wayn ee basaska oo darawallada looriyada iyo basaska magaalamadaxda ka yimid ka soo waraysanno halka xaaladdu maraynno. Intii aan sii soconnay wuxuu ii sheegay in Abti Maxamad baskii magaalamadaxda ku celiyay, haddii loo baahdo, wax laga wadayba.

"Haye, Daleel!" qof naga dambeeyay ayaa noo yeeray. Waan soo jeesannay, ka dibna waxaa noo muuqday nin darawal ah.

"Haye, Warsame!" ayuu ugu jawaabay. "Sidee tahay? Goormaad timid?"

"Xalay." Gacnta ayuu soo fidiyay si uu gacanqaado. "Waan maqlay dhibka reerka gaaray. Waan ka tacsiyaynayaa. Kolley aad ayay ugu culsutahay in qoyska afar rag ahi isku maalin ka baxaan."

Xasan ma hadlin. Salaamihii ka dib, ninkii wuxuu noo sheegay in baskiisu uu u socdo magaalamadaxda dhawr saacadood ka dib oo haddii aannu magaalada rabno bilaash ku raaci karno. Aniga iyo Xasan waannu ka fekernay xoogaa waana yeelnay. Waan in aannu saacad isku diyaarinnaa, sidaa awgeedna labadii guriba waan tegay oo dadkii wada macasalaameeyay. Markii hore way iga diideen aniguna waan ku adkaystay. Alle mahaddiis e xoogaa lacag ah oo aan ukaysaday dabbaaldegga Sannadka Cusub badankeedii waxaan siiyay labadii waayeel. Way iga diideen laakiin waan ku adkaystay. Ma rabin in labada ilmood ee walaalahay ah ay waayeelku ku dhibtoodaan. Qorshahayga dhawrka beri ee soo socda qofna u ma aan sheegin, illeen wax qorshe ahba ma hayne!

QAYBTA LABAAD

95

19

Abbaaraha duhurkii Talaadadaas ayuu baskii Boorsaaniga buluugga khafiifka ah ahaa oo shan meelood oo meel kali rakaabkii lagu yiqiin sidaa gaaray Huriwaa. Halkaa Huriwaa bartankeeda ah in uu ka kala wareego ayay noqotay oo ma gaari karayn boosteejadii waynayd ee magaalada hoose ee uu sida caadada ahayd ku ekaan jiray. Gurigii waynaa ee qosyka ayaannu aadnay. Makhaayaddii dib baa loo furay laakiin macaamiil badani ma jogin. Carruurtii iyo dumarkii iyo dumarkii maadaama ay ka tageen gurigana dhaqdhaqaaq nololeed ka ma jirin. Dhanka kale, garaashka aad baa loo buuxay, mana ahayn dhallinyaradii isugu iman jirtay ee meelaha baabuurta lagu sameeyo ag dhoobnaan jirtay ama farsamada ka baran jiray e rag nooc walba iyo da' kasta isugu jira, laga bilaabo 16jir ilaa 60jir, ayaa dhoobnaa. Waxaa mar dambe la ii sheegay in odayaasha meesha joogay qaarkood Hawiye yihiin ahaayeenna saraakiil sare oo ka tirsanaan jiray ciidammada Xoogga Dalka. Hase ahaatee, markan dhammaantood sidii xoon shinniyeed ayay u mashquulsanaayeen, marka laga reebo qaar shaah ama sigaar ku nasanaysay.

Marka laga yimaado shaqooyinkii caadiga ahaa ee dayactirka baabuurta, waxay kaloo hayeen kuwo kale. Qaarkood baabuur ayay saqafka ka jarayeen, gaar ahaan Landcruiserrada iyo Landroverrada, halka qaarkoodna ay dejinayeen oo bakhaarrada ku xeraynayeen cunno iyo hub nooc kasta ah oo ku rarnaa gawaari xammuul iyo basas garaashka hortiisa hoganayay. Waxaa ii muuqday baskii Abti Maxamad waday oo ka mid ah kuwa cunnada laga soo buuxiyay. Aniga oo aan cidna wax waydiin ayaan sidii la isku amray shaqadii dhinac ka galay aniga oo aan fahansanayn. Kartoonno baasto ah ayaan soo qaaday oo bakhaarrada geeyay, makaanigyada ayaan ag istaagay oo qalabka ay dalbadaan u keenkeenay, ragga hawlaha ku mashquulsan ayaan shaah iyo cunno makhaayadda uga keenay, iyo hawlo kaloo badan. Kow iyo toban saac oo galabnimo ayaa shaqooyinkii la dhammeeyay. Saddex bakhaar ee waawaynaa ayaa cunno iyo saanad laga buuxiyay. Ilaa labatameeyo Landcruiserro ayaa saqafka laga jaray oo qoryo heer ay riddadoodu ahaydba cuslaa la saaray. Baabuurtaasaa caddayn ku filnaa. Waxaan gaarnay, sidii Aabbe u sheegay, bilowgii dagaalka sokeeye. Landcruiserrada hubka lagu rakibay ayaa noo galay halka jiibabkii millatariga oo annagu aannaan hasyan.

Markii shaqadii la dhammeeyay ayuu nin warqad iyo qalin la soo baxay. Wuxuu noo sheegay in qofkii doonaya in loo qoro wax uu ugu yeeray "dagaalka xoraynta" uu magaciisa ku qoro warqadda. Sidii abti Xasan yeelay oo kale ayaan diidi lahaa laakiin waxaan doortay in aan dadkayga xoreeyo.

Markii isqoriddii la dhammeeyay ayaa kooxo na loo kala qaybiyay. In kasta oo aan sii ogaa in waxa xoraynta lagu sheegayo rasaas iyo wax la mid ah la adeegsan doono, ii ma kala caddayn waxa xoraynta laga wado ama sida loo fulinayo. Waxa kaloo aanan ogayn cidda na haysata ee aannu iska xoreynayno.

Kali ah waxaan ogaa in xorayntu berri dhacayso. Waxba ii ma ay sheegin aniguna in aan waydiiyo isku ma hawlin. Dhab ahaan, dhallinyarada isqortay waxba u ma ay sheegayn. Casho wanaagsan ayaannu cunnay waxana na loo sheegay in aan seexanno si annagoo nasan aanu maalinta hawsha wayni dhacayso u wajahno. Subaxdii dambe ayaan kooxda inteedii kale la kulmay. Shan ayaannu ahayn, gaarigayaguna wuxuu ahaa Toyota Landcruiser madow oo laba qori oo muuqaal cabsiyeed leh, mid candhada dusheeda ku rakibayahay midna xagga hore ee shirka. Kuraastii oo dhan waa laga fujiyay, marka laga reebo labada shirka ee darawalka iyo rakaabkiisa hore. Shanteennaba shaqooyin ayaa na loo kala cayimay. Mid waa darwalka. Mid kale waa in uu dhinac fariistaa oo qoriga hore iska hor mariyaa. Shaqadiisu waa in uu qorigaas rido, waana taliyaheenna. Saddexdeenna kale waxa aannu fariisannay meesha qoriga kale ku rikabanyahay ee dambe. Labada qori kan dambe ayaa wayn oo waliba aad u wayn. Saddex lugood ayaa u mudan oo dhammaantood sagxadda ku alxaman. Midkeen waa in uu qoriga yoolka la beegsanayo ku aaddiyaa, midna waa in uu ridaa, aniga shaqadayduna waxay ahayd cabbeeye tusbaxyada dhaadheer ee rasaasta ah qoriga cunsiiya. Waxaa kaloo na la siiyay qoryo fudud oo darandoorri u dhaca garbahana noo suran, si haddii loo baahdo loo adeegsado. Aniga qori la ma siin illeen sida loo rido ma aqoon e. Meesha waxaan u joogay uun waxbarasho.

Abbaaraha halkii saac ee subaxaas ayay kolonyadeennii oo ilaa shan iyo toban gaari ahayd u dhaqaaqday dhanka magaalada hoose. Kolonyooyin kale ayaannu waddadad iska sii helnay, koox kastaana sideenna oo kale ayay u hubaysnayd, ha u yaraado ama ha u badnaadee. Waxaa dhici kartay in noocyada baabuurta aannu wadannay ku kala duwanayn se waxaannu ka sinnayn in gaari kastaa ay saarnaayeen shan ama lix nin, qoryo culus, iyo rasaas ku filan. Ilaa saddex kiilomitir markii aannu socoonnay ayaannu jooogsannay, ka dib markii aannu dagaallamayaal kale oo USC ah la kulannay. Sideenna oo kale ayay kooxo u qaybsanaayeen ilaa boqollaalna tiradoodu way gaaraysay. Waligay dad sida raggaas u hubaysan ma arag. Hase ahaatee, raggaas in yar ayaa tababbar ciidan soo qaatay. Inta kale aniga oo kale ayay ahaayeen. Kooxihii la isu keenay oo u ekaa in magaalada oo ay dhan ka kala yimaadeen ayaa haddana la sii kala qaybiyay oo meelo kala duwan loo diray. Kooxdaydii iyo kuwo kaloo badnaa waxaa loo diray Caymiska oo ay deggnaayeen saraakiil Darood ahaa oo nolol ahaan aad u ladnaa. Waxaa la ii sheegay in Caymisku ka mid yahay meelaha Daaroodku ku dhuunto, shaqadayaduna waxay ahayd in aan meesha ka saarno. Kooxo kale waxaa loo diray Madaxtooyada iyo meelaha kale ee muhiimka ah ee Daaroodku ku badanyihiin. Daqiiqado gudahoodba waxaannu soo gaarnay xaafaddii ladnayd ee guryaha Caymiska. Waxaa layaab lahayd in dagaalku mar horaba bilowday meeshana ay taagnaayeen in ka badan labaatan gawaari gaashaaman ah oo USC lahayd. Argaggaxii iigu horreeyay dhegaha ayuu durba i qarxiyay. Meesha waxa yeerayay loo ma adkaysan karayn. Qaylada dadka carada iyo xanuunka la qaylinayay waxaa dheeraa qablanka aan kala joogsanayn ee ka yeerayaya qoryo aanan garanayn

Haddiiba USC hubaysnayd, Daaroodkuna aad buu u hubaysnaa maxaa yeelay iyagaa dawladda ahaa oo hubka dawladda toos u helayay. Waan fariistay oo gacmaha dhegaha ku qabtay. Jaallayaashay oo ilaa maanta aanan magacyadooda garanayn dagaalkaas qaybtooday ka qaateen. "Waryaa silsiladda cabbbee!" ayuu midkood qaylo igu amray. Si qumman ayaan u fariistay oo salsiladdii dheerayd rasaas ku safay ka dibna ku riday sanduuq yar oo qorigu toos uga qaato. Goobta dagaalka toos u ma fiirin oo waxa aan aad ugu faraxsanaa in aniga oo fadhiya aan shaqada qabanayo. Dagaal aan la isu jixinjixayn ayaa muddoo dheer dabada la isu qabtay. Ilaa iyo hadda qofna ka ma dhaacwamin kooxdaydii shanta ahayd. Sida dagaalku u socodo halkaygaan ka fiirsanayay hadba inta aan cabbaynta xigta sugayay. Waannu dagaallannay, dhanka kale iyaguna sidoo kale ayay si geesinnimo leh u dagaallameen. Waxaan arkayay rag xoog dhulka ugu daadanaya oo qaarkood xanuun la aadarayaan qaarna aammusnaayeen. Dhammaantood dhiig da'aya ayay noqdeen. U ma nixin. Wax aan dareemayay ma jirin. Waxay la mid ahayd sidii wadnaha la iga saaray. Musiibada ugu wayni waxay ahayd in qofna aanu ku faraxsanayn waxa dhacaya haddana ka qaybqaadanayay! Sababta taasi ku dhacday ayaan la yaabay!

Xaalku sidaa ayuu iska ahaa oo aan waxba iska beddelin, marka laga reebo dhimashada oo korortay, ilaa kow iyo tobankii saac ee galabnimo, markaa oo

Daroodkii bilaabeen in ay dib u gurtaan. Isla markiiba goobta ma ay bannayn e hadba xoogaa mitir ayay dib u guranayeen. Goor qorraxdhacu soo dhowyahay ayaannu bilownnay in aannu soo urursanno qoryo culus oo aannu qabsannay, ka dibna waan ka guurnay goobtii. Ma aqaan inta qof ee halkaa lagu dilay laakiin shanteennii gaariga wada saarnayn waxba na ma gaarin. Saldhiggeennii ayaannu dib ugu laabannay. Garaashkii oo sidii hore ka sii mashquul badan ayaannu nimid.

"Maanta sidee xaalkaagu ahaa?" Abti Maxamad ayaa i waydiiyay.

"Maalin baas bay ahayd. Qori ayaan u baahanahay." "Marka aannu qoryo nagu filan helno ayaa adiga mid lagu siin doonaa."

Habeenkaas waxba ma aannu samayn. Dagaal ma aannaan gelin ayaan ka wadaa. Qaarkayo oo aan anigu ka mid ahaa garaashka ayaannu iska joognay. Qaar ayaa baxay oo xoogaa markii ay maqnaayeen soo laabtay iyaga oo sida raashin badan, dhalooyin [biyo kulul] ah, baakado daawo ah, bundado dhar ah iyo qoryo aan badnayn. Waxay u baxeen in ay soo bililiqaystaan dukaammada, farmashiyayaasha, iyo meelihii kaloo ay ka qabato, ciddii in ay ka celiso isku daydana way dilayeen.

"Sidaa aad wax yeesheen loo ma baahnayn," ayaan ku iri mid ka mid ahaa kooxdii bililiqada doonatay.

"Ilme aan waxba ka la ogeyn baa tahay!" Wuu igu qayliyay. "Ma taqaan meesha aannu waxaan ka keennay?"

"Maya e xaggee?" ayaan ku iri.

"Bakhaarrada dawladda! Waa raashinkii ay meesha ku hayeen iyada oo Hawiyuhu gaajoonayo! Annagaa beernay iyaguna bakhaarrada ayay dhigeen! Waa caddaaladdarro, ma sax baa?"

"Maya."

Intaa ka dib su'aalo kale ma waydiin. Habeenkaasna hurdo la sheego ma seexan. Nin ayaan ka baryey in uu i baro sida qoriga loo rido, dhawr saac ka dibna sidii asakri tababaran ayaan xabbadaha u ridayay. Aad ayaan ugu farxay in aan ugu dambayn qori ridi karo. Guusha yar ee aan gaaray ayaan abtiyaashay uga sheekeeyay. Indhaha ayay igu kuureen oo iga aammuseen. Abti Maxamad ayaa si ku faanid ah garbaha iigu salaaxay. Xasan indhihiisa waxaa iiga muuqanayay in uu doonayay in uu wax yiraahdo laakiin waan ogaa in aanu sheegi karin. Waa in uu walaalki ka wayn ra'yigiisa xushmeeyaa. Waxaannu leennahay maahmaah oranaysa, "Qof gu' kaa wayn il guruxeed kaa wayn."

Subaxdii dambe, aniga waxaa la ii dhiibay shaqo ka duwan taydii hore. Sidi shalay oo kale dagaal la ii ma dirin. Mar kasta shaqooyin cusub ayaa la isu dirayay. Waxaa jirtay in qaraxyo la garan waayay ay habeen dhawayd dhaceen, waxaana la rumaysnaa in canaasiir sirdoon Daarood oo ah oo qalab isgaarsiineed sitay ay xaafadda soo galeen. Waa in aan soo qabannaa. Aniga iyo dhallinyaro kale waxaa na la ku yiri shaqadiinnu waa raadinta basaasyadaas. Qof kasta oo aannu aragno waa in aannu baarnaa. Haddana aniga ayaa ahaa qofka ugu khibrad yar xaggaa dagaalka. Inta kale waxay u ekaayeen in ay hawshaan hore u soo qabteen laakiin meel ay ka soo shaqeeyeen ma aqoon. Roondadeennii baaritaanka ahayd ayaannu bilownay isla markii ciidankii kale dagaalka aaday. Waxaa muuqatay in ku dhawaad qof kasta oo aannu qabanno radio isgaarsiin ah sitay. Radioyadii ayaannu ka qaadaynay, sida badanna jaallayashay isla meesha lagu qabtay ayay ku tooganayeen qofka lagu helo. Waxay u ekayd in dad badan oo kala duwan ay u shaqaynayay basaasyada Daaroodka; waayeel, dumar, iyo xataa carruur.

Laba toddobaad oo dad layn ah ka dib waxaa na la siiyay amarro cusub. Saldhiggeennii waynaa ee Huriwaa ayaa laga maqlay in aannu dilayno basaas kasta oo aannu qabanno. Markaa ayaa na la ku amray in aannaan isla markaba dilin e madaxda taliska u keenno. Sidaa ayaannu yeelnay. Maalin, annaga oo koox dhallinyaro saddexan ah, ayaannu nin oday ah radio ku qabannay. Aniga ayaa la igu yiri taxaab oo adiga oo qori ku wada garaashka gee.

"Waan idin baryayaaye ha i geynnina," ayuu ku baryootamay markii aan meel dhexe sii marinayno. Laba kali ah ayaannu ku wadnay.

"War soco odayahow wacalka ahi!" ayaan ku iri intaan qoriga ku riixay.

"Waan idin baryayaa," ayuu ku celceliyay, "waa la igu khasbaye aniga Daaroodba xataa ma ahi."

Waxaan go'aansaday in daayo oo uu hadlo. Wuxuu ii sheegay in uu ka dhashay mid ka mid ah qabiilooyinka yaraadiga ah ee aan dagaalkaba ku jirin. Waan iska aamminay waana sii daayay. Dhawr beri ka dib ayaannu haddana qabannay oday la igu amray in aan soo qabto. Markii uu xaqiiqsaday in aannu laba kali ah nahay ayuu orod isku deyay. "Istaag!" ayaan aniga oo cayrsanaya ka daba qayliyay. Dheg ii ma uu dhigine wuu sii cararay. "Istaag ama waan ku dilayaa!" ayaan ugu celceliyay. Sidii oo kale ayuu ii dhegaystay. Markaa ayaan qorigaygii dhawr xabbadood ka riday oo uu dhulka isku tuuray. Waan soo gaaray. Dhabarka ayuu aad uga dhiigbaxayay si daciif ahna hadba wuu u nuuxsanayay. Qorigii ayaan meel agtiisa ah dhigay oo soo foorarsaday si fiicanna u fiiriyay. In kasta oo shan iyo tobankii maalmood ee la soo dhaafay aan dad la dilayo maalin kasta arkayay, ninkan geeridiisu way iiga duwanayd. Neef culus ayaan qaatay oo indhaha isku qabsaday. Waxaan niyada iska iri hadduu amarka qaadan lahaa ma dhinteen! Waxaa dhici kartay in aan iska sii daayo. Ma aqaan muddada aan indhaha isku hayay intay le'ekeyd e markii aan indhaha kala qaaday ninkii meeshii ayuu isaga oo aan nuuxsanayn yiil. Waa mayd la hubo markan. Waan ogaa in uu mayd yahay. Waxa layaabka lehise waxay ahaayeen isku mar ayaan wada dareemay u damqasho iyo ku faanidda dilka odayga! Farxad ayaan dareemay in aan markii iigu horreysay qori aan leeyahay cadowga ku dilay. Dhanka kalana waxaan ka murugooday in aan qof i la mid ah dilay. Ammin gaaban ayaan isku karaahsaday in aan ninkaa miskiinka ah badbaadin waayay.

Ka dib markii markii aan si qoto dheer u neefqaatay ayaan tartiib u istaagay oo nafta u sheegay in aanay u ooyin cadow madaafiic nagu soo hoggaaminayay. Markaa wixii ka dambeeyay xusuustiisaba dhinac baan iska dhigay. Haddiiba aan dib u xusuustay, dhawr beri ka dib ayay ahayd oo uu in yar maskaxdayda ku soo dhacay. Waqti aan ku xusuustaba ma hayn. Ka fekeridda nin dhintay hawlo ka muhiimsan ayaa ii yaal. Oo miyuu ka fiicanyahay abtiyaashaydii aan jeclaa?

Maalmihii xigay USC maalin kasta dagaal bay gelaysay laakiin anigu ka ma qaybqaadan dagaalladaas. Malaha sababtu waxay ahayd in aanan ku kalsoonayn sida aan diyaarka ugu ahay dilidda dad kale, sababta ugu waynse waxay ahayd in aan amar la igu siin. Dagaallada qaarkood way ku guulaysteen kuwana waa lagaga guulaystay laakiin waxa aan fahmi waxa laga wado "guul" iyo "guuldarro." Waxay i la tahay in iyaga "guul" u ahayd marka walaalkood la dilo ee ay iyaguna saddex qof oo kale walaalahood dilaan. Aniga waxay i la ahayd in aan qofna guul sheegan karin maalintii aan anigu dagaalka galay.

Hase ahaatee, Jannaayo labaatankeedii wax baa isbeddelay. Kooxdaydii wax baa iska beddelay horta. Waxaa la igu daray afar nin oo kale oo iyaguna sidii u hubaysan se gaariga ay wateen midabkiisu ciiro ahaa. Furinta dagaalkuna way isbeddeshay. Markan waxaan aadnay guriga marwada Madaxwaynaha, Ay Jiijo, ama Godka Jiijo ku dhuumato, sidii loo yiqiin. Waxaa kaloo na loo sheegay in meeshu caqabado badantahay oo halis tahay iyo in meeshu aad uga wayntahay ugana difaac adagtahay Caymiska. Marka la isbarbar dhigo, Caymisku licibsaqiir ayuu noqonayaa.

"U ma baahnin in aannu meeshaas aadno," ayaan iri markii aan gaariga kicinnay.

"Ma cabsanaysaa?" ayuu i waydiiyay darawalkii oo i xifaalaynaya.

"Maya. Maya, ma cabsanayo e waxaan la yaabbanahay sababta aannu furin kale uga dagaallamayno." Waan isdifaacay.

"Caymiska hawshiisii way dhammaatay waryaa," ayuu yiri nin kale oo ag taagnaa.

"Dhammaatay aa?"

"Haa, xalay. Meeshaas waa qabsannay annagaana haysanna," ayuu ku daray nin kale oo faan iyo kalsooni ka muuqdaan.

"Haddana meeshan kale ayaynnu qabsan doonnaa?" "Aahey."

Muddo gaaban ka dib waxaannu gaarnay hoygii Jiijo. Meeshu halis aanan innaba filanayn ayay ahayd. Wax aan ku sheego ma aqaan. Meel aad u wayn oo aad loogu dhibbanyahay oo aad u qalo badan oo dhiig qulqulayo. Aragti qarracan leh ayay lahayd. Qaylada ka yeeraysay loo ma adkaysan karayn. Xabbado aan kala joogsi lahayn ayaa dhacayay sawaxanka dadka meesha ku soo xoomayna ka sii daran, cabaadka iyo aadaarka dadka dhaawacmay loo ma dkaysan karayn. Baabuur ayaa xawli hore yo gadaal loo cayrinyayay meel kasta, kuwaa oo qaarkood lagu dhufanayay derbiyada oo in lagu dumiyo la rabey. Buuqii ayaannu isku tuurnay oo sida mukulaalaha u dagaallannay. Laba nin silsilidaha rasaasta ayay cabbaynayeen, laba way ridayeen, midna gaariga ayuu wadey. Waxaan u malaynayaa labada qori ee waawaynaa ee gaariga noo saarnaa in ay kala ahaayeen Dashica iyo SK 43, ama kuwo la mid ah.

Markan sidii hore ma ahi oo qori aan anigu leeyahay ayaan sitaa. Waan aqiin oo kaygu waa AK. Dhan kasta ayaan xabbado aan joogsi lahayn u riday, si aan qofna iigu soo dhawaanba. Way adkayd in la kala garto in aad wax dilayso iyo kale. Dhinac aad eegtaba dadku way daadanayeen. Dababdeed mid jaallayaashaydii ka mid ah ayaa gaarigii ka dhacay, sidii dabayli la bidday oo kale. Isaga ayaa markaa ride ka ahaa qoriga dambe. Caawiyihiisii ayaa isla markiiba beddelay, nin kalana wuu u degtay oo gaariga soo saaray. Isla markiiba labada nin ayay indhahaygu qabteen. Ninka gaariga ka booday wuxuu isku deyayay in uu saaxiibkiis caawiyo laakiin labadaba dhabarkaa laga toogtay. Ninkii hore dhulka ayuu ku dhacay mar dambana isma dhaqaajin. Ninka kale oo lug ka dhawaacmay aad ayuu isugu deyay in uu dhanka gawaarida u soo xamaarto isaga oo shafka dhulka ku haya.

"War ninka soo qaad! Ama adigu beddel!" Darawalkii ayaa igu qayliyay.

Ridihii ayaa cararay oo ninkii dhaawaca ahaa soo qaaday oo gaariga soo saaray, aniguna booskiisii ayaan galay oo inta qorigii jinni labada gacmood xoog ugu qabtay laba badhan oo laga rido aad u cadaadiyay. Labadii badhan ayaan xoog u qabtay oo iska fiirsaday silsiladdii rasaasta oo qorigu cunayo. Hadda ayaan si fiican u arka sida qorigaygu dadka u cadaabayo.

"Meeshaan waa in aan isaga baxnaa!" ayuu yiri darawalkii oo gaarigii inyaataro xoog ugu wada wax kasta oo uu haleelana cagta marinaya.

"Waa talo fiican," ayuu ku raacay nin kale oo unugtayada ka tirsanaa.

Meeshii baas waannu isaga tagnay mar saacaddu ku dhawayd toban saac galabnimo ee maalintaas dhiiggu qulqulayay. Garaashkii markii aannu ku soo laabbannay waxaa na la ku yiri noqda, ka dib markii aannu dhaawacyadii dejinnay oo nin kale iyo rasaasna qaadannay. Dood noo ma furnayn. Waa amar. Godkii Jiijo ayaan ku laabannay hal saac oo habeennimo. Sidii aan uga soo tagnay ayay wali ahayd, haddiiba aanay ka sii darnayn. Dagaal faraha looga gubtay ayaannu meesha ku galnay.

Saddex saac oo habeennimo ayaannu gudaha qasriga xoog ku galnay. Ciidankii cadowga waxba ku ma harin meesha markan. Maadaama labada dhan midna aanu maxaabbiis qabsanayn, qasriguna aan si kale looga bixi karayn in meesha aannu ka dagaallamannay la soo maro ma aha e, waxay noqotay in aannagana in na la wada dilo ku dhawaannay iyagiina aan qof dhaqaaqa laga reebin. Qasrigaas bililiqo badan ayaannu ka helnay: dahab, lacag caddaan ah oo aad u tiroq badan, hub, gawaari raaxo oo qaali ah, gawaari gaashaaman, iyo wax kaloo badan. Waxba uga ma tegin. Xataa maydadka waannu baarannay! Dhammaantayo wax baa naga soo gaaray. Aniga waxaa igu soo aaday naastaro iyo laba kun oo doollar. Wax "guul" lagu magacaabay ayaannu garaashkii ku la laabannay.

20

Toddobaad ayaa dhammaaday. Aniga iyo unugtaydii midna dagaal ma gelin toddobaadkaas. Meeshii ayaan iska joognay oo rag kale oo dagaallo gelayay wax la diyaarinaynay. Dhaawacyada ayaannu dhayaynay, qoyaha waa sifaynayay, alaabtii aannu soo bililiqaysannayna bakhaarro ayaannu ku xeraysannay (labadii kun ee doollar abti Maxamad ayaan u dhiibtay. Cidna i la ma lahayn intaas). Dadkii dhintay la isma waydiin.

Maalin ka mid ahayd maalmahaas aad mooddo in ay isku wada ekaayeen ayaa annaga oo alaab kala xeraynayna nin gaari degdegaya wataa noo soo galay oo ku qayliyay, "Madaxwaynihii wuu baxay! Annagaa guulaysannay! Madaxwaynihii teg! Madaxtooyadii waa la qabsaday!"

Dhammaantayo wixii aannu faraha ku haynnay ayaannu dhignay oo ninkii si layaab leh u wada eegnay. Aniga guul wayn ayay ii ahayd waxa dhacay oo waxay iiga dhinayd in dagaalku dahmmaaday taliskiina la riday.

"Daaroodkii oo dhan magaalada way ka baxeen!" ayuu ninkii raaciyay.

Warkaas waxaa si degdeg ahayd u xaqiijiyay nin kale oo markaa yimid. Raynrayn badan ayaa garaashka ka jirtay. Gawaari intii meesha tiil ayaannu ku kala boodnay oo Madaxtooyada isku shubnay. Qof kastaa sabab uun buu meesha ugu socday. Anigu waxaan rabey kali ah in aan qasriga Madaxtooyada soo arko. Waligay waxaan iswaydiin jiray waxa ay meesha ku haystaan ee aanay doonayn in dadka kale arko. Marka loo soo dhawaadaba way na soo cayrin hjireen, sidii aannu dambiilayaal nahay. Anigaaba mar dhow indhahayga ku soo arki doona. Markii aannu dhaqaaqnay heesihii raynraynta ee aannu bilownay ma kala joojin ilaa aannu meeshii tagnay. Qasrigu markan waji qasri lagu sheegi karo ma lahayn. Dhismayaasha qaarkood way gubanayeen. Meesha waynanka badan geliddeedii dhib ka la ma aannu kulmin. Ciidankii Koofiyad Gududuudda ayaa sidoodii meel kasta daadsanaa, iyaga oo markan maydad ah. Dadku heeso xornimo ayay isu jiibinayeen qasrigana way bililiqaysanayeen markii aannu nimid. Qaarkeen ayaa bililiqadii ka qaybgalay laakiin inteennii badnayd waxaa na la ku amrray in aannu ciidankii Madaxwaynaha cayarsanno.

Waxaa na loo sheegay in Daarood laba garab isu qaybiyeen oo wax kasta oo ay qaadan kareen qaateen: hub, bilyanno doollar oo lacag caddaan ah iyo dhahab isugu jira. Laba waddo ayay magaalada kaga baxeen si ay madaxwaynahooda ugu raadgadaan. Labada garabba waxay ku soccdeen Afgooye oo magaalamadxda soddon kiilomitir koofur ka xigta. Annaguna laba garab ayaannu isu qaybinay si aanu madaxwaynuhu nooga fakan, annaga oo koox kasta moodayso in ay garabkii odaygu ku jiray raacdaynayso. Dad badan oo aan anigu ku jiro waxay rabeen kali ah in ay maydka madaxwayaha soo arkaan aadna waannu ugu faraxsanayn in aannu kooxdii uu ku jiray ku raadjoogno.

Ilaa muddo Aabbe ka ma fekerin laakiin hadda ayuu maskaxdayda ku soo dhacay. Waxaan jeclaystay in uu hadda i arki lahaa. Waxaan rabey in uu ogaado in aan hadda nin rag ah noqday. Haa, nin geesi ah. Waxaan doonayay in uu igu faano. Waxaan doonayay in uu i arko anigoo markan dagaalka ku jira oo waliba Madaxwaynihii Soomaaliya cayrsanaya. Haa, isla ninkii Aabbe sannadaha xabsiga dhigay raggii la xirnaa iyo saaxiibbadiisna wax uu jirdilo iyo wax uu laayo ka dhigay. Laakiin aabbahay hadda garabkayga ma joogo. Ma uu joogin markaan si dhab ah ugu baahnaa in uu i arko oo igu yiraahdo, ”Waa kaa wiilkaygii!”

Waxa la ogaaday in Madaxwaynihii aanu ku jirin kooxda aannu carysanaynay ee uu kooxda kale raacay. Si ay ahaydba, wax wayn noogu ma kala duwanayn illeen kooxdaana ciidan annaga ah baa ku raadjoogaye. Cagta ayaannu cagta u saarnay ilaa aannu soo gaarnay ciidankii dawladda. Iska ma ay cararyn kali ah e isla markaana way baqadiririyaeen. Ka ma aannaan harin. Dad tiro badan oo labada dhanba ah ayaa nolosha ku waayay oo maydadkooda la sii dhaafayay intii la dagaallamayay. Qaarkood baabuurta ayay ka dhaceen ka dibna waxaa cagta mariyay kolonyadii aan dhammaadka lahayn ee ka dambeysay. Cid danaysay iyo ci cabsanaysay midna ma jirin. Dhammaantayo dareenkaa naga guuray.

Wax la isa sii sitaba, dhawr saac ka dib ayay afarkii garab ku kulmeen Afgooye, Madaxwaynihiina wali geeridiisa la ma soo sheegin. Waxa naga yaabisay in Daaroodku markii ay Afgooye soo gaareen aad u xoogaysteen. Mar dambe ayaa la sheegi doonaa sida ay ku dhacday. Afgooye waxaa joogay ciidammo kale oo USC ah oo loogu talagalay in ay koofurta ka dagaallamaan. Hase aahaatee, ciidammadaas waxay ahaaeen Daarood ay USC garabsaar lahaayeen taliskana way ka soo hor jeedeen, laakiin waxay isbeddeleen markii Daarood iyo Hawiye loo kala baxay, taa oo dagaalka sii murjisay aadna u sii xumaysay. Daaroodku maadaama ay hub inta ay u baahnaayeen ka badan haysteen, waxa kali oo ay sugayeen waa in ay helaan ciidan kale oo ay hadda heleen. Maalintaa sidii wax u dhaceen waligay ma illoobi doono. Sidii loo joogay ayuu ciidankeennii sidii dakhsi u daatay. Tobaneeyo qof oo aan aad u aqiin ayaa maalintaas dhintay. Annaga oo doonayna in aannu dib u guranno ayay naga soo gaareen ciidammo kaloo Hawiye ahaa oo show warka soo maqlay. Koofurta shishe iyo magaalamadaxba way ka soo gurmadeen. Markaa ayay Daaroodkii bilaabeen in ay aagga ka gurtaan laakiin ka ma aannaan harine cagta ayaannu cagta u saarnay. Maalintaas baas kumannaan qof waa la dilay. Si ay ahaydba, laba toddobaad oo dagaal ba'an ahaa ka dib ayaa Daaroodkii Kismaayo iyo ilaa xudduudda Kenya lagu shubay. Awooddaas waxa na siiyay ma ahayn in aannu ka hub badnayn e waannu ka ciidan badnayn. Gobollada koofureed Hawiyaha ayaa Daaroodka kaga badan, sidaa awgeedna aaggaga dagaalka oo dhan gurmad ciidan ayaannu ka helaynnay. Magaalo iyo tuulo kasta ciidan ayaa nagaga biirayay, ilaa aannu Kismaayo gaaraynay.

Markii Kismaayo la gaaray ayay sheekadii waji kale yeelatay. Dhammaan Daaroodkii soo cararay halkaa ayay isugu tageen, maadaama Kismaayo xudduudda ku dhowdahay in soohdinta ka gudbaan oo Keenya galaanna ma ay awoodin. Markaa waxay ku khasbanaadeen in ay joogsadaan oo dagaallamaan. Xeelad cusubna way la yimaadeen oo waxay joojiyeen in ay tuutaha ciidanka gashadaan. Sideenna oo ale ayay dhar caadi ah isku jufeen. Xataa qaarkood ayaa baabuurta USC ku buufsaday. Hadda dadka laga ma garto dagaalna way u soo jeesteen. Markan ayay si dhab ah u dagaallameen. Dagaal rageed kii ugu darnaa. Waxaan arkay ciidankeennii oo hadba gadaal u sii siqaya. Daaroodkii markaan loo geli waa. Waa markaa marka gaariyagii la gubay. Aniga oo inta ka degtay dhulka ku caawinaya nin aan aqiin ayaa baasuuke la la helay. Isla markiiba gaarigii holac ayaa dabo iyo dacal qabsaday. Unugtaydii lixda nin ahayd hawadaa lagu dubtay. Wajiyadooddii in aan aqoonsado ayaa aad iigu adkaatay. Sidii baraf digsi kulul lagu shubay ayay u dhalaaleen. Ku ma farxin kolleyse markase aan dib u xusuusto aad uga ma murugoon. Malaha 'faras cad' baan saarnaa! Ma aqaan. Waayadaas dhammaan fardo cad cad baa la fuushanaa. In [biyo kulul] cabta, in aan jaadka kala joojin, ama [daawooyin kale ku socota]. Xataa kuwa aan mukhaadaraadka adeegsan way baxsanaayeen. Holaca, qiiqa, urta baaruudda, iyo urka maydadka qurmay ayaa dadka sakhraaminayay. Ma xusuusto qof maskaxdiisu dhammayd intii aannu dagaallada ku jirnay. Si wax u dhaceenba, markii saaxiibbaday la laayey gaarigaygiina la gubay ayaan ku biiray ciidanka lugta. Hawl sidii taydii hore u sahlan ma ahayn. Waxaan ogaaday in middan askari xirfad lehi uun ka bixi karo. Ku dhawaad dhammaan ragga ciidanka lugta ku jiraa askar hore ayay ahaan jireen. In aad u yar ayaa aniga oo kale ahaa. Dagaalka lugtu midka gaadiidka lagu dagaallamayo wuu ka halis babdanyahay, isla markaana wuu ka fududyahay. Aan faahfaahiyo e, marka aad gaari qori wayni ku xiranyahay saarantahay waa halis. Cadowga oo dhammi adiga ayaa ku soo shiishayaan, sababtoo ah inta uu ciidanka lugta ahi kaa dili karo in aad u badan ayaad ka dili kartaa. Dhanka kale, marka laga eego, ciidanka lugta ah dagaalku waa qof iyo qof. Maadaama aanan wali nin wayn noqon, ninna isku ma aaddin. Galabtaas oo dhan ragga dagaallamaya ayaan meel dheer ka fiirsanayay.

Baynaadaha qoryahooda ayay caloosha isaga soo ridayeen maadaama mararka qaarkood aanay fududayn in xabbado la isku rido. Gacmahaa la isu la tegay. Sidii loo joogay ayay wax wayni naga dhex qarxeen. Waxay ahayeen ma arkayn anigu cid kalana in ay aragtay u malayn mayo. Boor iyo qiiq ayaa na wada daboolay. Gadaal ayaan u sii durkay si aan la ii dilin. Isla markiiba labadii isku dhintay way kala gurteen, ka dib dagaal lagu hoobtay oo saacado socday. Meel aan joogaba aniga oo aan ogayn ayaan agtayda ka maqlay dad lahjad Daarood leh oo waadax ah ku hadlaya.

”Mar kale yaynaan cararin!” ayuu midkood ku baaqay.

“Mar dhow farahaan ku dhigaynnaa doofaarta dhashooda!” Mid kale ayaa ku qayliyay. Hareeraha ayaan eegay mase nin ayaa igu soo socda.

“War maxaad ahayd adigu?” ayuu i waydiiyay. Waxay u badnayd in uu su’aasha ii waydiiyay in aan meel gees ah kaligay taagnaa. Nasiibwanaag, aad buu u [marqaansanaa]. Isaga oo baxsan aniguna aan qorigaygii boobaha ahaa hasyto, waxba ma yeeli karin oo wali Daroodkii ayaa hareerahayga dhoobnaa. Isla markaaba waxaa igu soo dhacday fikrad yar oo in ay ii shaqayso aan Alle ka tuugay.

“Maxaad ka waddaa kumaad ahayd?” ayaan isagii waydiiyay. “Waxaan ku moodayay in aad nacallaa kuyaalladaas ka mid tahay,” ayuu igu yiri oo isaga oo qorigiisii laalaadsanaya iga dhaqaaqay. Mashaqadan waa in aad mar uun ka dhex baxdaa ayaan is iri. Waan malaynayay in ay mar aan dheerayn ogaan doonaan in aanan Darood u dhalan. Nasiibwanaag, kolley aniga markaa way ii roonayd e, dagaalkii baa mar kale bilowday. Halkaa waxaan ka helay fursad indhaha iga jeedisay. Tartiib ayaan hadba tallaabo dib ugu gurtay meeshii ay joogeen, aniga oo isku deyaya in aan ciidanka cirifkiisa gaaro. Dhankii ciidankaygii ayaan hadba xabbad u ridayay si aanay Daaroodku iiga shakin. Qiyaasta nus saac ka dib ayaan halkii aan ku socday gaaray, ka dibna cagaha wax ka deyay oo sidii dabayl u duulay.

“Waryaa, hoy!” ayuu mid iga daba lahaa.

“Waa anigii kuu sheegay doofaarku...” mid kale ayaa lahaa, aniguna jiqdaan sii jibaaxayaa. Hadba gadaal ayaan soo jalleecayay si aan u hubsado in aan la i daba joogin. Laba nin ayaa orod cagta cagta ii saaray oo xabbado darandoorri ah iga daba ridayay markii aan jiqda galay. Marna u ma joojin. Meermeer ayaan u cararar, si aanay xabbadaha ii la helin. Ammin shan iyo toban daqiiqo i la dhammayd ka dib ayaan meel biyadegeen u eg ku soo dhacay.

Qarka ayaan ka istaagay oo hoos u fiiriyay. Hog aad u qoto dheer oo mugdi ah ayuu ahaa. Balliga qarkiisii ayaan kadalloobsaday oo jiqdii meelo daloola ka soo eegay. Labadii nin midkood ayaa isaga oo sidii faras u kacsan igu soo ordaya. Cagahiisa cad ee booska leh ayaa ii muuqanayay mar uu intuu geedo gaagaaban ka soo dul booday jiqdii dalaq iigu soo yiri balligiii waynaa ee mugdiga ahaa ayaan hoos u eegay, ka dib markii aan ku qiimeeyay in aanu khatar badan lahaynna tartiib ayaan u galay oo biyo calow ahaa dhex muquuray. Cagaha ayaan la helay dhagax aan ku dul nasto. Caganta midig waxaan ku qabsaday qarka balliga tan bidixna waxaan ku hayay keebka qorigaygii oo baadkiisu luqunta iigu tiirsanayahay. Daqiiqado ka dib, dhaqaxii ama jabalkii aan ku taagnaa ayaa liiqliiqday oo meeshii ka dillaamay, aniguna godkii ayaan ku dhacay. Wixii aan tabar lahaa oo dhan ayaan isugu geeyay in aan kor isugu soo qaado gacmihii oo awalba mashquulsanaa. Waxaan dareemay jirkoo dhan oo tabar darro ama cabsi i la gariiray. Ninkii wuxuu soo istaagay meel ilaa lix boqol oo yaardi ii jirtay. Wuxuu u ekaa in uu da'da dabayaaqada afartameeyada ku jiray gadhna wuu lahaa. Nin aad u taxaddaraya ayuu ahaa oo hareeraha eegeegaya. Qoriga labada gacmoodba wuu isugu geeyayay keebkana far buu ku hayay oo wuxuu diyaar u ahaa in uu marka uu doono degdeg xabbad u rido. Waxaan ku ducaystay in aanu agtayda imaan ama iska noqdo oo meesha ka tago. Intaa ka badan isma aan hayn karayn. Nasiibkay! Ninkii wuxuu go'aansaday in uu godka wayn ee hortiisa ah dhugto. Xaggayga ayuu u soo taagtaagsaday oo markan waan hubay in uu igu soo socdo. Madaxa ayaan hoos u rogtay si aanu dhaladayda oo u arag iiga qarxin. Wuu soo socday ilaa uu aad iigu soo dhawaaday. Meel aan soddon yaardi ka dheerayn ayuu ku joogsaday. Waan ogaa uu intaa iiga soo dhawaanayo haddii aan sabir u yeesho oo sugo. Sabirkaas ma leeyahay!

Neeftii baa ciriiri igu noqotay meeshii aan ku taagnaana in ciiddu i la dhaqaaqayso ayaan dareemay. Markaa ayaan keebka qabtay oo sidii qof waalan xabbado u hurgufay. Ninkii durba dhulka ayuu ku faniinay. Tabar intii igu hartay ayaan isu geeyay oo meeshii kor uga soo baxay. Anigoo Alxamdu Lillaah dheh is leh ayaan arkay ninkii oo haabanaya qorigiisii oo meel laba yaardi u jirta yiil. Mar kale ayaan xabbado oodda kaga qaaday. Isaga oo dhan ayaa ruxmay, aniguna ka ma joojine qoriigii darandoorriga u dhacayay ayaan dabada u qabtay. Sidaa ayuu ku tawafay. Neef wayn ayaa iga soo kudday, ka dibna intaan qorigiisii qaatay ayaan ka dhaqaaqay oo ciidankaygii aaday. Toban daqiiqo ka dib ayaan rucle iyo orord isku daray, saacado ka dibna kooxdaydii ayaan u tegay.

Goobtii dagaalka xaalkeeda wax wayni iska ma beddelin. Iyagu meeshoodii ka ma durkin, annaguna sidoo kale. Goor dambe oo fiidnimadii ahayd ayay wax isbeddeleen. Waxay bilaabeen in ay dhowr mar dib noo riixaan. Maalmo dagaal culus socday ka dib ayaannu dib ugu soo laabannay meeshii aannu ka bilownay. Afgooye oo soddon kiilomitir oo kali ah u jirta magaalmadaxda ayaa na la ku soo celiyay. Markan gaari kale ayaan la socday oo ciidankii lugta la ma socon. Darawal dhaawacmay ayaan beddelay. Afgooye markii la yimid ayaa la igu amray in aan gaarigayga dhaawacyada ugu qaado magaalamadaxda. Aad ayaan ugu farxay. Muddo saacad ka yar dabadeed waxaan ku socday magaalmadaxda aniga oo dhaawac badan sida. Labataan daqiiqo ka yar ayaannu ku tagnay magaalamadaxda ka dibna waxaannu abbaarnay xarunta SOS oo ahayd xarun dhismayaal qurxoon oo hay'adi lahayd horana u ahaan jirtay xarun agoomeed haddase isbitaal aad u wanaagsan ahayd. Ma aqaan si aannu wax yeeli lahayn SOS la'aanteed. Maamulkii SOS ayaan ku wareejiyay dhaawacyadii oo saddex jidka ku soo dhinteen. Darawal walanteeri ah oo SOS joogay ayaa isla markiiba ii yimid oo ku deeqay in uu i la shaqeeyo. Wuxuu doonayay in uu aniga i beddelo. Fursad aad qaali u ah ayay ahayd oo haddii aanan ka hadda faa'iidaysan aan dib ii soo mari doonin. Gaarigii ayaan ku wareejiyay oo u lugeeyay garaashkii abtiyaal oo aan xarunta SOS wax badan ka fogeyn.

21

Markii aan garaashkii imid ayaan ogaaday in abtiyaashay Xasan ma aha e intii kale la dilay. Xasan wuxuu ku badbaaday in uu ahaa kan kali ah ee aan qori qaadan intii mashaqadani socotay oo dhan. Mararka qaarkood SOS ayuu ka shaqayn jiray oo uu dhaawacyadayada ku xannaanayn jiray, mararka kalana guriga ayuu iska joogi jiray. Warka geerida abtiyaashay wax argaggax ah ka ma qaadin. Ma aqaan sababta. Malaha markan geeri waan ka naxdingooyay! Malaha waa in ay Daaroodka dagaal ku la jireen oo laynayeen, taa awgeedna

109

aanay wax dhaamin Daaroodkii ay laayeen. Wax sababtu ahaydba, wixii maankayga ku jiray aad uga ma sii fiirsananayn. Xasan isaga murugo ayaa isugu timid. Geeridooda wax badan iska ma aannaan waydiin oo labadeenna midna war ka ma hayn siday u dhinteen iyo cidda dishay. Dhammaantood sidaydoo kale ayay koofurta ka dagaallamayeen.

Laba beri ayaa Abti Xasan la joogay, kuwaa oo aan waqtiga badankiisa hurdo kaga baxay sababtoo ahayd saddexdii biloodaa ee la soo dhaafay hurdo fiican ma seexan. Intii aan koofurta jiray USC dawlad cusub ayay dhistay. Doorasho, codayn, wadahadal, waxaas haba sheegin! Dadka waxay ugu baaqayeen in ay is diiwaan geliyaan oo guusha ay agaareen difaacdaan. Baaqaas si fiican baa loo aqbalay rag, dumar, iyo carruur qof kasta oo qori qaadi karay wuu ku biiray iyada oo la wada faraxsanyahay. Markan waxay u ekayd aniga ma aha e inta kale oo dhan ciidanka la wada gelayay.

Maalintii saddexaad soolaabashadaydii ka dib oo dadkuna wali isqorayaan, anigu waxaan u sii socday degmada Madiina si aan u soo fiiriyo qoyskaygii kale. Abti Xasan ayaa isaga oo aammusn ii jeeday markii aan isdiyaarinayay.

"Sidee Madiina ku tegaysaa?" aammuskii ayuu hayn waayay.

"Maxaad ka waddaa?" ayaan waydiiyay.

"Basas ma jiraan, baabuur ma leh, waxba. Baabuur millatari kali ayaan jidadka wareegaya."

"Yaa kala jecel?" ayaan ku jwaabay.

"Malaha waxaa kuu roon in aad mid ka qaadato baabuurta la soo bililiqaystay ee garaashka ka buuxa. Ma aqaan waxa ay meesha isaga yaallaan."

Madaxa ayaan u ruxay oo u dhaqaaqnay garaashka iyo meelihii baabuurtu yaalleen. Baabuur nooc kasta leh ayaa tiil. Baabuurta millatariga ee xammuulka iyo kuwo kale oo gaashaaman oo noocyo aanan aqoon ahaa, kuwaa oo laga qabsaday ciidanka Xoogga Dalka, baabuur raaxo oo qaali ah oo ay lahaayeen saraakiisha talisku oo sida ay u badnayd markaa aan noolayn, iyo baabuur kale oo caadi ah. Mercedez buluug ah oo burburay ayaannu dhaafnay oo mid kale oo caddaa agtiisa ugu tagnay. Albaabka markii aan furay kuraasta oo dhan dhiig ayaa meel kasta kaga yiil. Albaabkii ayaan xoog isugu dhuftay.

"Waa gaari waqnaagsan," ayuu yiri Xasan.

Aniga indhahygu waxay markaa ku maqnaayeen BMW madow oo meel gees ah yiil. Aniga oo aan waxba ku oran ayaan sii socday oo albaabkii BWMga furay. Kursigii darawalka ayaan fariistay oo iri:

"Midkaan ayaan qaadan." "Haye, ku dhac isagaba." Waan kiciyay.

"Marka aan hawsha ku dhammaysto waan soo celinyaa," ayaan ku iri.

"Hoo," ayuu yiri Xasan, intuu baqshad cad ii dhiibay. "Waa maxay?" ayaan waydiiyay.

"Waa lacagtaadii. Abti Maxamad ayaa iga la dardaarmay in aan ku siiyo haddii aanu dagaalka ka soo laaban."

Xoogaa ayaannu aammusnayn, ka dibna baqshaddii ayaan ka qaaday oo furay. Labadaydii kun ee doollar ayaa ku jirtay.

"Mahadsanid," ayaan ku iri oo gacantayda midig salaan u soo taagay.

"Qorigaaga qaadan maysid?" ayuu i waydiiyay, isaga oo si qoonsimaad leh u dhoollacaddaynaya.

"Maya, maya," ayaan ugu jawaabay.

"Haye hadde. Taxaddar oo igu salaan aayooyinkaa." "Nabadey."

22

Gaarigu wax yaab leh buu ahaa! Kursigaygii ayaan ku fariistay wax kalana ma samayn. Albaabbadu iyagaa isxiray, marshadu iyadaa isbeddeshay, isteersaduna sidii hawo ayay u fududayd. Wax kastaa xawlli iyo fudayd ayay isku darsadeen. Sheellaraha ayaan qabtay oo ku raaxaystay adduunka igu hareeraysan ee aan xufta ku dhaafayo, sidii aan dayaxgacmeed saaranahay. Hadba badhan ayaan riixayay, si aan dariishadaha mar u dallaco marmna u dejiyo. Waan isaga baashaalaayay. Waddada 26ka Juun ayaan u qaaday xagga KM4 oo aan u socday. Glove compartmentga ayaan faduul isaga furay. Alaabo kala duwan ayaan ku jiray, sida cajalado, furayaal guri, buug yar, sigaar... Waxaan ku bilaabay sigaar Benson & Hedges ah oo xabbad shitay. Ka dibna cajaladihii. Hadba mid ayaan ku tuuray oo mid aan jeclaaday ka la baxay. Buuggii yaraa ayaan soo qabsaday, mase af aanan garanayn ayaa ku qoran. Waxa kali ah oo aan ka gartay sawirka Lenin oo ku yiil gudaha bogga hore. Meeshii aan ka soo bixiyay ayaan dib ugu tuuray. Mar aan jiirada KM4 ka soo leexanayo ayaan ogaaday in golve compartmentgii wali furanyahay. Waan tiigsaday, si aan u xiro. Waxaa indhahayga ku dhacay nin wajigiis. Waan laacay, si aan u eego in wuxu yihiin ID sawir leh. Waan soo dhawaystay oo isku deyay in aan akhriyo gaariga oo socda. Waxa uu noqday IDyadii guduudnaa ee la siin jiray shaqaalaha Wasaaradda

111

Gaashaandhigga. Sawirkii yaraa ayaan u sii fiirsaday. Waa nin xooggan oo indho kulul shaarribbo waawaynna leh. Ma uu dhoollacaddaynayn. Wuxuu u qalamay in uu ku guuleysto billadda 'Inta Alle abuuray kan ugu foosha xun.'

"Dhillaa ku dhashay!" ayaa kor ugu qayliyay. "Hadda meyd baad tahay, ma i maqlaysaa? Meyd! Waxba iga qaadi maysid!"

IDgii ayaan akhriyay, si aan darajadiisa u ogaado. Waan hubay in uu janan ahaa e waxaan rabay in si fiican u hubiyo. Layaabka dhacay, IDga waxaa ku qornayd in uu isbatoore ahaa!

"Sidee ku yeelatahay gaarigan qaaliga ah adiga oo aan xataa Janan gaarin?" ayaans sawirka waydiiyay, sidii aan la faqayo ayaan hoos ugu iri. "Sidee ku yeelatay?"

IDgii ayaan isteersada ku dul qabtay oo hadalkii ku sii waday. "War u malayn mayo in xataa janannada Ruushku gawaari noocan ah leeyihiine sidee adugu ku yeelatay?" Xabbad kale oo sigaar ah ayaan shitay. "Waa kaa sigaarkaagii, anigaa cabbaya, wax aad iga qaadi kartaana ma jiraan oo meyd baad tahay hadda. Garac dhintay! Dagaalkan sokeeye adigaa bilaabay maalintii aad gadatay gaariga noocan ah ee labaatanka goor ka qaalisan mushaarka aad qaadan lahayd labaatanka sannadood ee socda! Hadda waa ku kaa meydka ah, sida ay u badantahay Naarta ayaad safka hore kaga jirtaa, aniguna waa i kan gaarigaagii bakhtiga ahaa wata!"

Gummudkii sigaarka ayaan gaariga dhexdiisa lugahayga hoostooda ku tuuray oo lugta xoog ugu burburiyay.

"Waxaa dhici karta in aan xataa dharkaagii gashanahay." Waxaan taataabtay dharkii aan gashanaa oo dhammaan la soo bililiqaystay. "Dagaal sokeeye waa kaas, futobohlyahow! Mususqmaasuq iyo hunguri! Abaalkaagiina waa kan!"

Waxaan ku leexday jidcaddihii gurigayga aadayay. Midig ayaan u leexday ka dibna muraayadhaadka dambe ayaan eegay, si aan u arko in gawaari kale i daba socdaan ama igu dhowyihiin. Waxaan si kedis ah u arkay waji kale oo muraayadda iga soo eegaya. Mar kale ayaan si fiican u eegay, si aan u hubiyo in aanan riyoonayn. Illeen wajigu waa kayga! Mar horaa iigu dambeysay in aan muraayad isku eego. Wajigaygii wuu qayirmay, xataa anigaaba garan waayay! Kun mar ayuu ka madoobaa kana caato badnaa sidii caadiga ahayd. Kolley waa ilayska qorraxda ee joogtada ah, gaajada, iyo hurdo la'aantii dhawaanahan i helay. Indhuhu dhibic dhiig ah ayay ii ekaadeen, ilkuhuna way i bololeen qaad aan si joogto ah u cuni jiray dartiis, [biyo kulul], iyo daroogooyin kale oo aan si joogto ah u cunayay bishii ama labadii bilood ee u dambeeyay. Waan iska naxay oo intaan muraayaddii ka jeestay garaagii hore u sii waday. Durba gurigii ayaan gaaray.

23

Gurigaygiina si kaluu u ekaa! Waxa iigu horreeyay ee ishayda qabtay wuxuu ahaa in ganjeelkii fuqay oo dhulka yiil. Darbigana jug baa gaartay oo waxaa ii muuqday burbur daadsan. Gaarigii ayaan damiyay oo shaqaaqadii meesha ka muuqatay aniga oo kursigaygii fadhiyay ka fekeray. Muuqaalkii meesha waxaan ka gartay in aayooyinkay aanay noolayn. Gadaashayda ayaan eegay waxaana ii muuqday buur yar. Waxa meesha hilan waa gurigii quruxda badnaa ee saaxiibkay Muuse degganaa. Haddii aan hareeraraha sii eegeegay waxaa ii muuqday in guryihii deriska kalabar oo bar la dumiyay oo dhulka la dhigay. Wax aan sameeyo ayaan garan waayay; in aan gaariga ka degto oo guriga soo indhaindheeyo, in aan iska fahdiyo oo kor ka eego, in aan gaariga kaxaysto oo waxa oo dhanba iska illoobo, iyo in aan qoslo ama ooyo. Aniga oo talo igu ciirsantahay ayay si lamafilaan ah haweeney guriga uga soo baxday. Kor baan ka la socday. Waxay ii la ekaatay Canab, laakiin waan ogaa in aanay ahayn. Way ka dheerayd, ka madoobayd, aadna uga caataysnayd. Guriga hortiisa ayay soo istaagtay oo eegtay gaarigii aan dhex fadhiyay. Gacmaha timaha marisay oo gaarigii iska fiirsatay.

"Maxaad doonaysay?" ayay i waydiisay.

U ma jawaabin. Guriga ayay ku laabatay oo qori la soo baxday. "War maxaad baas oo doonaysay?" ayay kor iigu qaylisay, iyada oo qorigii haysata laakiin aan igu soo fiiqayn. Intii aanan u jawaabin ayay haweeney kale guriga ka soo baxday. Iyada waan gartay. Waa aayaday Fallis. Waan dhoollacaddeeyey oo xoogaa Alle mahadiyay. Labadoodiiba aad ayay u qosleen markii ay i garteen. Haweeneyda hore illeen waa Canab! Labadoodii oo indhuhu murugo la barareen ayaa ii soo dhawaaday.

"Cali!" Labadoodiiba way dhawaaqeen oo intay qorigii tuureen igu soo carareen. "Alla waa Cali!"

Albaabkii ayaan furay, laakiin intii aanan soo bixin ayay labadoodiiba dusha iiga degeen, iyaga oo qaylinayay oo ooyaya.

"Sidee tihiin?" ayaan warsaday oo isku deyay in aan gaariga ka soo baxo, fargasho badan ka dibna waan ku guuleystay in aan ka soo dego.

"Ma nabdoontahay?" ayay i warsadeen oo bilaabeen in ay jirkayga waxyeello ka baaraan. "Carruurtii ma nabdoonyihiin?"

"Haa, dhammaan waa la fiicanyahay." Gurigii burbursanaa ayaan eegeegay. "Maxaa dhacay?" ayaan waydiiyay.

"Ilaa aannu gaari na qaada iyo lacag helno," ayay Canab ku jawaabtay.

"Oo waa ilaa goorma?"

"Ma hubno. Malaha maalmo." Fallis ayaa ku jawaabtay.

Waan iska aammusay.

"Ma rabtaa in aad na raacdo, mase dalkaan dhiiggu qulqulayo ayaad sii joogaysaa oo bishan barakaysan ee Ramadaan sii wadaysaa dilka dadka Muslimiinta ah?"

"Ramadaan?" Waxaan xusuustau in bishii Ramadaan lagu jiro. Dadka oo la dilo iska daa ee xataa beenta iyo afurka ka hor in wax la cuno waa mamnuuc. Waa bisha dadka oo dhammi sinnaadaan. Qani iyo faqiirba waa in ay gaajoodaan maalinta oo dhan habeenkana cunnada wadaagaan. Waa bisha dadku iscaawiyaan. Waa bisha jacaylka iyo farxadda.

"Ma sidaa ayaad rabtaa? In aad sii joogto dalkan baas ee aanay nolosha aadanuhu qiimaha ka lahayn?" Fallis ayaa i waydiisay.

"Maya...maya," ayaan ku gunuucay. "Marka waad na raacaysaa?" "Haa."

24

Aniga oo qolkaygii isaga jira oo ka fekeraya mustaqbalkayga ayaa albaabka oo sidaydii ii riixnaa si fudud loo soo garaacay.

"Soo gal," ayaan iri oo ka soo istaagay kursi aan daaqadda agteeda ku fadhiyay.

Waa Fallis.

"Waad nuuraysaa," ayay tiri oo intay sariirta ku fariisatay bac ay alaab ku wadday sariirta dul saartay. "Batari aad radioga gashato ayaan kuu keenay," ayay raacisay. "Waan ogahay in radiogu wax wayn ku taro." Saddex bayr batariga Eveready ah ayay bacdii ka soo bixisay oo ii soo taagtay.

"Aad ayaad u mahadsantahay," ayaan ku iri. Waxay iiga dhignayd in mar kale nafi i soo gashay. "Xaggee ka keentay?"

"Gaarixammuulka waddada wayn taagan," ayay la soo boodday.

"Gaarigee?"

"Ma ogid miyaa in gaari wayni ku jabay waddada wayn?" "Batarina wuu ka buuxay miyaa?"

"Maya e alaabo kale oo badanna way saarnayd. Xaafadda oo dhan baa ilaa shalay bililiqaysanaysay. Waxaannu ka helnay bariis iyo sonkor."

"Gartay," ayaan iri oo radiogaygii sariirta hoosteeda ka la soo baxa. Boor baa saarnaa oo mar hore ayaa iigu dambeysay. Boorkii ayaan ka afuufay oo baterigii geliyay. "Mahadsanid eeddo Fallis."

"Adigaa mudan."

Irbadda ayaan warwareejiyay ilaa aan helay mawjad Ingiriisi ku hadlaysa.

"Dagaal culus ayaa laga soo sheegayaa in uu wali ka socdo magaalamadaxda Soomaaliya, Muqdisho," ayay ku bilowday warisadii. "...in kasta oo aan la garanayn tirada dadka dhibku ka soo gaaray, waxaa lagu qiyaasayaa in ilaa iyo intii dagaalku bilowday boqollaal qof ku dhinteen... Warkii waa naga intaa. Halkaad ka dhegaysanayseenna waa BBC World Service," ayay ku soo gabagabaysay.

"Beenley!" Radiogii ayaan ku qayliyay. "Boqollaal kun ayaa dhintay!" Qolka ayaa hareeraha eegay, mase labadaydii ayaayaba way igu dhaygagsanyihiin, sidii aan waashay. "Beenley! Aniga kali ah ayaaba boqollaal dilaye!" ayaan haddana kor ugu qayliyay. Labadii aayo waxay damceen an ay hab i siiyaan oo isku kay duubaan laakiin gacmaha ayaan taagtay oo ka diiday. Halkoodii ayay ku qallaleen mar kalana isku ma ay deyin. "Haddaba," ayay tiri Canab oo iksu deyaysa in ay mawduuca beddesho oo xaalka qolka dejiso, "Reerkii sidee ahaa? Hooyadaa iyo abtiyaashaa ayaan ka wadaa?"

"Hooyo Jawhar ayay jirtaa," ayaan iri oo radiogii sariirta hoosteeda ku celiyay.

"Haye?" Indhaheedii su'aalmaagganaha ahaa ayaa eegay. Waan ugu celiyay, "Hooyo Jawhar ayay jirtaa. Xasanna wuu fiicanyahay."

Garbaha ayay gacan iga saartay oo isku kay tuujisay. Indhaheedii oo jawaab waafi ah iga dhawraya ayaan eegay. Hadalka in aan badiyo ma rabin oo way iska garanayaan ayaan is lahaa. Maxayse kuugu taal way i la garan waayeene!

"Intii kalana way dhinteen dee," ayaan si caadi ah oo aan jixinjix lahayn isaga iri. Intaa ka badan ma qarin karin. Kaaga darane ma ooyi karo, illeen dalkayga raggu in ay ooyaan loo ma oggolee! Oday aan waxba ogayn ayaa mindhaa xeerkaa silloon dejiyay!

Waxaan arkayay labada aayo oo argaggax darti candhuufta dib u laqay. In ay ooyaan iyo in ay qayliyaan ama cararaan ayaa isaga murgay. Qolkii ayaa u ekaaday sidii uu aad noogu yaraanayo saqafkuna uu aniga igu soo dhacayo oo aan neefsan la'ahay.

"Goormaynnu dalkan isaga baxaynnaa?" ayaan aniga oo hiinraagaya waydiiyay.

"Degdeg?"

"Degdeg goorma ah?" In aan qayliyo ayaan ku sigtay. "Waxaannu helnay gaari baxaya iyo xoogaa lacag ah," ayay tiri Fallis.

"Intii karaan ahna waannu isku deyaynaa sidii lacagta inteedii kale loo heli lahaa," ayay ku dartay Canab. "Adigu u diyaar ahow in aad hadda laga bilaabo maalintii la doono bixi karto."

"Waa yahay."

Fallis ayaa i soo ag fariisatay oo ii dhoollacaddaysay.

"Way hagaagtay," ayay tiri.

Dumarka waan necebahay. Waa iga dhab. Mar kasta faahfaahin ayay doonayaan. Hadal ay u socotay ayay meel ay u marto raadinaysay. Waan hubaa oo waxay doonaysay in ay ii sheegto in aan go'aan habboon qaatay markii aan ku iri waan idin raacayaa, ka dibna halkaa ayay hadalka ka sii wadi lahayd. Horta maxay doorasho wanaagsan iyo xun ka yaqaannaan?

"Waa arrin aad u wanaagsan Caliyow," ayay ku celisay, sidii ay kas iyo maag ii ciqaabayso. Laakiin, si wax u jireenba, dhoollacaddaynteedu ma ahayn tii afka baarkiisa ahayd ee ay dhag ka siin jirtay marka ay dhagar maleegayso. Markan daacad dhab ah ayay ka ahayd.

"Fiiri," ayaan ku iri oo baqshaddii cabbaysnayd haabtay. "Lacag baan hasytaa ee aan aniguna kharashka wax ka bixiyo."

"Iska hasyo shilimaadkaaga aad sigaar ku gatide," ayay tiri Canab oo iyaduna markan dhoollacaddaynaysa. "Waannu isku filannahay."

Baqshaddii xumayd intaan jeexay ayaan kuuskii xumaa ee lacagta ahaa ka soo saaray.

"Waa tan," ayaan iri oo Fallis kalabar u dhiibay; kun doollar iyo meelahaas.

"Waa maxay?" ayay i waydiiyeen. "Waa lacag. Doollarka Maraykanka."
"Waa imisa intaasi," Fallis ayaa i waydiisay.

"Ma aqaan. Kolley way noo deeqdaa in aan dalka kaga baxno." Lacagta
inteedii kale ayaan baqshadda ku ceshay.

25

BMWga ayaa maalmahaas wehel ii ahaa. Sidii wax waalan baan meelaha ugu
wadwadaa, muusig baan ku dhex dhegaystaa, meeshaan rabo dhib yari ayaan
ku tagaa, shidaalkana garaashkaan ka soo qaataa. Aayooyinkayna way ka
faa'iideen. Magaalada meelaha ay ka rabaan ayaan ku geyn jiray kagana soo celin
jiray. Wuxuu u ahaa gaarigii ugu wanaagsanaa ee ay abid arkaan. Fallis xataa
waxay gaartay in ay tiraahdo nin Marreexaan ah ayaan guursan lahaa haddii
ay ogaan lahayd sida gawaaridooda noocan ahi u raaxo badanyihiin. Canabna
waxay tiri sidaasaa wanaagsanaan lahayd oo Aabbe ayaa kaligeed ku ekaan
lahaan. Kaftankii ayaan ku biiray oo iri waxa ugu fiicanaan lahayd in Aabbe
ruuxiisu Marreexaan ahaan lahaa oo aannu dhammaanteen gawaari waawayn
lahaan lahayn. Qosol ayaannu la wada dhacnay. Laakiin qosol aan laabta jirin
ee walwalka na haya lagu qarinayo ayuu ahaa. Walaac ayaannu ka qabnay in
aannu dalka ka baxno. Maalmahaas aan ku magaacabi jiray "Anaiga iyo
Baabuurkayga," xaalka dalkeennu meel xun buu marayay. Madaxwaynihii hore
wali meel Koofurta dalka ah oo uu u dhashay ayuu ku dhuumaalaysanayay.
Waxaan la yaabbanaa waxa uu wali dalka ka dhex qabanayo, illeen waa kii
u madaxda ahaa Maafiyada dalka mashaqadaas gelsaye. Miyaa la cafiyay? Ma
madaxdeennaa dan qarsoon ka leh oo aan doonayn in uu dalka ka baxo?
Siyaasad meel aan u saaro garan waayay ayaa iiga muuqatay. Si ay ahaydba, wixii
'guusha' lagu sheegay guul ma ahayn!

Magaaladii indho geeriyaad bay yeelatay dadkuna macaluul bay qarka u
saarnaayeen. Dhammaan dhismayaashii dawladda, hoteelladii, iyo goobihii
dadwaynaha waa la burburiyay. Waxaa oo kharbudaad ahi intii dagaalku socday
kali ah ma dhicin e ka dibna way dhacayeen. Dadku waxay u ekaayeen sidii
aanay arki karin wax dawladi dhistay. Magaaladu koronto ma lahayn. Dad
aad u yar oo isugu jiray bililiqaystayaal iyo odaydhaqameedyo ayaa haystay
matoorro yar yar oo korontada dhaliya waxay ku faanayeen in 'guushu' xorriyad

u keentay. Waxaa loo oggolaaday in ay siday doonaan u hadlaan oo waxay doonaan yiraahdaan, ugu yaraan dhawr iyo toban joornaalna way soo baxeen. Qof kasta waxa uu doono ayuu samayn karay. Laakiin waxaasi xorriyad ma ahayne fawdo ayay ahayd. Haddii aadan tolkaa ku dhex jirinna wayba adkayd in aad sii noolaato.

QAYBTA SADDEXAAD

26

Aniga oo gaarigii xoog u wada ayaan duhurkii imid, mase gurigayagii dad baa hor dhooban. Qaarkood deriskeenna ayay ahaayeen inta kalana waxay hore u ma arag. Waa dumar, rag, iyo carruur. Murugada iyo farxad la'aanta ka muuqata waxaa la moodaa in ay tacsi isugu yimaadeen, sharqantoodana la maqli mayn oo way wada aammusnaayeen. Markii aan u soo dhawaaday ayaan arkay in ay macasalaamayn u yimaadeen oo aayooyinkay la sagootinayo.

"Safar salaama ayaa kuu rejaynayaa," ayay lahayd dumarka middood.

"Waa kan!" ayay la soo booday Fallis isla markii anigoo ku soo socda ay aragtay. "Waannu kaa walwalsanayn meel aad aadday, Caliyow."

"Walwal aa?" ayaan waydiiyay.

"Haa. Maanta ayaannu safraynnaa. Wax kastaa waa diyaar. Soo xirxiro alaabtaada oo diyaar noqo."

"Goormaan baxaynnaa?"

"Maanta. Siddeed saac."

"Ma hubtaa. Waxaan ka wadaa..."

"Waan hubaa," hadalkii bay igu goysay. "Gaari baa galabta siddeed saac baxaya."

Saacadda ayay fiirisay. "Waa saddex saac oo wax dhimman. "Kolonyo baabuur yar yar iyo kuwo xammuul isugu jira ayaannu nahay." Fallis ayaa ku dartay.

"Kololnyo baabuur yar yar iyo kuwo waawayn ah?"

"Haa, sow ma aragtid...kaligeen ma aha dadkoo dhan baan dalka ka tegaya. Waxaa kaloo jira, waxay leeyihiin waa halis in dad aan badnayni safar galaan."

"Gartay, marka waa in aannu kolonyo iksu raacnaa?" "Waa tabtaas."

"Adigay ahayd in aad waxyaalahaas oo dhan ogaato," islaan ayaa cod eedayni ku dheehantahay ku tiri markii aan qolka u sii socday, si aan isu diyaariyo. Qolkii markaan dhex istaagay ayaan xusuustay in aan gaariga celiyo inta aanan dalka ka bixin, markaa ayaan mid ka mid ahayd cajaladahayga kuwa aan ugu jeclaa gacanta ku sii qabsaday. Qolkii ayaan degdeg uga soo baxay oo dadkii guriga hortiisa dhoobnaa oo hadda intii hore ka batay sii maray oo gaarigii ku booday.

"Ma soo daahayo," ayaan ku soo tuuray aayooyinkay oo dadkii ku sii jeeda anigana ilgureed igu eegaya. Markii abid iigu horresay ayaan suunka darawalka xirtay oo baabuurkii gacaha dhulka uga qaaday.

27

Sameecadihii qarsoonaa ee gaarigu cirka ayay ku dallacnaayeen cod culus oo xoogganina wuxuu ku heesayay:

Through these misty eyes
I see lonely skies
Lonely road to Babylon
[Where's my family
And my country
Heaven knows where I belong...]

Waxaan soo gaaray isgoyska KM4. Marka ayaan halkii aan waddada Maka Almukarrama u leexan lahaa toos ugu baxay waddada dheer ee Tarabbuunka aadda. Heestii sidii bay uga balwaysaa sameecaddii cajiibka ahayd:

Seagull carry me
Over land and sea
To my own folks
That's where I
Want to beee....

Wax yar ka dib Warshadda Caanaha ayaan dhaafay oo midig ugu leexday Jidka Soddonka, toobiyaha ugu wayn jidadka magaalamadaxda. Sheellaraha ayaan sagxadda dhigay oo sidii aan masalle haadaya saaranahay cirka iyo dhulka dhexdooda sabbeeyay. Muddo daqiiqad u ekayd ka dib, waxaan fariinka ku ag qabtay koox dad ah oo dhulka farfadhiya kaalimaha baabuurta lagu sameeyo hortooda. Siigo iyo qashin kale oo dadkii indhatiray ayaa cirka isku shareeray. Suunkii darawalka ayaan iska furay oo xoogaa inta siigadu xasilaso degayso sugay. Sidii atoore jilidda ku wanaagsan, markaana waaba aan iska dhigayay e, ayaan badhan taabtay oo muraayadda daaqadda dejiyay. Rag yaab yaabkiis indhahooda ku idilyahay ayaa mar dhaayaha igu soo wada fagiijiyay. Qaarkood way i la dhacsanaayeen, qaarkood way baqayeen, qaarkoodna dan ii ma gelin waxay dhawreen bal kan uu yahay darawalka falan ee gaariga ka soo degi doona. Wajiyada oo dhammi way igu yaalleen oo malaha dagaalladii ayaannu isku aragnay, in kasta oo aanan hubin meeshii iyo sidii aannu isku aragnay. Abti Xasan iyo rag kale oo aan aad u garanayay ayaa ku jiray. Dhammaan way shaahayeen.

"Waad na layn gaadhay, darawal USCyahow!" Nin ayaa igu qayliyay.

"Adigaa is dili lahaa," ayuu yiri Abti Xasan.

"Darawal gacan loo taagay ayaad tahay," mid kalaa yiri.

"Ma filin dagaal baad soo fiirsatay?" Mid baa i waydiiyay.

"Darawallada USC way wada waalanyihiin," mid kale ayaa ku darsaday.

"Kuwo aad u wanaagsan iyo kuwo aad u xun wax u dhexeeya ma laha," nin kale ayaa ugu siddiiqay.

Anigu wax kale ma samayn e albaabkii gaariga oo furan ayaan aniga oo dhoollacaddaynaya ag istaagay, sidii aan sugayo sawirqaade iga qaada sawir kus soo bixi doona magasiinka Tartanka Baabuurta. Cajaladdaydii ayaan naastaraha gaariga ka la soo baxay oo intaan albaabkii xoog isugu dhuftay dhulkii la wada fadhiyay dhinac ka fariistay.

"Shaah shubo," ayuu ugu dambayn Xasan igu yiri.

Aniga oo koob shaah ah ka shubanaya tarmuus ayuu ii muuqday nin ragga ka mid ahaa oo da'diisu dabayaaqo soddonaad ku dhowdahay oo aad ii soo fiirinaya, sida ay u badantahayna jiis ahaa, sababtoo ah ul tukubo ah ayaa ag tiil. Dan u ma gelin.

"War horta wiillku waa kuma?" ayuu xoogaa ka dib warsaday. "Waa wiilka kali ah ee walaashayda kali ah dhahsay, ehelna isagaa iigu dhow," ayuu ugu jawaabay Xasan.

"Waa wiilka walaashaa?" ayuu ku celiyay ninkii, sidii hadalku halxiraale ahaa, ka dibna isaga oo dhoollacaddaynaya ayuu indhaha iga eegay.

"Ma i taqaan?" ayuu i waydiiyay.

"Miyaan ku aqaan?" ayaan waydiiyay. "Maya, ku ma aqaan. Ma in aan ku aqoodo ayay ahayd?"

"Maya," ayuu yiri, isaga oo wali dhoollacaddaynaya. "Yeele waa halmaamaa layeele se..." Xoogaa buu hakaday. "Layeele ma halmaamo." In aan hadalkiisa ku raaco iyo in kale ayaan kala garan waayay, illeen waxa uu ka hadlayaba ma aanan garanayn e. Ma dhici kartaa in uu ka mid yahay dadkii aan xabbadaha ku riday ee sigay? Anigaa iswaydiiyay.

"Layeele ma illoobo," ayuu ku celiayay. "Waligiis ma illoobo, same iyo xume kii lagu falaba."

Waan naxay markii aan arkay in aanay bakoorad kali ahi ag ool ee uu qori boobe ahna haysto. Isaga oo wali i la hadlaya sidiina indhaha iigu haya ayuu dhinaciisa haabtay, sidii uu qoriga qaadananayo, laakiin tibihii uu ku soconayay ayuu soo qabsaday.

"Ma u jeeddaa kuwan," ayuu yiri intuu tibihii kor u qaaday. "La'aantood ma socon karo, hana u qaadan cabasho, waana adiga daraaddaa ee ma siteen. Adiga haddii aadan ahaan lahayn haddaa ma noolaadeen! Ma i maqlaysaa? Aad baan kaaga mahadinayaa ninyahow dhallinta yari. Naftaydaad badbaadisay."

Wuxuu iiga sii sheekeeyey waxyaalo kale oo dhab ahaan i soo maray, wuxuuna sheegay sidii u soo badbaadiyay isaga oo dhaawac culus ah oo aan u soo saaray gaari keenay meel lagu daweeyay, laakiin wajigiisa waan xusuusan waayay. Sheekooyinka uu iiga sheekaynayo waan gartay laakiin isaga wajigiisa ayaan soo qaban waayay. Marka waddo kale ii ma furna e waa in aan abaalka yeeshaa. Raggii sheekadoodii hore ayay iska sii wateen.

"Oo ma waxay idin la tahay in aynnu dagaalka joojinno?" Nin ayaa ragga waydiiyay.

"Haa, illeen dagaal waxba ma taro e," ayuu ku jawaabay nin intii hore oo dhan aammusnaa.

"Kugu ma raacsani. Daaroodkii waa innagii iska xoraynnay. Xorriyaddan ma haysan lahayn haddii aannaan dagaallamin!" Nin kale ayaan ku khilaafay.

"Wax baa ka jiri kara, laakiin maxaynnu dhab ahaan ka dheefnay dagaalkan?" ayuu yiri ninkii hore. Raggii ayuu aayar isha u la raacay. "Ma quud baa nooga kordhay? Ma nabad? Ma farxad? Mase...ma ka dheefnay..."

"Awood ayaannu ka dheefnay!" ayuu ku dooday nin kale. "Awood aa?" Ninkii kowaad ayaa uqaadanwaa madaxa la gil

gilay. "Way jirtaa in aynnu madaxwayne yeelannay laakiin muxuu awood leeyahay? Dabdkuba wax ka dhegaysan mayaan oo dagaalkay sidaadoo kale ku raynraynayaan. Daaroodkii dalka way ka baxeen walina nabad ma aannaan helin. Waa awood noocee ah waxaasi? Midda kale, kuyirikuyeenka la isla dhex marayo waynnu wada maqalnaa. Qabiilooyinka Hawiyaha ah ruuxooda ayaan qaarkood rabin oo waxay leeyihiin annaga ma aha. Awood iyo guul noocee ah ayaynnu ka hadlaynnaa, yaah?

Raggii cabbaar ayay aammusnaayeen oo ka fekerayeen waxa ninkii hore yiri. "Hawiyahaa qaybsami doonaa. Iga qora hadalkaa. Ha sugi waayina maalinta Hawiye cadow isu noqon doono, Alle ka magan e! Markaa waxaad ku hadashaan baan arki doonaa, haddiiba la noolyahay, dagaalka haddaad waddaysaan iyo haddii kalaba!"

"Oo maxaa na la gudboon marka, yaah?"

Ninkii hore xoogaa ayuu ka fekeray su'aasha intii aanu ka jawaabin, ka dibna wuxuu yiri:

"Wax kasta oo aan dagaal ahayn."

Waan xabeebtirtay, si aan ragga isugu soo jeediyo. Xasan ayaa i soo eegay.

"Waan baxayaa Abti, waxaanse doonayaa in aan bal afka jug isku siinno inta aanan bixin.

"Xoogaa maad sii joogtid?" ayuu i waydiiyay.

"Ma joogi karo, sababtoo ah dhawr saac ka dib dalka waan ka baxayaa."

"Maandhow go'aankii ugu wanaagsanaa ayaad qaadatay markii aad goosatay in aad dalkan ka baxdo," ayuu igu yiri markii uu go'aankayga maqlay. "Bax oo ha soo noqon ilaa dagaalku dhammaado shahaado jaamacadeedna aad ka qaadanayso," ayuu ku daray.

Dhammaan waa la i soo wada eegay waxayna ka hadleen khatarta ay leedahay in la safro iyo sida ay u edebdaranyihiin una naxariis la'yihiin mooryaanta joogta waddooyinka u dhexeeya gobollada, laakiin waxay guud ahaan isku raaceen in aan baxo. Waxay kaloo yiraahdeen, way wanaagsasaan lahayd haddii aannu koox isku raacno oo isdifaaci karno. Nasiib wacan ayay ii rejeeyeen waana u mahadceliyay, ka dibna Abti Xasan iyo anigu guriga ayaannu galnay.

"Oo hadda waad tegyasaa, goorma?" ayuu i waydiiyay isla markii aannu guriga galnay.

"Maanta siddeed saac."

"Maxaad ku baxaysaa?"

"Gaari xammuul."

"Waa khatar wayn."

"Ka ma khatar badna in dalkan la sii joogo."

"Waa runtaa." Xoogaa ayuu aammusay oo ku daray, "Wax ka khatar badani ma jiraan."

"Maad na raacdid?" ayaan waydiiyay.

"Maya," ayuu yiri. "Anigu ma baxayo. Waxaan sugayaa inta dagaalku dhammaanayo. Ama halkan dalkayga ah ayaan ku dhimanayaa. Ma rabo in aan meel kale aado. Wax uu mustaqbalkaygu noqdaba, halkaan garaashkayga ah ayaan ku dhex sugayaa."

Cabbaar buu aammusnaa.

"Xaggee aadaysaa?"

"Jabuuti."

"Ma keligaa?"

"Maya e aayooyinkay ayaan raacayaa. Ciyaalkiina Jawhar baan ka sii wadaynnaa oo iyaguna way na raacayaan."

"Waa si fiican."

Cabbaar ka dib ayaannu mawduucii aan ka hadleynnay beddelnay oo xusuusannay waayihii wacnaa ee qoys ahaan na soo maray. Xusuusashada waayihii wacnaa. Markii ay meel fiican noo maraysay ayaannu markii noogu horreysay si bareer ah isugu soo qaadnay xubnihii qoyska ka dhintay, gaar ahaanna abtiyaashay. Labadeennuba si aan xishood lahayn ayaannu u oynay oo ilmadu shaatiyadeenna qoysay. Ismacasalaamayn iyo sagootin ayaannu ku gabagabaynnay.

"Aan gurigii gaari kugu geeyo, haddii kale waad daahaysaa.

Toddoba saac iyo bar ayay ku dhawdahaye," ayuu ii soo jeediyay. Waan ka yeelay.

"Markan baabuurradeenna FIATka ah ayaynnu mid kaxaysan. Baabuur dambe oo bililiqo ah raaci mayno. OK?"

Madaxa ayaan u gundhiyay.

"Horta baabuurradan la soo dhacay oo dhan maxaad ku samaynaysaan?" ayaan cabbaar ka dib waydiiyay.

"Ma aqaan," ayuu yiri. "Malaha in loo celiyo dadkii lahaa, haddiiba ay yimaadaan. Ama in maalin uun la iibiyo oo lacag badan laga sameeyo. Yaa yaqaan hee?"

28

Intii aannu guriga u sii soconnay, Xasan wuxuu ii sharraxay sida ay khatar u tahay in dalka lagu dhex safro, marka loo eego sida xaalku hadda yahay. Meel kasta waxaa ka muuqday dad ka faa'daysanaya xasillooni la'aanta jirta. Mooryaan iyo bililiqodoon meel ay ka yimaadeen aan la aqoon qabiilna aan raacsanayn oo qof kasta cadow u ah. Iyagaaba qabiil gaar ah noqday ayuu yiri Xasan. Mooryaan. Burcad. Waxaan kaloo ogaaday in kasta oo qof kastaa magaalamadaxda ka qaxayay badankoodu in badankoodu ahaayeen Isaaq iyo Gadabuursi. Labadaas qabiil laba sababoob ayay u qaxayeen. Waa mid e, dagaalka sokeeyey ka ma ay qaybqaadanayn, ugu yaraan si rasmi ah, maadaama aanay Hawiye iyo Daarood midna ahayn. Tan labaad, degaankooda waqooyi iyo waqooyigalbeed ah aad buu uga fogyahay magaalamadaxda. Dad kale ayaa iyaguna dalka ka qaxayay. Hawiye aan badnayn oo dagaalka sokeeye nacsanaa ama xabbadaha dhawaqeedu dhibayo ayaa ku jiray laakiin dadka tegaya badankoodu Daarood ayay ahaayeen, maadaama laga adkaaday oo ay meesha baas isaga cararayeen. Si kastaba ha u kala duwanaadeene, dhammaantood wax baa ka dhexeeyey: geeri bay ka cararayeen!

"Waxaan u malaynayaa in ay diyaar yihiin oo ku sugayaan," ayuu yiri Xasan oo arkay haween gurigeenna hor taagan.

"Haa," ayaan iri.

Abti Xasan wuxuu igu dejiyay gurigii, maadaama aanay aayooyinkay iyo isagu aad isu aqoonna isla markiiba wuu naga tegay. Intii aanu tegin wuxuu ii sheegay in awoowe Jawhar ku jirraday qoyska intiisii kalese ay ladanyihiin, inta uu ka war hayo. Saddex boqol oo kun oo shilin Soomaali ah ayuu iigu dhiibay qoyska Jawhar jira. Lacagtaasi toban sano ka hor qiimaheeda waxaa dhici kartay in ay gaaraysay labaatan kun oo doollar ama ka badan markanse waxay la qiime tahay dhawr boqol oo doollar.

29

Annaga oo toddobo ah ayaannu iridda guriga ku sugnay gaari la ballamiyay oo na qaadi lahaa. Saddex rag dhallinyaro ah iyo afar dumar ah ayaannu ahayd. Afarta dumarka ahi waxay kala ahaayeen: gabar aan la qabin da'da dabayaaqada soddomeeyada jirtay oo ay aayaday Canab saaxiibbo isku dheer ahaayeen isku magacna ahaayeen. Waxay u shaqayn jirtay bangi waxayna ahayd dumarka aan badnayn ee macaamilka badan magaalada ku leh. Saynab oo ahayd Canab walaasheed ka yar waxay ahayd sagaal iyo tobanjir aad u qurxoon. Cayaartoy xirfadley ah oo kubbadda kolayga u dheeli jirtay mid ka mid kooxaha heerka kowaad ee dalka ka dhisan ayay ahayd. Labada dumarka ah ee kale waxay ahaayeen aayooyinkay Canab iyo Fallis. Saddxeda rag ee dhallinyarada ahi waxay kala ahaayeen: wiil u ekaa in uu laba ilaa saddex sano iga waynaa Saynab saaxiibkeedna ahaa oo magaciisu John ahaa. Wuxuu lahaa gadh wayn oo u keyasiiyay in uu da'diisa ka waynyahay. Saciid oo aniga iga sii madoobaa ayuu ahaa kan saddexaad. In kasta oo aannu isku da' ahayn ama uu sannad ama laba kali ah iga waynaa, Canab iyo Saynabba adeer buu u ahaa. Ninka afraad aniguu ahaa. Dhammaantayo shandado iyo boorsooyin ayaannu diyaarsannay gaarigii dalka naga saari lahaana waannu sugi la'ayn in uu na soo gaaro. Anigu waxaan watay boorso yar oo bunni ah oo aan ku sitay dharkayga intii ugu wanaagsanayd, walkman madow iyo cajalad heesihii Rod Stewart ah, iyo xusuusqorsannadeedka 1991 oo guduudan. Labada dhallinyaro ee kale (ragga) midkiiba wuxuu sidoo kale sitay boorso yar, halka dumarka mid kastaa sidatay saddex shandadood oo waawayn iyo boorsooyin kale. Waxaan isiri waxba ka ma ay tegin. Aayooyinkay wax kasta oo qiime u lahaa way siteen; dhar, radioyaal, cajalado iyo naastaro. Xataa waxay sideen teebkii Aabbe sheegay in uu Jarmalka ka soo iibsaday markaase aan ogaaday in Itaaliya lagu sameeyay.

Si ay ahaataba, ka dib saacad kudhawaad markii laga sheekaysaty khatarta iyo cabsida uu leeyahay safarka aannu isu diyaarinnay, ayuu yimid gaarigii la sugayay. Sagaal saac oo galabnimo ayay ahayd. Toyota Landcruiser wayn oo siible ah daliigo buluug iyo caddaan ahna marsanyihiin, kaa oo sida aan ku bartay intii dagaalku socday mar kasta la isku hallayn karo, dad iyo alaabna ka buuxaan, ayaa fariinka nagu ag qabtay. Afar iyo toban qof ayaaba durba fuushan; siddeed carruur ah, afar rag oo dhallinyaro ah, iyo laba dumar ah. Afarta dumarka ah ayaa isla markii gaarigu istaagayba dhulka u soo degay, halka dadka intii kale meeshoodii fadhiyeen. Kursiga hore waxaa fuushanaa haweeney xayeysi ah oo ilaa konton iyo dhawrjir ahayd oo Mako la oran jiray. Sida aan ogaaday, waxay ahayd islaan taajirad ah oo Muqdisho iyo Jabuuti labadaba deggenayd. Gaariga iyadaa lahayd. Waxaa dhinac fadhiday gabar saddex iyo tobanjir ah iyo wiil yar oo ay eeddo u tahay. Dusha waxaa ku yiil laba kursidheere oo si siman isaga soo hor jeeda mid gaabanna xagga hore ee shirka ka dambaysa gudub isugu xiro. Dhanka bidix waxaa fadhiday Carabo oo ahayd qofka ugu buuran uguna da'da wayn rakaabka oo dhan, da'deeduna ilaa lixdan iyo dhawr u muuqatay, iyo lix carruur ah oo ay dhashay.

Afarta rag ee dhallinyarada ah oo markaa dhulka u soo degay si ay raridda nooga caawiyaan waxay kala ahaayeen: Faaruuq oo ahaa wiil ay Shukri dhashay gaarigana wadey. Wuxuu ahaa labataanjir shuluq ah oo aad u labbisan. Ninka labaad wuxuu ahaa Maxamad oo ahaa kornayl iyo garyaqaan ciidanka ka tirsan Faaruuqna saaxiib ahaayeen in kasta oo aanu u ekayn, sababtoo ah wuxuu lahaa gadh wayn wuuna cayilnaa oo waliba u muuqday in uu da'diisa ka yaryahay oo aanu jagadiisa u qalmin maadaama aanu afartanjir ka waynayn. Ninka saddexaad wuxuu ahaa Bustaale oo da'aaddayda ahaa, in kasta oo uu gadh wayn oo da'diisa ka waynaysiiyay lahaa. Faaruuq inaadeerkiis ayuu ahaa. Ninka u dambeeya waxa uu ahaa igaar siddeed iyo tobanjir ah naynaastiisuna Tuke ahayd oo makaanigga gaariga ahaa. Wuxuu ahaa ninka kali ah ee afartooda aan sidayda gadh lahayn. Ragga dalkayga oo dhan waxaad moodday in waayahaas kii gadh yeelan karaaba la baxay, sidii uu moodo tahay. Waxay sababtu ahaydba, waayadaas gadhka waa la deysanayay. Dhammaan gaarigii ayaannu fuulnay. Aayaday Canab waxay shirka la fuushay Shukri iyo labadeedii ilmood, inteennii kalana dusha ayaannu meelo bannaan ka dayannay. Dushu way nagu filnayd oo labada kursidheere ee hareeraha ku yaal ma aha e waxaa bannaanayd sagxadda u dhexaysa oo ku wanaagsanayd in la fariisto ama la jiifsadaba. Sagxaddaas waxaa yiil barkimo, bustayaal, joodariyo iyo alaabo akle oo dumarku keeneen.

Toban daqiiqo oo qaadid, xambaarid, riixid, iyo jiidid alaabo culus oo qorrax kulul lagu shaqaynayay ka dib, waxa aannu diyaar u ahayn in la dhaqaaqo. Maadaama aanu gaarigu shiraac dusha lagaga gembiyo lahayn, qorraxda ayaa qof kasta toos ugu dhacaysay. Markiise gaarigii dhaqaaqay ayuu xaalku wanaagsanaaday oo dabayshu na qaboojisay. Cabbaar ka dib, walina aannu degmada Madiina ku jirno, waxaannu hor istaagnay guriga reerkii gaariga lahaa. Nin buuran ayaaba albaabka noo sii taagnaa. Waa Barkhad, odaygii reerka, Faaruuq aabbihiis oo ahaa darawalka gaariga iyo ninka Shukri. Faaruuq iyo hooyadiis ayaa gaariga ka soo degay inteenni kalana halkeennii ayaannu ku sugnay. Dhawr eray markii ay isyiraahdeen ayay saddexdoodiiba guriga galeen. Dhammaan raggii dhallinyarada ahaa iyo dumarkiina gaarigii way ka soo degeen, si ay u majabaxsadaan. Ragga badankiisu sigaar buu cabbayay carruurtuna way iska cayaaraysay . Shan iyo toban daqiiqo ka dib ayay Shukri iyo Faaruuq soo baxeen.

”Casa Popolare ayaynnu aadaynnaa oo rakaab kale ka soo qaadaynnaa,” ayay ku baaqday Shukri.

Waannu dhaqaaqnay.

30

Iyada oo gaariga agtiisa la iska farfadhiyo oo dagaalka laga sheekaysanayo ayuu Faaruuq ka soo baxay gurigii Casa Popolare ee aannu toban daqiiqo ka hor soo hor istaagnay.

"Haye hadde," ayuu hadal ku bilaabay, "Waxay i la tahay in ay taladu ku wanaagsantahay in aynnu caawa halkan hoyanno sababtoo ah saacaddu laba iyo tobankii maqribnimo ayay ku dhowdahay, sida aan filayana waad wada oogsoontihiin khatarta ay leedahay in habeen la safro.

”Dadka intiisii kale Balcad ayay gaareen laakiin caawa halkaa ayay u hoyanayaan. Berri duhurrada ayay Balcad ka tegayaan. Waan hubaa in aynnu inta ayna bixin ku gaarayno Balcad," ayuu yiri.

"Dadka intiisii kale aa?" Qof baa waydiiyay.

”Haa oo waxa aannu nahay ilaa konton gaari oo kolonyo wada socota ah. Badnaantaa badbaado leh!"

"Soo dhawaada," ayuu yiri cod kale. Waxaan fiirinnay xagga codku ka imanayay, markaa ayaan ogaaday in codku yahay nin qaro wayn oo aad u dheer oo markaa guriga ka soo baxay. Haybadda ka muuqatay dartiis, ma dhib badnayn in la maleeyo in uu yahay aabbaha guriga.

"Gurigu waa gurigiinna," ayuu raaciyay markii aannu iridda guriga u soo dhawaannay. "Waa iska ciriiri laakiin meel aad caawa u hoyataan waan idiin helaynaa." Intii aanu gudaha gelinna wuxuu hadalkiisii kud daray: "Ha is martiyeynina."

Markaa gaariga cidna ku ma harin oo dhammaan guriga ayaannu galnay. Guri iska caadi ah ayuu ahaa oo aan qaabka keennii wax wayn ka duwanayn. Farqiga ugu wayn ee u dhexeeyay waa in daaraddiisu ay shamiitaysnayd ee aanay carro ahayn. Raggii ayaa barkimihii, bustayaashii, iyo joodariyaashii gaariga ka soo dejiyay dumarkuna daaradda ayay ku firaasheen ilaa meesha oo dhammi sariir aad u wayn u ekaatay. Laakiin kalabarkeen oo markaa labaatan ahaa oo kali ah ayay ku filnayd meeshu. Dumarka iyo carruurta oo meelihii ay kala seexan lahaayeen kala dooranaya ayaannu inteenni ragga ahaa iyaga meesha oo dhan u deynnay, iyaguna naga ma diidin.

”Oo idinku xaggee caawa ku hoyanaysaan?” ayay na waydiiyeen.

“Annaga ha naga walwalina, maadaama aannu daallannahay meel kasta waa seexan karnaa.”

Bannaanka ayaannu u baxnay. Qaarkeen kuraas guriga tiil ayaannu ku farfariisannay, qaar dhulka ayay cammuudda qabow iska fariisteen, kuwana meelaha ayay taagtaagnaayeen. Dhammaan waannu sheekaysanaynay sigaarna waa cabbaynnay. Mawduuc gaar ah ka ma aannaan hadlayn maadaama aannaan aad isu aqoon. Waxa aannu ka sheekaysannay dumarka iyo carruurtu aan waxba u galabsan iyo sida ay uga walwalsanyihiin meesha u ay hoyan lahaayeen xilligan dagaalku socdo, halka raggu saxiibkiis oo daqiiqado ka hor la dilay agtiisa dumarka ugu galmoonayaan. Sida aannaan qaarkayo muddo dheer u seexan halka kuwo kale buuqa iyo qaraxyada dhexdooda hurdo kaga soo dhacayso. Waxa aannu ogaannay in qofka kali ah ee naga midka ah ee aan dagaalka gelin uu yahay darawalka na wada, Faaruuq. Cabbaar ayaannu xifaalaynay ka dibna waan isaga harnay. Si ay ahaydba, abbaaraha hal saac iyo barkii fiidnimo ayay gabdhihii shaah guriga nooga keeneen. Cabbaar ayay na ka joogeen ka dibna gudaha ayay ku llaabteen. Shaahii ayaannu qorshe ku dul dejinnay markii aannu garawsannay in aan gaajo la ildarannahay. Waa in aannu bannaanka cunno u raadsannaa. Ma aannaan doonayn in aan qoyska dhibno, illeen labaatan qof cunno la ma kala gaaraane. Waxa aannu go'aan ku gaarnay in aan makhaayad aadno. Meelaha qaarkood bililiqo ayaa ka socotay laakiin guud ahaan xaalku wuu ka soo raynayay. Magaalamadaxdu kawaankii dadka ee ay beryahaa ahayd way soo dhaamaysay. Dagaalku markan si rasmi ah ayuu u joogsaday. Waxa aannu go'aansannay in aannaan inta kale qorshahayaga u sheegin, sababtoo ah waxaannu ogayn in qoyska guriga lehi ka xumaan doonaan. Way in ay ka cararaan in loo aqoonsado qoyskii martidiisa soori waayay.

Ka dib shan iyo toban daqiiqo oo aannu xaafadda dhex wareegaynnay ilaa saddex makhaayadood oo kuwo xirnaa ama dagaalka ku burburayna tagnay, waxa aannu helnay makhaayad la yiraahdo Badda Cas. Dabcan mulkiiluhu Hawiye ayuu ahaa, illeen markan Daaroodku magaalda waa ku gabaabsi e. makhaayada bar baa dunsanaa derbiyada sii taagnaana rasaas ayaa shaandho ka dhigtay. Meel albaabka laga galo u dhow waxaa ku yiil dalool inta uu waynan le'egyahay isagaba guriga laga soo geli karo, laakkiin aannaga oo mulkiilaha xushmaynayna ayaannu iriddii caadiga ahayd ka galnay. Waannu fariisannay o qof kastaa wuxuu doono dalbaday.

Ka dib markii aannu ka dheregnay hilib, bariis ama baasto, iyo caano, waxa aannu cunno aan yarayn u dalabnay dadkii kale ee ka aanu ka nimid. Faaruuq ayaa kharashka oo dhan bixiyay waana soo baxnay. Soonoqodkii waxaannu soo marnay waddo yar oo qoorato mugdi ah. Cabbaar ka dib waxa aannu maqalnay muusig guryaha midkood ka shidnaa. Qof baa kaban garaacayay oo heesayay. Waa cod nagu yiil laakiin in kasta oo aannaan qofka uu yahay hubin, laakiin heesta ma aannaan garanayn Mugdigii ayaannu istaagnay oo dhegaha u dhignay. Erayadeedu waxay oranayeen:

Oh, dalkaygow!

Oh! Alla, dalkaygow!

Dhiigbaxaagaan dammoodaa, dalkaygow

Murugadaadaan dareemaa, dalkaygow

Maxaanse kuu debberi karaayaa, dalkaygow

Oohin aan ku la dul joogo mooyee, dalkaygow

Oh, dalakygow

Oh! Alla, dalkaygow!

"Soo dhawaada!" ayuu qof mugdiga ka dhex yiri. Muusiggii ayaannu ku durugnay, ka dibna waxaannu u nimid nin kaligi guriga hor fadhiya oo heesaya. Wuu na soo eegay laakiin dan kale noo ma uu gelin. Heestiisii ayuu ku sii waday isla codkii dareentaabadka lahaa.

"Beddel!" Qof ayaa qayliyay. "Waa Beddel!"

Wuuna noqday. Beddel wuxuu ka mid ahaa fannaaniinta ugu caansan dalka. Markii aannu soo ag fariisannay ayaa waxa noo muuqday dhalo kala baran oo [biyo kulul] ah oo ag qotonta. Waxaa kaloo kursiga dushiisa ka buuxay baakado sigaar ah. Annaga iyo isagu wax hadal ah isma dhaafsan. Heestiisii ayuu iska watay, ilaa qof xusuutay "War hoy cuntadii!"

"Xoogaa aan sugno."

"Laakiin cuntadu way qaboobaysaa." "Ha u bixin."

"Dumar iyo carruurtu way gaajaysanyihiin." "Ha iska gaajaysnaadaan." "Sidaasi xaq ma aha."

"Ina keena."

"Waa in aad baxdaan haddii aa dumar iyo carruur cunno u siddaan," ayuu yiri ninkii marqaansanaa oo garaaciddii kabanka joojiyay.

"Hal hees oo kale lee," ayaannu ka barinay.

Hees kale ayuu qaaday ka dibna wuxuu yiri, "Hadda baxa!" Mugdigii ayaannu kor u istaagnay.

"Xusuusnaada in dalkani adinka iyo Allaha Wayn sugayo," Xoogaa ayaannu aammusnay oo sii dhegaysannay.

"Dalkan mustaqbalkiisu waa idinka. Annagu waannu duqownay." Xabbad sigaar ah ayuu shitay. "Malaha idinkaa khaldkeennii sixi doona oo wax ka baran doona."

Cabbaar ayuu aammusnaa oo uu aayar sigaarkisii cabbayay. Waan iska sugnay.

"Hooya," ayuu yiri, isaga oo dhaladii iyo sigaarkii ag yiil tilmaamaya. "Iga qaada inta aanay i dilin." Wuu istaagay, kabankiisii ayuu soo qabsaday, ka dibna isaga oo liicliicaya ayuu dhaqaaqay oo guriga galay. Isaga oo maacuunta ku sii hordhawday ayaannu maqlaynnay markii uu qolka mugdiga ah ku libdhay. Dhaladii haafka ahayd iyo shan baakadood oo sigaarka Embassy ah ayaannu qaadnay oo aannaga oo aan eray kale oran meeshii ka dhaqaaqnay. Ilaa aannu gurigii ku soo laabannay qofkeenna ju' ma dhihin. Cunnadii aannu wadnay ayaannuu siinnay dumarkii iyo carruurtii oo qaarkood seexday laakiin la kiciyay markii cunnada la qaybinayay.

Haweenkii iyo carruurtii isla markiiba way seexdeen annaguna habeenka badankiisii waxaannu isku dhaafinnay heeso iyo marqaan. Waxaannu kaloo ka sheekaysannay sida siyaasadda iyo qabyaaladdu nolosheenna iyo dalkeenna u qabsadeen.

31

Laba iyo tobankii saac subixii dambe ayaannu isdiyaarinnay. Markii aannu shaahnay ka dib ayaannu alaabteennii gaariga ku rarannay. Saddex qof oo kale ayaa rakaabka halkan kaga biiray. Haweeney Jamiila la yiraahdo iyo laba gabdhood oo ay dhashay, Faadumo oo toddoba iyo tibanjir ahayd iyo Qaali oo toddoba iyo toban jirtay, labadoodubana aad u qurux badnaa. Qof kastaa meel ayuu ka dayday gaarigii. Mako iyo wiilkii ay eeddada u ahayd, aayaday

Canab, iyo darawal Faaruuq ayaa shirka galay. Aniga, Fallis, Faadumo, iyo Qaali waxa aannu fadhiisannay kursiga midig ee dusha sare. John, Saynab, Saciid, Maxamad, iyo Bustaale waxay fariisteen kurigii dhexe oo dhabarka ku tiirriyeen shirka gaariga. Carabo, Jamiilo, Canab iyo Heersare waxay fariisteen kursiga bidix ee dusha sare. Carruurta badankoodii, marka laga reebo intii dhabta lagu hayay joodariyo iyo barkimo sagxadda ku firaashnaa ayay ku fariisteen, halkaa oo alaabtii aan sidannayna daadsanaayeen. Tuke oo ahaa makaanigga na la socday wuxuu ku taagnaa cagsaarta dambe ee gaariga laga koro.

Hal saac oo subaxnimo ayaannu wadadda shaagga saarnay oo Jamhuuriyadda Jabuuti afka saarnay. Afar iyo labaatan qof oo qabiillo kala duwan ka dhashay ayaannu ahayn. Aniga, aayaday Canab, iyo lixda carruur ah ee Carabo waxa aannu ka dhalannay Hawiye. Saciid waxa uu ahaa qofka kali ah ee Isaaq ah ee na la socday. Aayaday Fallis iyo Maxamad oo aan markaa bartay waxay ahaayeen Daarood. Saddex iyo tobanka qof ee kale waxay ahaayeen Gadabuursi.

Wax xiise la sheego lehi ma dhicin shan iyo labaatankii kiilomitir ee hore, marka laga reebo mar taayir naga banjaray. Intii uu Tuke taayirka hagaajinayay annagu carriga ayaannu daawanaynay. Beero badan oo kala duwan ayaa waddada hareereheeda ka muuqday. Saddex saac oo wax dhimman ayaannu gaarnay magaalada Balcad oo ah magaalada u horreysa ee la arko marka Waqooyi loo socdo. Balcad waxay ahayd magaalo beeraley yar oo ilaa boqol kun oo qof ku noolayd magaalamadaxdana soddon kiilomitir u jirta. Dadka reer Balcad waxay ku noolaayeen beeraha, maadaama dhulka ay beertaan Wabiga Shabeelle ku ag yiil oo uu bacrin ahaa. Magaaladu waxay caan ku ahayd suufka wanaagsan ee ka baxa waxana ku yiil warshadda kali ah ee dharka soona saari jirtay dharka iskoolka ee dalka oo dhan. Shaqaalaha dawladda ee Balcad badankoodu waxay ka shaqayn jireen warshaddaas. Magaalada waxaa dhex mara laamiga wayn. Dhismayaasha ganacsiyada kala duwanina waxay ku teedsanaayeen laamiga labadiisa dhinac. Badankoodu waxay ahaayeen makhaayado shaah, farmashiyayaal, makhaayado cunno, iyo ganacsiyo kale oo yar yar. Dhismayaasha degaanka ahi ganacsiyadaas dhabarkooda oo saxmadda iyo gawaarida ka fog ayay ku yaalleen. Dhismaayaal aad u tiro yar ayaan dhagax ama bulukeeti ka samaysnaa. Waxay ka samaysnaayeen qoryo, baalmakuuti, sarab, ama qoryo iyo dhoobo. Dadka meesha ku nool badankoodu

Hawiye ayay ahaayeen, in kasta ay joogeen Daarood saraakiil iyo shaqaale dawladeed ah. Halkaa ayaannu gaariga makhaayad yar oo laamiga dhanka midig ka saaran hor dhigannay oo quraac degdeg ah ka cunnay. Dhammaanteen waxaannu dalbannay canjeelo iyo shaah, qaxwe iyo caano. Anigu canjeelada ma jecqlayn laakiin subaxaas waan la yaabay sidii aan saxanka u caddeeyay. Anigaa dadka quraacda ugu hor dhammaystay anigaana lacagta oo dhan bixiyay. Waa dhaqan in qofka u horreeya ee bixin karaa dadka oo dhan lacagta ka bixiyo. Haddii aadan doonayn in aad dadka oo dhan ka bixiso, ha u hor marin maqalka lacag bixinta. Waxaan xusuustaa waagii aan iskuulleyda ahaa. Marka aannu bas raacno ee u soconno saaxibbadeen ama ardayda aannu isku galaaska ahayn, lacagta baskana aannaan haysan. ”Keen lacanta!” ayuu lacag ururiyuhu oran jiray. Waan isfiirfiirin jirnay oo qof kastaa jeebabka gacmaha gelin jiray. Haddii aanan awoodin in aan lacagta wada bixiyo, shilimaad jeebka ku jira ayaan faraha kaga shalaq siin jiray, aniga oo aan soo bixinayn. Haddii saaxiibbada kale ay iyaguna shiid yihiin, sidaa oo kale ayay yeeli jireen oo ilaa iyo xad dib isu dhigi jireen. Marka aannu ogaanno in aannu shiid wada nahay ayaan qosol khajilaadeed isla heli jirnay (ceebta ugu wayni waxay dhici jirtay marka saaxiibka shiidka ahi uu yahay jinsiga kale). Markaa oo kale kaligey ayaa iska bixin jirya inta kalana iyagaa iska bixin jiray. Haddiise aannu badarnoolayaal nahay inta kala hororsanno nooli bixinta ayaannu lacag sarrif waawayn ah soo bixin jirnay oo qofka oo ku faraxsani inta kale ka wada dhiibi jiray. Waa dhaqan jiray. Faaruuq ayaa ahaa qofka labaad ee quraacda dhammaysta. Makhaayadda horteeda ayaannu istaagnay oo inta kale sugnay. Magaalada Balcad wax baa iska beddelay tan iyo waagii iigu dambeysay. Isbeddelka kowaad wuxuu ahaa dhismayaasha magaalada oo xabbado laga la daalay, isbaddalka labaadna wuxuu ahaa dhallinyaradii magaalada oo qoryo sita.

Annaga oo daawanayna laba dumar ah oo wax ku murmaya ayuu nin dheer oo aannaan iska jirin noo yimid.

“Day hee!” ayuu yiri intuu Faaruuq garabka ka taabtay, “Ninkaan ma Faaruuq Barkhadaa mase waan riyoodowhaayaa! Xaad cillanoo Balcad ka samayhee?”

Hab ayay isa siiyeen labadoodii oo si fiican salaan isu gacanqaadeen.

“Jabuuti ayaannu u soconnaa,” ayuu ugu dambayn sheegay Faaruuq.

“Jabuuti aa! Ya ma waalatay?” ayuu la soo booday ninkii. “Sabab?”

“Kaligaa maa Jabuuri u socda?”

”Maya e konton gaari ka badan ayaannu ku soconnaa.” “Gartay. Waxaan maqlay in lixdan gaari Balcad ku hoydeen.

Ma kuwasaad la socoteen?”

”Haa.”

“Kanina waa Cali,” ayuu yiri Faaruuq. “Cali, ninkami waa Mowliid aan saaxiibbo hore ahayn.” Waannu isa salaannay. “Caliyow ninkani Hawiye kali ah ma aha e isku laf hoose ayaad tihiin.” “Cali, aadaan lakulankaaga ugu faraxsanahay,” ayuu yiri Mowliid oo mar kale salaan i gacaqaaday. “Waayuhu waa isbeddeleen. Beryahan qabyaalladaa qiime yeelatay.” Madaxa ayaan u ruxay.

“Laakiin anigu Faaruuq ka dooran maa dababohol aan isku qabiil nahay,” ayuu si quus ah u yiri.

“Waan garan karaa,” ayaan iri.

”Ma ogtahay, in aniga iyo Faaruuq aan afar sano oo qaxar ah oo aan la illoobi karin isla soo marnay.” ”Dugsigii sare, yaah?”

”Maya, dugsi sare ma aha e kulliyadda millatariga.” ”Kulliyadda millatariga?”

”Haa.”

”Gartay.”

Quraacdii waa la dhammaystay laakiin waa in aannu sugnaa waqtiga la baxayo. Dumarka iyo carruurtii gaariga ayay markiiba fuuleen annagu meelihii ay ka kaceen ayaannu u daba marnay, qaarkeenna way taagnaayeen sigaarna way cabbayeen. Faaruuq wuxuu u yeeray Tuke oo meel u dhow sigaar ku cabbayay raggna la sheekaysanayay.

”Taayirkii saaka banjaray naga hagaaji, kuwa kalana fiiri?” ayuu ka codsaday.

“Haddaan kala tuurayaa,” ayuu yiri Tuke, wuuna dhaqaaqay. Faaruuq iyo saaxiibkiis way dhaqaaqeen oo u tageen rag kale oo meesha taagnaa. Dawaco wuxuu soo sheegay in taayirka banjarintiisa iyo mid kale oo neefbaxay beddeliddiisu waqti qaadanayso. Waa in xoogaa la sugaa inta Tuke shaqada dhammaynayo. Carruurta iyo dumarka ayaannu la hadalnay oo uu sheegnay in xoogaa la daahayo. Carabo iyo lixdeedii ilmood waxay yiraahdeen waxaannu ku sugaynnaa geed yar oo dhawaa makhaayadda gaarigu noo ag yiil. Inteennii kale meel laamiga ka baxsan ayaannu u lugaynnay oo geed wayn oo harac ah harsannay. Geedka hooskiisa ayaannu iska fariisannay oo ku nasannay carro qabow. Dumarka qaar waxay sheegeen in ay musqul aad ugu baahanyihiin markaa oo Maxamad guri cariish ah oo noo dhawaa aaday, si uu u soo waydiiyo in aan musqushooda isticmaalno. Reerkii way na soo dhaweeyeen. Musqushii ayaannu saf u galnay, maadaama aannaan aqoon goorta xigta ee aannu musqul heli doonno. Qaarkeen ayaa iyaguna meelaha iska taagtaagnaa, qaarna hooska ayay ku sugayeen inta la baxayo.

Cabbaar ka dib ayuu Faaruuq noo yimi. Markan saaxiiibkiis la ma socon. Waan iska sheekaysannay annaga oo aan wax gaar ah ka hadlayn. Waxaa naga dhammaaday tarraq, marka aniga ayaa dukaan noo dhawaa ka soo iibiyay. Laamigii ayaan dib ugu laabtay oo biibito galay. Aniga oo tarraqii gatay oo biibitada pepsi ku cabbaya ayuu qof garabka iga taabtay. Waan soo jeestay. Waa qof aan garanayay.

"Haye Oofey!" ayaan ku salaamay. "Maxaad ka samaynaysaa Blacad?"

"Maxaad Balcad ka samaynaysaa?" ayuu igu soo celiyay intuu qori boobe oo ah oo sitay toosistay. "Ha i dhihin waxaan ka mid ahaa USCda Balcad!"

"War maya," madaxa ayaan ruxay. "Jabuuti ayaan u socdaa." "Oo ma waxaad la socotay lixdanka baabuur ee Isaaqa iyo Gadabuursiga dhulkoodii u wada, yaah?"

"Haa." Pepsidii aan cabbayay ayaan damcay wax ka sii. Madaxa ayuu ka ruxay, dabadeedna waxaan u raaciyay: "Adiguna? Meesha ma iska timid sidaadii mase dano kale ayaa Balcad ka lahayd?"

"Maya e sidaydii ayaan hadba meel isaga safraa. Waxa kali ah ee hadda ka duwani waa in bas aan leeyahay wato oo aanan dad kale gaadiidkood wadan."

"Bas aad leedahay? Sidee ku dhacday?" Wuu dhoollacddeeyey.

"Mid la soo xaday?" ayaan waydiiyay.

"Waad ku sheegi kartaa haddaad doonto. Haa."

Sigaar ayaan shitay isagana mid baan u taagay. Wuu iga qaatay. "U ma qalmo xaaskaygii iyo gurigaygii Daaroodku gubeen, sow ma aha?" "Maya."

Annaga oo aammusan ayaannu iseegnay. Oofey nin hawlkar ah oo dacad ah ayuu ahaa. In kasta oo uu nin qaro wayn yahay, haddana waa nin aan dadka ku maagin. Lix sannadood ka hor ayaan bartay, waagaa oo uu garaasha abtiyaashay makaanig ahaan uga shaqayn jiray. Waa dambe waxaa u ururay lacag fiican oo uu si uu u guursado guri ku dhistay. Nasiibdarro, isaga oo toddobaad kali ah reer leh ayuu dagaalku dhacay. Dawladda ayaa gubtay gurigiisii iyo xaaskiisii oo guriga ku jirtay.

"Wax Daarood ah wali ma dilin," ayuu ku daray, "laakiin baskoodii ayaan soo dhacay. Si kastaba, hantidii ummadda ayaa lagu soo iibiyay, ninkii lahaana kolleyba dhimay."

"Ninyahow waa in aan baxaa. Dad baa i sugaya," ayaan ugu dambayn ku iri. Madaxa ayuu ruxay.

"Oo goormaad tegaysaan?" ayuu i waydiiyay.

"Ma aqaan," ayaan ugu jawaabay. "Kolley maanta."

"Haye hadde, haddii aad wax iiga baahato waan joogaa. Magaaladan yar waa la iga wada yaqaan, sidaa awgeed raadintayda ku dhibtoon maysid. Dadka uun i wayddi. OK."

"OK."

"Jaaw!"

"Jaaw," ayuu yiri. "Abtiyaashaana waan maqlay. Aad baan uga tacsiyaynayaa."

"Mahadsanid."

32

Laba saacadood ku dhawaad ka dib ayuu Tuke keenay warbixin shaagaysay in cillado yar yari jiraan laakiin ugu danbayn wax kastaa diyaar yihiin.

"Waxay i la tahay in aad gaariga geyso garaashka oo baabuurtii kale ee dadku la socdeen la dhigay," ayuu ku yiri Faaruuq. "Qaarkood ayaan arkay oo waxay yiraahdeen sidaa ayaa roon."

"Sidaas ayaan yeelayaa," ayuu yiri Faaruuq oo in uu baxo u istaagay.

Shan daqiiqo ka dib waxa aannu maqalnay xabbado dhacaya iyo dad qaylinaya. Waannu istaagnay oo dhankii wax ka dhacayeen oo ku beegnayd dhanka laamiga u orodnay. Wixii aannu ugu ku aragnay farmashiyihii aannu dhabarkiisa fadhinay hortiisa argaggax ayaannu ka qaadnay. Waxaannu aragnay laba nin oo qori isu haysta. Midkood oo dhallinyaro cayilan ahaa aadna u anfariiirsan ayaa isku deyayay in uu qori boobe ah ka faramaroojiyo ninka kale oo qoriga dhuuntiisa cirka aaddiyo, halka ninka kale oo aahaa oday dheer oo xooggan aadna u xanaaqsanaa uu isku deyayay in uu qoriga farakuhayntiisa ku mintido.

"Haddaadan ku dilin wacalyahow!" ayuu ku gooddiyay ninkii xoogga waynaa.

"I aammin, Daarood ma ahi!" ayuu yiri ninkii buurnaa. "War Daarood ma ahi baan ku leeyahay!"

Ninka buuran ayaannu garannay. Waaba Faaruuq! Isla markiiba meeshii ayaannu ku cararnay, si aan hor tagno musiibo dhacda.

"Daarood ma aha! War Daarood ma aha ninku!" ayaannu dhammaan ku wada qaylinnay, labadii ninna dhulka ayaannu ku wada tuurnay. Faaruuq is la markii uu cagaha dhulka la helayba farmashiyihii ayuu ku cararay. Ninka kale oo markii hore hubku muddo kooban farahiisa ka baxay ayaa qorigii nooga wada hor maray oo soo qabsaday. Waa ninkaa caradu madaxmartay qorigana la gariiraya ee gacanta ku haysta farta midigna keebka ku haya! Dadkii farmashiyaha ku jiray ayaa Faaruuq dib bannaanka ugu soo riixay, iyaga oo ku orinaya: "Dil, dhillaa dhashaye! Dil inta aanu baxsan!"

Ninkii iyo Faaruuq ayaannu kala dhex galnay. Labaduba way dhididayeen oo gariirayeen, mid cabsanaya iyo mid caro bestii ah. Faaruuq wuxuu ku celcelinayay, "Daarood ma ahi. Maxaad ii rumaysan la'dahay? Wallaahi Daarood ma ahi!" Isaga oo ooyaya ayuu nagu daba gabbanayay.

"Iga hor leexda!" ayuu ku qayliyay ninkii oo intuu qorigii hadba dhan isu la rogay marba xabbad kor u ridaa. Faarruq hooyadiis, Shukri, ilmaadeerradiis Bustaale iyo Tuke ayaa iyaguna farmashiyaha ku hor ooyayey. Maxamad, kornaylkii, iyo aayaday Fallis oo wax Daarood ah iyaga uun naga la socdeen iyaga oo aammusan ayay gaari meesha ka dhawaa dhinaciisa istaagnaayeen. Inteenni kale Faaruuq ayaannu hareeraha ka istaagnay. Aayaydaydii kale, Canab, ayaa ka bariday ninkii hubaysnaa in uu isdejiyo oo horta dhegaysto waxa loo sheegayo inta aanu khasaare faraha la gelin. Ninku wuu diiday. Wuxuu sheegay in aanu na aamminayn oo annaguba cid aan nahay aanu aqoon. Wuxuu noogu hanjabay in uu dhammaanteen na layn doono haddii aannaan hortiisa ka leexan. Waxaa ii muuqday Maxamad iyo fallis oo cagaha wax ka deyay. "Wallaahi yaanan Daaroodkaas nolol uga tegayn! Toddoba walaalahay ah ayay dileen," ayuu ku cartamay.

Intii waxaa oo dhammi dhacayeen ayay arrini igu soo dhacday. Waxaan ku orday makhaayaddii aannu saaka ka quraacannay. Waxaan doonayay ninkii aannu halkaa ku la kulannay ee aragtida Faaruuq aadka ugu farxay. Waan hubay in uu arrintan murugsan xallin doono. Meel uu degganyahay ma aan aqoon.

Hadba biibito ayaan galaa oo ka raadiyaa. Dukaammada iyo makhaayadaha ayaan ka jeedaaliyay. Ugu dambayn, waxaan u imid niman makhaayad shaah turub ku cayaaraya. Mowliid ayaa ka mid ahaa.

"Mowliid," ayaan kor iri. "Saakaan kulannay. Sow i ma xusuusatid?..."

"Haa, waa ku xusuusdhaa hee hadda xaan kuu qabtaa?" ayuu yiri oo turubkiisii sii watay.

"Waannu kuu baahannahay Mowliid," ayaan war uga bilaabay. "Saaxiibkaa Faaruuq wuu dhibbanyahay. Waa la dilayaa!"

Degdeg ayuu u istaagay, dabadeedna intuu garbaha i qabtay ayuu yiri: "Kee waaye? Sabab?"

"Waxay u qabaan in uu Daarood yahay. Fadlan dhakhso waqti ma jiree. Ina keen."

Meeshii ayaannu dib ugu cararnay. Waxa kali ee isbeddelay waxay ahaayeen in dadkii soo batay oo markan dad aad u badani ku qaylinayaan "Dil wacalka!", iyaga oo ku faraxsan in ay masraxa musiibada qayb ka yihiin. Ninkii caraysnaa wali qorigii ayuu hadba dhan u warfinayaa oo hanjabayaa, Faaruuqna kooxdeennii dhabarkooda ayuu ku gabbanayay isaga oo marka afku juuqda gabay. Afka waa kala qaadayay oo isku celinayay kali ah ee eray qur ahi ka ma soo baxayn. Mowliid oo ordaya ayaa meeshii yimid oo ninkii falnaa ee qoriga la gariirayay hor istaagay.

"Magacaygu waa Mowliid Xasan," ayuu ku yiri oo abtirsiga reerkiisa iyo qabiilkiisa u dareeriyay. Isla markii uu magaca jifadiisa sheegayba aayaday Canab ayaa halkaa ka qabatay oo kor ugu qaylisay. Sidaa ayaa loogu habarwacdaa ehelka marka loo baahdo. Magacii ayay kor u naadisays, sida suuqleydu alaabada ay iibinayaan u naadiyaan, si qof kasta oo Balcad joogaa u maqlo. Ujeeddadu waxay ahayd in uu soo baxo qof kasta oo tol ah oo markaa aagga ka dhowaa. Ceeb ayay ahayd in adiga oo maqlay tolkaa oo kuu habarwacday aadan u soo gurman, gaar ahaan marka qofka kuu qayshaday dumar yahay. Laba ka mid ah raggii meesha taagnaa ayaa u yimid aayaday

"Maxaan kuu qabannaa abbaayo?" ayay waydiiyeen. Meesha mashaqadu ka dhacday dareenkii yiil oo dhan ayaa isbeddelay xaalladdiina way yara degtay.

"Kali ah waxaan rabaa in ninkan dhallinyarada ah la badbaadiyo," ayay ugu jawaabtay aayaday. "Waan aqaan. Waxaan aqaan waalidkiis. Daarood ma aha. Waa Gadabuursi."

"Ok. Ok," ayay yiraahdeen raggii. "Ha ooyin Allaan kugu dhaarinnaye, wixii kareenkeenna ahna waannu ku qabanaynaa!"

Aayaday marka ayay aammustay.

Mowliid wuxuu halkii ka sii waday in uu Faaruuq u doodo. "Afar sanaan isku galaas ahayn. Waxaw yahayoo dhammaan aqaan; qoyskiisa, shaqadiisa, waxyaalaha aw jecelyahay iyo wax kasta." Si degdeg ah ayuu nin da'diisu dabayaaqo afartanaad ku jirto uga soo dhex baxay dadkii oo soo aaday Faaruuq oo markaa Mowliid gacanta ku dheggan.

"Ya igaaryahow magacaagu Ibraahin Suudi wallee maaha?" ayuu ninkii waydiiyay Faaruuq. "Kabtan ciidammada ka tirsanaana wallee maahid?"

"Afar sano ka hor wallee ka ma qalinjabin Kulliyada Millitariga Qaranka? Anigu macallin kuu ma ahaynoo? Daarood ma ahidoo? Waliba hee Mareexaan ah?"

Shib baa la wada yiri. Dadku qaar waxay ka xanaaqeen beenta ninku shubayo. Kuwo kale waxay ku farxeen in ugu dambayn la helay qof yaqaan oo waliba macallin u ahaan jiray.

"Aan walax kuu sheego saaxiib," Mowliid ayaa hadal bilaabay. "Ma i taqaan?"

"Maya," ayuu ku jawaabay ninkii. "Ma in aan ku aqoodaa?" "Haa, waa in aad i garataa, nacallaa ku kugu yaallee! Haddii hee aad macallinkiisa ahayd anigana macallinkaygaad ahayd! Maadaama aadan i garanayn aniguna aanan ku aqoonna waxaad sheegayso oo dhammi waa been! Ninkaan anigaa isku galaas ahayn afartii sano ee uu Kulliyadda Millatariga ku jiray."

"Laakiin waxaasi suuragal ma aha. Wajigiisa iyo magaciisaba waa xusuusdhaa," ayuu ku dooday ninkii.

"Mid kalana aan kuugu dero!" ayuu ku adkeeyay Mowliid. "Horta ninkaan Ibraahin Suudi la ma yiraahdo, taasina waxay meesha ka saaree sheegashadaada kale ee ah in aad wajigiisa xusuusato. Ninkaan waxaa la yiraahdaa Faaruuq Barkhad, Daaroodna ma ahee waa Gadabuursi. Waa Marreexaan warkeeda iska la herba!"

"I maqal hee!" Mowliid oo markan aad u carooday ayaan hadalkii sii watay. "Haddaad meesha ka tegi waydo anigaanaa ku dilaa!"

Mowliid markii uu xanaaq la karay ayay dadkii meesha joogay isku duubeen oo ka baryeen in aanu wax dhibaato keena falin.

"Caddayn buuxdaan rabaa. Anigu Daarood nolol kaga tegi maa!" ayuu ku qayliyay ninkii qoriga la farabaxsanayay.

"Warqaddayda aqoonsiga maad eegtid uun haddii aad moodayso in aan been sheegayo," ayuu ku dooday Faaruuq oo markan codkiisu xoog leeyahay.

Waxaan ku baraarugay in ninkii beenlowga ahaa uu dadkii ka dhex baxay oo aanu meelna ka muuqan. Labadii nin ee habarwacashadii aayaday ku soo gurmaday iyaga oo aammusan ayay meesha taagnaayeen oo wax dhegaysanayeen indhahana ka fiirsanayeen. Mowliid wuxuu taagnaa Faaruuq hortiisa annaguna waan ku heeraarsanayn. Labadii nin ayaa hore u soo istaagay. Labaduna waa rag dhaadheer oo xooggan. "OK, OK!" ayuu midkood cod dheer oo awoodi ku larantahay ku yiri nikii qoriga haystay. "Intaa ka badan ma loo maadkaysan karo. Qoorgaabow dhig qoriga!"

Qoorgaab qorigii ma dhigin, xataa sidii uu haystay wax ka ma beddelin.

"War qoriga dhulka dhigaan ku leeyahay." Ninkii ayaa mar kale ku qayliyay.

Qorigii uun buu nagu soo wada fiiqayaa. Ninkii labaad ayaa laacay oo gacatisii waynayd qorigiiku intuu ku qabtay dhuuntiisii kor u taagay. Isla markiibana bastoolad ayuu guntiga kala soo baxay oo intuu Qoorgaab ubucda kaga qabtay yiri, "War waxa ma iska dhigaysaa mase madaxaan ku qarxiyaa!"

Qoorgaab ninkii ayuu eegay oo haddana bastooladii xulusta lagaga hayay dhugtay. "Waa iga dhab," ayuu raaciyay ninkii. Qoorgaab wuu isdhiibay. Ninkii wuxuu markaa ku jeestay Mowliid.

"Mowliidow, ma waxaad tiri ninka dhallinyarada ah waan aqaan?"

"Haa," ayuu ku jawaabay Mowliid. "Iga rumayso." "Meeshaan cidna warkooda ma rumaysanno Mowliidow," ayuu yiri ninkii kale ee xoogga waynaa. "Xqiiqada i taabsii ayaan ku go'naa. Meeqa mar ayay Daroodku halkaan iyagoo isqarinaya ka gudbeen, sabatoo ah saaxiibbo hawiye ah ayaa ku dhaartay in ay hawiye yihiin?"

"Wixii Darood noo geystay waad ogtahaan filayaa, sow ma aha? Ma rabno in taasi mar kale nagu dhacdo."

"Gartay, laakiin hee arrintaasi mugga mahaan ma taal. Ninkaani Daarood ma aha. Ma aha kali ah in uu saaxiibkay yahay e dhab ahaan waa Gadabuursi."

"OK," ayuu yiri ninkii oo markan u eg in uu qancay. "Mar uun waaba la ogaan ay run tahay iyo in kale. Ka warran haddii maxkamad caaddil ah la saaro?"

"OK," ayuu yiri Mowliid. "Waxaad ku qancdaan ku qanacnaa."

"Haa, waannu ku wada qanacnaa," inteennii kale waa ku raacnay.

"Waa yahay," ayuu yiri ninkii, "ina keena haddaba. Waxaan kuu geynaynaa oday Gadabuursiga ugu da'da wayn ee magaaladaan jooga ah. Kolleyba waalidkaa iyo waalidkoodba wuu garan doonaa. Sow ku la ma aha?" ayuu ku yiri Faaruuq oo wali u muuqda in aanu argaggax darti hadal karayn.

"Haa, haa," ayaannu mar kale wada niri.

Xalkan siyaabo badan ayaannu ugu kalsoonayn. Waa marka hore e, waxaannu ogayn in waayeelka qabiil kastaa dadkiisa magacyadooda kala yaqaan. Waxaannu kaloo ogayn in Faaruuq adeerkiis ahaa janan ciidammada ka tirsan oo aad loo yiqiin uuna qabay marwo Madaxwaynaha ay ehel dhow ahaayeen, sidaa awgeedna iska daa waayeelkee Gadabuursi kastaaba yaqaan (in adeerkiis jago sare dawladda ka haystay ayaa ahayd sababta Faaruuq ruuxiisu muddo dhawr sano uun ah ku gaaray darajaga mijir ciidanka ah, halkaa saaxiibbadii ay isku galaaska ahaayeen, sida Mowliid, aanay waligood garaaddaha lafdhan dhaafin.)

"Sii noolaan maysid saaxib haddii odaygaasi waxaad sheeganayso garan waayo." Wuu nagu soo jeestay. "Idinkana kii la yimaada iskuday doqonnimo oo uu nikan ku badbaadinayo waa la khaarajin doonaa. Ma i maqlaysaan?"

"OK!"

Wuxuu noo horkacay gurii odayga oo aan sidaa u fogayn. Inteennii safarka ku wada jirtay oo dhan waannu daba galnay, marka laga reebo Maxamad iyo Fallis. Dadkii kale ee maalaha ka dhawaa oo aad u xiisaysanay in ay arkaan meesha xaal ku dambayn doono ayaa iyaguna soo xoomay oo na soo raacay. Guriga odaygu dhismayaasha magaalada ugu fiican ayuu ka mid ahaa. Guri bulukeeti ah oo ganjeelo yar leh ayuu ahaa. Markii uu bannaanka u soo baxay wuxuu u muuqday nin aad u fayo qaba. Wuxuu xirnaa macawis iyo shaati wuuna socodboobsiinayay. Odaygu wuxuu la hadlay Faaruuq oo abtiriskiisa waydiiyay iyo magacyada awoowayaashiis, sidii aannu kor ka wada naqaan. Faaruuq si wanaagsan ayuu u abtirsaday. Odaygii wuxuu haddana waydiiyay dhawr su'aalood oo kale, kuwaa oo Faaruuq uu si raysa uga jawaabay magacyadii adeerradiisna sheegay.

"Hooyadaa Maka ayaa la yidhaahdaa, sow ma aha?" Odaygii ugu dambayn wuu muusooday.

"Haa!" ayaannu dhammaanteed kor u niri.

"Waan xusuustaa waagii uu doonayay in uu guursado iyo sidii loogu diiday," ayuu odaygii si faan leh u yiri. "Waxaan ka mid ahaa raggii waalidkeed ka doonay."

Faaruuq wajigiisii bucbuca ahaa ee dhidhidsanaa ayaa ugu dambayn dhoollacaddadayn daallani ka muuqatay.

"Ma hubtaa in ninkaani Gadabuursi yahay?" ayuu odayga wayddiiyay nin ka mid ah raggii meesha na keenay.

"Haa. Waan hubaayoo dee waa ina Barkhad Cawaale," ayuu ku jawaabay waayeelkii.

Raggii reer Balcad iyaga oo aammusan ayay is fiirfiiriyeen. "Daya hadde," ayuu yiri odaygii. "Haddii aad doonaysaan inaad dishaan ninkaas dhallinyarada ah orda oo dila. Laakiin, haddii aad dishaan, ogaada in aad nin Gadabuursi ah disheen dadkiisuna ay ka war heli doonaan." Odaygii wuu jeestay oo meeshii ka dhaqaaqay, isaga oo sidii uu yimid oo kale u dhoollacaddaynaya. Labadii nin ee feeraha waaywaynaa intay noo dhoollacaddeeyeen ayay yiraahdeen: "Haye hadde Faaruuqow. Kolley aad ayaannu u khaldannay. Wax kasta oo dhacay waxaannu rabnaa in aannu raalligelin ka bixinno. Waannu ka xunnahaya wixii kugu dhacay."

"Aadaan uga xumahay Faaruuqow," ayuu raaciyay Qoorgaab. "Xog khaldanaa lay siiyay. Xaan kugu xaalmarinnaa?"

Waannu rumaysan waynnay. Faaruuq shib ayuu yiri. Kali ah bushimaha ayuu qaniinayay oo dhoollacaddadayn madluunsan isku deyay. Nimankii waxaan u sheegnay in ay intaasi nagu filantahay oo aannu raalli ku nahay. Waxay na siiyeen lacag laakiin waan ka diidnay. Raalligelin ayay ku celceliyeen oo na wayddiiyeen in aannu wax ay na taraan ka doonayno. Waxaan u sheegnay in aannaan waxba ka doonayn ee na dhaafaan kali ah. Qorraxdii ayaa dhacday sidii maalintii oo dhan aannu isaga u halgamaynay.

<h2 style="text-align:center">33</h2>

Dabcan, Faaruuq wuu anfariirsanaa oo wali caadi ku ku ma soo noqon. Waannu la hadalnay oo u sheegnay in uu ku farxo in uu wali ka noolyahay ninkii falnaa ee qoriga ku qabtay. Waxaannu isku daynay in aan u laabqaboojinno oo xusuusinno in dagaal sokeeyey socdo waxyaalahaas oo kalana meel kasta ka dhacayaan. Waxaannu u sheegnay in dadkani yihiin uun reer baaddiye caraysan, maadaama noloshoodu qabiilaysi ku tiirsantahay. Biibbito noo dhawayd ayaannu tagnay oo ku niri u keen wax kasta oo aannu islahayd way dejin karaan. Xoogaa wuu ku roonaaday . Goor ay mugdi qam ah noqotay ayaannu ku laabannay garaashkii Tuke gaariga geeyay ee nagu yiri baabuurta inteedii kalana way nagu sugayaan inta arrinta na haysata laga xallinayo. Tuke wuxuu noo horkacay garaashkii. Annaga gebiga hoos u rogaynayna ayaannu daba galnay. Garaashku daraf shishe ayuu magaalada kaga yiil. Wuxuu ahaa garaash wayn oo ganjeelo laga galo iyo mid laga baxo oo waawayn leh. Baauur nooc kasta leh ayaa ku xeraysnayd; basas, gawaari xammuul, iyo kuwo yar yar oo dadka safrayaa wateen. Lixdan way ka badnaayeen. Waxaa ka shisheeyay kuwo kale oo laga qaxay oo nooc kasta ah ayna ku qoranyihiin erayda WASAARADDA BEERAHA. Way iska caddayd in garaashku kaalin kayd u ahaa Wasaaradda Beeraha, dagaalka ka hor, markanse gaari kasta oo la dhaqaajin karay waa laga baxay. Kuwii kharribnaa kali ah ayaa looga tegay. Garaashka dhexdiisa biibbito ayaa ku tiil awal loogu talagalay shaqaalaha haddase noqotay meel ay cunno iyo cabbid ka helaan dadkeenna safarka ah. Meesha waa la buuxay oo dad baa baabuurta hoostooda iyo bannaannada u dhexeeya daadsanaa. Waxaa joogay dumar, rag, iyo carruur qaarkood hurdeen qaarna dhinaca dhulka dhigeen oo sheekaysanyeen ama sigaar cabbayeen ama malaha ka fikirayeen waxa ay ku dambayn doonaan oo aan la garanayn.

Toyooyadeennii ayaannu raadsannay oo ugu tagnay halkii Tuke dhigay oo ahayd meel bartanka ku aaddan. Alaabteennii qaarkeed ayaannu ka la degnay, si aannu ugu seexanno. Anigu wax aan ku seexdo ma wadan e waxaan la soo degay boorsadaydii yarayd oo intaan furay shaati suuf ah iyo walkman ka la soo baxay. Shaatigii ayaan gashaday walkmankiina dhegahaan gashaday oo boorsadii xiray. Waxaan helay meel bannaan, halkaa oo aan intaan boorsadaydii barkin ka dhigtay seexday. Qof kastaa siday u qabatuu u seexanayay laakiin dhammaanteen mid ayaannu ka sinnayn; shib ayaa la wada ahaa. Xiddigaha oo ifayay ayaan iskaga dhaygagay oo la irkigay sababta Ilaah noloshaan silloon iigu qaddaray. Waxaan iswaydiiyay in uu intixaamayo, sida dadku sheegaan, ama uu dambi aan galay ciqaabtiisa i marinayo. Calooshaa marnaan darteed i danqanaysay jirkuna dhaxan iyo gaajo dartood ayuu i gariirayay. Boorsadaydii ayaan furay oo xusuusqor yar ka la soo baxay. Dhawr sadar oo murugo ah ayaan ku qoray ka dibna boorsada ayaan ku celiyay. Xusuusta ninkii qoriga la fakfakanayay ee dhammaan halista na geliyay ayaa maskaxdayda ku soo noqnoqonayay. Allow ninkaa sidee u nacay! Waan fariistay oo sigaar shitay. Markii aan qaacii sigaarka sambabbada ka soo celi damcay ayaan gaajo la daacay.

Dhab ahaan, hal wax ayaa maskaxdayda aad ugu wareeganayay. Waa layaabka maskaxdaydu leedahay. Hal wax bay ku dhegaysaa markiiba, waxaa oo iyada oo dhan qabsanaya. Mararka qaarkood waxaa dhici karta in waxaasi aanay muhiimba ahayb. Ka soo qaad waa aan form one iskuulka dhiganayay, maalin aan ku jiray galaas Fiisigis ahaa oo u dhigayay macallin Dheere. Sidii aan u joogay ayay wax qosol lehi igu soo dhaceen. Hadda maba xusuusto waxaa qosolka lahaa laakiin waxaanan illoobayn jacdii iga raacday. Qosol ayaan bilaabay aan joojin waayay. Macallinka fiisigisku qabiid laga baqo ayuu ahaa, sababto o ah ul iskoobbe dheer ayuu ardayda ku garaaci jiray. Ma jirin qof galaaskiisa ku dhex hadli karay ama khashkhashaadi karay. Si ay ahaataba, waxaa igu soo dhacday arrin khusaysay wiil Gurey la oran jiray oo aannu is dhinac fariisan jirnay. Gurey wuxuu ahaa shactiroolaha galaaska ugu maadda badan. Wuu dhintay. Mid daroogo ama wax la mid ah ku sakhraamay ayaa bilwgii dagaalka sokeeyye bas uu saarnaa ku dhex toogtay! Macallinka oo sabbuuradda wax ku qoraya ayaan markii hore qosol dhikhle ah bilaabay ka dibna qosol dhab ah ayaan kor u qoslay. Galaaskii oo dhan ayaa sidii aan waalanahay ii soo eegay laakiin ma aanan joojin e qosolkii ayaan ku sii dheeraystay. Waa joojin waayay. Macallinkii ayaa indhaha igu gubay waanse joojin kari waayay. Jeesadii uu wax ku qorayay ayuu igu soo tuurayn oo aammus igu yiri laakiin kaalay adiguba i aammusi! Ilaa labada indhood ilmo iga da'day ayaan qosol waday. Waxay noqotay in macallinkii iigu yimaado safka dambe oo aniga iyo Gurey jeclayn in aannu fariisanno. Markan galaaskii oo dhan ayaa qosol la wada dhacay, macallin Gurey ruuxiisana waxaa iiga muuqday in uu qosol isku celinayo.

Waxaan sheekada ku keenay; maskaxdayda wax kali ah ayay marba ka fikirtaa oo iyada oo dhan qabsada, markanna wax kali ayaan maanka ku hayay, mase ahayn wax maad ah. Qorigaygii. Haa. Waan ka shallaayay in aan caasimadda uga soo tegay. Marka aad qori haysato xuquuqdaada u ma baryootantid. Taa waxaan bartay intii dagaalku socday. Wax baad dilaysaa ama waa lagu dilayaa. Ma jirayo dababohol kuu handadi kara sidii uu isagu bir ka samaysanyahay. Fikrad degdeg ah oo meel ay ka timid aan la garanayn ayaa igu soo dhacaday. Waan istaagay oo aayooyinkay oo u imid labadooduba iyaga oo aammusan dermo gaariga lada soo dejiyay ku jiifay. Markii aan ku soo socaday ayay i arkeen. Canab ayaa soo fariisatay.

"Anigu waan laabanayaa," ayaa shaaca ka qaaday.

Si qummman ayay labadooduba u fadhiisteen markay maqleen waxa aan iri.

"Caliyow ma waalatay?" ayay isku mar i waydiiyeen, sidii maskax ay kali ah wadaagaan. "Ma wixii na soo maray oo dhan ka dib? Ma jirto Caliyow. Dib u ma laabanaysid. Meel aad u dhaqaaqaysaa ma jirto. Annagaad na la joogaysaa, subixiina Jabuuti ayaannu u dhaqaaqaynnaa."

"Waan laabanayaa," ayaan si madaxadayg leh ugu adkaystay.

"Ma cabsanaysaa?" Fallis ayaa i waydiisay.

"Maya, waxaan rabaa in aan qorigaygii soo qaato."

"Marka waad baqaysaa, yaah? Adigoo nin ah ayaad baqaysaa miyaa? Nin maashee tahay horta?"

Waan aammusay.

"Midda kale, maxaad qori uga baahantahay? Ma in aad dad disho ama lagu dilo ayaad rabtaa, yaah?"

"Maya ee kali ah waxaan diiddanahay in dabahobol qori baan haystaa igu handado!"

"Caliyow i maqal." Canab ayaa hadalkii la wareegtay. "Ujeeddada dhan ee safarkaan ka dambeysaa waa in laga fogaado in aad wax disho ama lagu dilo, sax sow ma aha?"

Madaxa ayaan u ruxay oo fariistay.

"Wali waxaad rumaysantahay in wax diliddu aanay camal fiican ahayn! Waan ogahay! Waan dareemi karaa! Maandhow ha ku fududaan ka falcelinta fal uu kacay qayrumasuul kii maantoo kale ah!"

"Waa runtaa. Waan ka xumahay," ayaan iri.

Aniga oo dhaqaaq is leh ayuu Saciid ii yimid.

"Ma i raacaysaa?" ayuu i waydiiyay.

"Xaggee u socotaa?"

"Baabuurrada xammuulka ee halkaa yaal midkood. Waxaa la ii sheegay in walaashay iyo wiilkeedii la socdeen." "Walaashaa?"

"Haa. Canab iyo Saynab hooyadood."

"Gartay. OK. Ina keen. In aan soo lugabaxsado waanba rabey." Waxaan xusuusannay in aannaan wali qadayn, dadka iintiisii kala waan xusuusinnay. Qof xusuusnaaba ma jirin! Dhallinyaro kale oo uu Faaruuq ku jiray ayaa markiiba kabaha isku boobay oo noo raacay biibbito yar oo garaashka ku dhex tiil. Cunnadii waa laga dhammaystay, marka waxaan ku khasabanaannay in aannu bannaaka u baxno oo magaalada meel wax laga cuno raadasanno. Makhaayad fiican ayaannu helnay oo ka dheregnay. Faaruuq wali wuu anfariirsanaa. Mararka qaar kaligiis ayaa iska qoslayay. Waan isugu tagnay sidii aan uga caawin lahayn in uu xaaladdaas ka baxo. Intii aannu cuntaynnay ayaannu dabcan ka sheekaysannay dhacdadii maanta.

"Markii aan xabbadda maqlay, waxaan markii hore u qaatay Maxamad." Bustaale ayaa yiri.

"Maxamad?" ayaan waydiiyay.

Faaruuq ayaa indho eedayneed ku soo eegay Bustaalana wuu aammusay.

"Maxaa khaldan?" ayaan warsaday.

"Hadhow, hadhow ayaan kuu sheegayaa Caliyow," ayuu yiri Faaruuq.

Markii aannu cunnadii dhammaysannay ayaannu dumarka iyo carruurtana cunno u soo qaadnay. Intii aannu garaashka u soo soconnay ayuu Faaruuq ii sheegay wax horaba aan u tuhunsanaa oo ah in Maxamad yahay Daarood. Hadalkii u horreeyay aan ugu jawaabay wuxuu ahaa in aanu dambi ku lahayn Daarood ahaanshaha, sida aanay Fallisba dambi ugu lahayn in ay Daarood tahay. Waan ogaa in saaxiibkay Faaruuq ogaa in Fallis Daarood tahay. Waxa aannu go'aasannay in aanay cid kale ogaan qabiilka ay yihiin. Iyaga shaki aannu ka qabnay ma ahayn e waxa aannaan maaro u hayn rabsho kale oo dhacda. Waxaannu ku qosolnay doqoimmada qabyaaladda.

"Oo Fallis ma Daarood baa iyaduna," ayuu warsaday Maxamad oo ugu dambayn neef naruuro lehi ka soo kudday.

"Haa," ayaan ugu laabqaboojiyay.

Markii aannu garaashkii tagnay ayaan Maxamad isbaray Fallis oo aan ogayn in qof kale oo Daarood ahi gaarigeenna la socday. Mugdiga ayaan ka dhex arkayay labadooda oo soo xusuustay Daaroodkii aan laayay intii aan dagaalka ku jiray. Waxaa igu soo dhacday sidii ay u silcayeen iyo sidii ay si ka duwan qaabka filimmada degdeg dhulka ugu dhacayeen marka xabbadi ku dhacdo. Waxaan kaloo xusuustay sidii ay u galeen abtiyaashay iyo booyasadeennii Muna ahayd. Kaligay ayaa gudcurka hoos u ooyay. Boorsadaydii ayaan barkaday oo iska seexday. Nasiibdarrooyinka dhacay cidda eeddooda leh ayaan garan la'aa. Waxay u ekayd in awoodo iga waawayni noloshayda xukumaan!

34

Kow iyo toban saac oo habeennimo ayaan ku kacay yabaqa dad salaadda subax tukanayay. Waxaan is arkay aniga oo buste guduudan igu dedanyahay. Hareerahayga ayaan fiirfiiriyay. Dadka qaarki waxay u weesaysanayeen salaadda subax qaarna salaad ayay ku jireen. Darawallo iyo makaanigyo ayaa ka shaqaynayay baabuurtoodii oo ay u diyaarinay safarka na sugaya. Sigaar ayaan shitay oo istaagay. Aniga oo bustihii guduudnaa fiirfiirinaya ayaan maqlay codka qof dumar ah.

"Annagaa leh, Caliyow," ayay tiri. Waa Jamiilo.

"Mahadsanid," ayaan ku iri oo bustihii u dhiibay.

"Nuurto baa ku aragtay adigoo qarqaraya markaasay is tiri bustaha dhaxanta ka huwi," ayay raacisay Jamiilo. Nuurto waxay ahayd gabar ay dhashay oo aan markaa meesha ka muuqan.

"Aad ayay ugu mahdsantahay." Nuurto ayaan meelaha ka jeedaaliyay mase ay joogin markaa. "Oo iyadana?" ayaan waydiiyay. "Waxaan ka wadaa iyadu xataa kolley way u dhaxamoonaysay."

"Dumarku dhibka ragga way uga adkaysi badanyihiin," ayay si faan leh u tiri.

"Mar kale mahadsanid. Nuurtana sidoo kale way mahadsantahay," ayaan ku iri oo dhoollacaddeeyay.

Jamiilo iyaduna way dhoollacaddaysay. "Xaggee la wada aaday?" ayaan waydiiyay. "Biyo. Biyo ayay wabiga ka soo dhaaminayaan."

Waxaan helay laba dhalo oo middiiba qiyaas ahaan laba liitar qaaddo. Wabiga ayaan la aaday. Wali mugdi ayaa jiray laakiin waagu wuu soo guduudanay. Waxaa ii soo baxday in aan ku raaxaysto quruxda dabiiciga ah inta aanan biyaha raadin. Duurka ayaan dhex mushaaxay oo sigaar bul ka siiyay. Shan daqiiqo markii aan dhex wareegayay ayaan maqlay qof magacayga iigu yeeraya. Hareeraha ayaan eegay laakiin qofna waan arki waayay. mar kale ayaa la ii yeeray. "Halkan," ayuu yiri qofkii. Waxaa ii muuqatay gabar dhallinyaro da'ahayga ah oo duurka meel caws leh dhex jiifta. Waxay ii muuqanayay dhoolacaddeynteeda iyo timaheeda galoolan ee dheer ee dhabarkeeda intay ka degteen ilaa dhuka xaabaya. Waxay gashanayd dirac caddays ah oo midabkeeda maarriinka furan ah shabbaha. Keeshali ma aysan xirneyn oo waxaa si buuxda diraceeda khaifka ah uga dhex muuqday ibaha soo taagan ee naasaheeda.

"Subax wanaagsan Nuurto," ayaan ku salaamay.

"Hello!" ayay tiri oo soo fariisatay. Malaha waxay dareentay sida ay indhaheygu ugu dheygansan yihiin naasaheeda, oo waxay durbadiiba hore usoo jiidday diraceedi si uusan ugu dhuuqsanaan muuqa ibaheeda. Balse markan ayeyba kasii dartay. Waxaa soo muuqday naasaheedi oo xabadkeeda uga raaraca sidi cambe bislaaday oo geedkoodi ka laadlaada.

"Malaha waad soo habowday," ayay hadalkeedii raacisay.

"Maxaad ku tiri?" ayaan waydiiyay. Naasaha ayaa hadba dhinac u liicayey intey is lahayd saani u fariiso.

"Waan arkaa in aad biyaddoon tahay wabiguna dhanka aad u socotay ma jiro."

"Oh," ayaan iri oo dhalooyinkii dhulka iska dhigay. "Waxaan is iri quruxda waaberiga ku nuurso inta aadan biyaha soo darin."

Waxaa ii muuqday haashyo sigaar oo meel agteeda ah dhul caws leh lagu maquujiyay.

"Adigu iska warran? Ma soo habowday mase dan kalaa ku keentay?"

"Sigaar baan cabbayay," ayay tiri intay haashaskii sigaarka ee agteeda yiil eegtay. "Quruxda waaberina waan ku raaxaynayay aniguna." Mar kale ayay dhoollacaddaysay. "Ma soo fariisanaysaa?" ayay raacisay.

Waan ag fariistay aniga oo aammusan. "Ku mahadsanid bustaha," ayaan ku iri.

Baakad Marlboro ah ayay gadaasheeda ka haabatay oo iyada oo aan xataa i soo eegin tiri "Cidna ha u sheegin."

Xabbad sigaar ayay la baxday anigana mid ii soo taagtay. Waan ka qaatay oo jeebabayga kabriid ka baarbaaray.

"Hoo," ayay tiri oo xabbad tarraq ah oo ololaysa ii soo taagtay.

Wajigeeda ayaan si fiican u eegay intii ay indhaheedu ku maqnaayeen tarraqii oo ay ku qabanaysay xabbada sigaarka ah ee faruuryahayga ka taagnan. Waji O ah ayay lahayd iyo sunniyo aad u wanaagsan iyo buhimo waawayn oo qurxoon oo casaan u dhow, kuwaa oo quruxdoodu aad u soo baxdo mar ay qaaca sigaarka bul ka siinayo. Muxubbaa anigoo dhan i saaqday.

"Waad qarqaraysay," ayay tiri inta qorigii tarraqa afuufid ku damisay, iyada oo aan wali indhahayga eegin.

"Anigaa?" ayaa la soo booday. "Maya, ma qarqarayo!" "Saaka ayaan u la jeedaa." Indho kuwa ugu naxariis badan

ayay igu daymootay. "Dhaxan ayaad la gariiraysay markii aan bustaha ku huwinayay."

"Waad ii naxariisatay," ayaan iri. "Mar kale mahadsanid." Markii ammusnaan aannu cabbaar ku sigaaraynnay ayay tiri,

"Cabbaar ma lugabaxsanaysaa?"

"Waa hagaag."

Waan istaagnay. Baakadkeedii Marlboraha ahaa ayay gacanta ku qabsaday, aniguna labadaydii dhalo ee aan biyaha ku doonayay. Aammusnaan ayaannu kasynta sii dhex marnay.

"Hooyaday sigaarka igu ma oga," ayay tiri intay sigaarkeedii fiirisay.

"Waan garan karaa taa."

"Waxaan ka wadaa, meel ay joogto ha ku soo qaadin.

"Igu ogow." Haaskii sigaarka aan cabbayay ayaan meel hortayda ahayd isaga tuuray oo ku sii istaagay. "Ilaa goormaad sigaarka cabbaysay?" ayaan waydiiyay.

"Ma aqaan," haashkii sigaarka ay cabbaysay ayay horteeda ku gantay ku mase ay joogsan. "Ma aqaan," ayay si deggan u tir. "Labo ama saddex sano ayaan u malaynayaa."

"Kow iyo toban jir ayaan ku bilaabay," ayaan iska iri iyada oo aan i wayddiin.

"Haddana meeqaad jirtaa?"

"Siddeed iyo toban."

"Anigu toddoba iyo toban baan jiraa."

Duurkii ayaannu aammusnaan isaga sii lagaynay annaga oo weheshanayna jabaqda saanqaadkeenna iyo heesaha shimbiraha oo isku laran. Waxaannu gaarnay meel joogga cawsku jilbaheenna gaaro. Ubax hurdi ah ayaan u soo gooyay oo u dhiibay aniga aan hadalin. Way qaadatay oo dhoollacaddaysay. Waannu sii lugaynnay. Ubixii ayay carafsatay oo igu jeesatay.

"Xoogaa aynnu fariisanno," ayay soo jeedisay. Cawskii ayaannu fariisannay annaga oo wali aammusan. Geddi cad ayaan u jiifsaday, iyaduna way igu soo biirtay. Cirkii oo markan iftiimay ayaan indhaha la raacay. Ubixii huruudka ahaa oo ay horteeda ku haysay ayay indhaha isugu geysay. Meel aan sheeko ka bilaabo ma aan garanayn.

"Wiil ma la socotaa?" ayaan waydiiyay.

"Maya." Wali ubixii ayay indhaha ku haysaa, sidii ay markii ugu horrreysay ubax arkayso.

Tolow in aan gabar la socdo iyo in kale miyay i waydiin doontaa? Ma kala hubin in aan sheego iyo in kale gabadhii aan ka soo tegay oo aan hubay in aannaan waligay dib u arkayn.

"Adiguna?" ayay i waydiisay.

"Aniga hee?"

"Gabar ma la socotaa?"

Xoogaa ayaan aammusnaa ka hor intii aana oran:

"Maya."

Ubaxii ayey galisay labadeeda naas dhexdooda, kaddibna dhabarka u seexatay intey labadeedi gacmood dhulka fidisay. Waxay daawaneysey samada. Waxaan jalleecay gacanteeda bidix oo aad ugu dhoweyd teyda midig. Gacanteydi baan dusha ka saaray teedi. Wadnahaa i garaacay. Dhankeyga ayey usoo jeesatay iyadoo aan wax tacbiir ahi wejigeeda ka muuqan. Dhanka bidix ayey u jiiftaye gacanteedi midig ayey teydi soo dul saartay. Gacanteydi ayey majuujisay aniguna teedi. Intey kor usoo fariisatay ayey faruuryahaygi soo abbaartay. Aayar Intey ii dhunkatay ayey damacday iney dib u seexato balse anigaa intaan dhexda kasoo qabtay dhunkasho ku boobay. Dusha ayey iga soo fuushay markaasaan haddana is dhunkannay. In cabbaar ah baan si kalgacayl leh isu jaqnay. Madaxeedi baan labadeydi gacmood kor ugu qaaday markaasaa labadeenni weji iska soo horjeesteen. Waxaan is aragnay labadeeni oo isu dhoollacaddeyney.

"Wax ma kuu sheegaa?" ayaan waydiiyay.

"Maxaa?"

"Waad qurxoontahay," ayaan ku iri.

"Waan ogahay."

Qosol ayaannu la dhacnay, ka dibna waxa aannu ogaannay in qorraxdii soo wada baxday cirkana casaankii ka rogmay.

"Waa meeqa saac?" ayaan waydiiyay.

Saacaddeeda intay fiirisay ayay tiri, "Nus saac ayay ku dhowdahay."

"Waan ku faraxsanahay in aynnu kulannay," ayaan iri. "Aniguba sidoo kale."

"Haye hee, waa in aan wabiga biyo ka soo dhaansho," ayaan ku iri.

Madaxa ayay gundhisay.

"Ma i raacaysaa?"

"Maya," ayay tiri. "Waa in aan laabtaa. Waa inoo mar kale."

"Haye."

Dadkii garaashka joogay quraacdii meel dhexe ayay u maraysay markii biyihii aan jariyay keenay. [Dhaankii afarta dhalo ahaa wuu yimid]. Biibbito yar ayaa cunno looga keenay. Dhalooyinkii ayaan dhulka dhigay oo safkii galay. Canjeelo iyo shaah ayaan gatay oo la fariistay Bustaale iyo Faaruuq oo kuraas biibbitadu lahayd ku fadhiya. Waxaa ii muuqatay Nuurto oo iyada oo meel naga durugsan la fadhida hooyadeed iyo walaasheed i soo fiirinaysa. Dhoollacaddayn macruufeed ayaannu isdhaafsannay oo quraacdeenni ku jeesannay. Quraacda ka dib jidkii safarka ayaa mar kale gacta la saarayaa. Dadka qaar ayaa magaalada u raadsaday in ay sahay ka soo iibsadaan, qaar hurdo ayay ku laabteen ilaa la wada diyaar noqonayay. Baabuurta olyadooda, taayirradooda, iyo biyahooda ayaa la hubiyay, alaabtii rakaabku wateenna waa lagu raray. Dadka qaar meesha ayay farfadhiyeen oo iska sheekaysanayeen. Anigu kuwaa ayaan ka mid ahaa. Intii gaarigeenna la socotay oo dhan geed meesha ka dhawaa agtiisa ayay isku urursadeen, marka laga reebo Faaruuq iyo Maxamad oo magaalada aaday iyo Tuke oo gaariga hagaajinayay. Carabo iyo wiil ilmaheeda u yaraa oo ay dhabta ku haysay way hurdeen. Aniga, Saciid, Bustaale, Faadumo, iyo Qaali waannu wada fadhinay oo iska sheekaysanaynay. Aayooyinkay iyo dumarka intiisii kalana geedka hoostiisa ayay fadhiyeen ama jiifeen oo isaga sheekaysanayeen. Aniga iyo Nuurto hadba dhoollacaddayn sir ah ayaannu isdhaafsananaynay annaga oo iska ilaalinayna in aan toos u wada hadalno, waa intaasoo na la ka shakiyaa e. Mamnuuc ma ahayn in ragga iyo dumarku xiriir yeeshaan laakiin xoogaa waa la ceebaysan jiray, gaar ahaan dumarka dhankooda.

Dhab ahaan, yaab ayay leedahay fikradda laga haysto xiriirka ragga iyo dumarka u dhexeeya. Hoostaa laga wada qasanayaa korna waxaa la iska dhigayaa sidii aan waxaaba laga ogayn! Dhallinyaradu habeenkii ayay shukaansi tegi jireen waalidkuna way ogaayeen. Wiilasha waxaa loo oggolaa in ay gabdho guriga keensadaan, gabdhahana waa loo oggolaa in wiilal guriga ku la ballaamaan laakiin hooyadaa isha ku hayn jirtay waxay samaynayaan. Labada sheekaysanayaa fiiraaqo la ma siin jirin. Marka ay kaligood qol ku jiraan, hooyada ama dumarka kale ee qoyska ayaa hadba u soo geli jiray iyaga oo cabbitaanno ama shaah sida ama marmarsiyo kale oo qaab daran ugu imaanaya. Ujeeddadu waa in aan loo oggolaan wax dhawr shummis ka badan, in kasta oo hooyooyinku xataa intaa in la sheego oggolayn. Ma jirin hooyo sheegaysa gabdheeda oo wiilal shummiyeen. Aabbayaashuna waxba ka ama duwanayn. Waxyaalahaas yar yar isku ma shiddayn jirin laakiin marka uu maqlo gabadhisii oo meelaha hawlo intaa ka waawayn laga sheegayo si kastaba way u inkirayaan. Dhanka kale, waxay ku faanaan inta gabdhood ee wiilashadoodu guriga keensadaan! Wiilasha waxaa kaloo loo oggolaa in bannaanka u baxaan waalidka oo aan fasixin, halka gabdhuhu fasax la'aan aanay bixi karin ama ay marmarsiinyo ay ku baxaan la yimaadaan.

Si la ahaaba, shan saac barqadii ayaannu dhammaanteen diyaar noqonnay. Alaabtii, waayeelkii, iyo waalidkii ilmaha watay dhammaantood baabuurtii way fuuleen. Kolonyadii baabuurtu waxay bilaabeen in ay laamiga wayn ku faylaan. Saacad ayay ku qaadatay. Markii lixdan iyo saddexdii gaari isku daba fayleen ayuu rakaabka intiisii kale gawaarida fuulay oo qofba meel uu salka dhigo dayday. Ugu dambayn, abbaaraha toddobo saac oo duhurnimo ayaannu dhammaan u dareernay magaalada xigta oo Jawhar ah.

35

Waayadii horee wacnaa Jawhar masaafo shan iyo afartan kiilomitir ka yar ayay u jirtay Balcad. Si wax u dhaceenba, waxay nagu qaadatay in aannu galaabtaas oo dhan u sii soconno. Sababaha keenay middood waxay ahayd in laamiga gebi ahaantiisba ay burburiyeen taangiyadii miyaga ka soo galay ee u socday in ay magaalamadaxda baabbi'yaan. Baabuurta oo aad u rarnayd dartoodna waxay nagu khasabtay in aannu xawaaraha gaabinno. Sabab kalana waxay ahayd in aannu malaha tobankii daqiiqaaba u joogsanaynnay alaab ama ilme gaari ka dhacay, ama mararka qaarkood qof xaajo gudasho meel loogu joojiyo, ama marka ugu xun oo gaari hallaabo. In aannu isa sugno laba sababood ayaa noogu wacnaa. Kow, kolonyada oo aad u dheerayd darteed in la is baaso dhib ayay lahayd, midda labaana waxay ahayd in cidla' lagaagaa tago oo iyaduna khatarteeda lahayd. Maadaama Toyotadeennu kolonyada meel dhexe kaga jirtay, waxba ka aannaan qaban karin xawaaraha lagu soconayo. Xawaaraha aannu badanaa ku soconnay oo aan iskucelcelis ka badnayn labaatan kiilomitir saacaddiiba, kow iyo toban saac oo galabnimo goor ay ku dhowdahay ayaannu Jawhar gaarnay.

Jawhar wax badan kaga ma duwanayn Balcad. Sida Balcad ayuu wabiga Shabeelle u maraa. Waxay leedahay carro dhobey hodan ah dadkeeduna dalagyada beerahooda uga soo go'a ayay ku noolyihiin. Haddii Balcad caan ku noqotay suufkeeda, Jawhar waxaa lagu yaqaan qasabsokorwga wanaagsan ee ka baxa, warshad sonkoreedna way ku tiil. Jawhar labo ama saddex goor ayay ka waynayd Balcad. Jawhar markan way ka duwanayd markii iigu dambeysay. Gebi ahaanteed mugdi ayay ahayd, sida dalka intiisa kalaba aanu koronto u lahayn.

Meel wayn oo bannaan ayaannu halka magaalada laga soo galo ka helnay oo lixdan iyo saddexdii gaariba dhigannay. Habeenkaa in aannu Jawhar u hoyanno ayaa go'aan lagu gaaray. Aayooyinkay oo sugi la'aa in carruurtoodii arkaan isla markiiba waxay igu dedejiyeen gurigii aabbahay. Waxaa weheliyay Saynab, Canab, Faadumo, iyo Nuurto. Labadii waayeel oo guriga hortiisa fadhiya ayaannu u tagnay.

"Haye adeer Jimcaale!" ayaan ku salaamay. Mar kasta odayga oo afadiisa ka maqal roonaa ayaan la hadli jiray, in kasta oo ay iyadu ka arag roonayd.

"Yaa waaye?" ayuu warsaday intuu sidiisii indhaha damuujiyay.

"Cali Faarax waaye," ayay tiri afadiisii, Xaliimo.

Way na salaameen oo na soo dhaweeyeen.

"Carruurtiina aawaye?" ayay aayaday Canab waydiisay. "Mug dhawey seexdeen," ayuu yiri Jimcaale. "Maalmihii lasoo dhaafay khataraa jurtay. Kalaamkii Alle waa laga wada tegay. Waa la wada waashay. In dhib gaaraan ka baqaayey aasaan ku iray maandheyskow guriga ha ka soo bixina."

Markii uu hadalkii dhammeeyay ayay labadaydii aayaba gudaha galeen. Waxaa raacday Xaalimo oo leh:

"Suga aan faynuus idiin daaree."

Dumarkii kale way daba galeen. Anigu Jimcaale ayaan ku haray.

"Ebbehey mahaddiis waaye minaad wali nooshahay," ayuu igu yiri.

"Alxamdu Lillaah," ayaan iri.

"Alxamdu Lillaah," ayuu iga daba yiri. "Annuku duqayaan nahoo na la dili maahe waxay raadsaayaan dhallinyarada waaye."

Waxaa daaradda iiga muuqatay Xaliimo oo faynuus laalaadinaysa.

"Cali! Cali!" Walaalahay Naasir iyo Axmad oo ordaya ayaa bannaanka u soo baxay.

"Heey!" Naasir ayaan kor u qaaday Axmadna gacantuu igu dhegay.

"Fiican, aad ayaa loo fiicanyahay. Waad isdebbertaye!"

"Laba carruur ahaa lagu dilay jidka dhinaciisa kale," ayuu yiri Naasir.

Isaga ayaan toos u fiiriyay.

"Run waaye. Warso Axmad haddaa u malaynaysid in aan been shaagaayo."

"Waan kaa rumaystay."

Aayooyinkay albaabka ayay ku sugayeen intii aan carruurta waraysanayay. Dumarka intiisii kale hore ayay gudaha u galeen. Qaarkood ayay lugahoodu daaradda oo ay isku kala bixinayeen uga jeeday. Aniga oo Naasir dhulka sii dhigaya ayaa waxaa arkay laba lugood oo qurux badanoo dhaadheer.

"Na keen gudaha galnee," ayaan iri waana isa soo wada raacnay, macaa lammaanihii waayeelka ahaa.

Dumarkii markii aan soo galay ayay is ururiyeen. Lugaha qurxoon Nuurto lahayd. Wali waxay gashanayn dirigii caddayska ahaa ee saaka. Ay Xaliimo shaah bay noo karisay Jimcaalana joodariyo ayuu noo keenay laakiin lama rabin oo waa mar aan dhulka is daadinnay. Waxaa looga nafisay Toyotadii laga buuxay ee ciriiriga ahayd. Nuurto ayaan ag fariistay. Waannu sheekaysannay intii dumarka kale waayeelka la sheekaysanayeen. Walaasheed Faadumo ayaa hadba na soo jelleecaysay. Way qososhaa oo sheekadeedii iska sii wadataa. Markii la shaahay ayaan ka fasax qaatay meeshii la fadhiyay.

"Waa in aan baxaa," ayaa u caddeeyay.

"Sabab? Xaggee aadaysaa?" ayay i waydiisay Nuurto. "Guriga abtigay."

"Hooyadiis ayuu soo salaamayaa," ayay sheegtay aayaday Canab.

"Nagu salaan," ayay raacisay Fallis.

"Hayeh."

Waan baxay oo jidadkii mugdiga ahaa ku mirqay. Marka saddex saac oo habeennimo waa la dhaafay. Albaabku ma xirnayne waan riixay lee. Daaraddu nal ma lahayne wax badan ma arkayn. Tartartiib ayuu iigu muuqday hummaagga haweeney kursi ku fadhiday meel ku aaddan daaradda barteenkeeda.

"Cali!" ayay ku qaylisay, waa hooyaday. "Cali!" ayay ku celisay. "Allaan ku mahadinayaa in aad wali nooshahay!"

"Hooyo!"

Waxay aad ugu celcelisay sida ay ugu faraxday aragtidayda. Geeridii walaalaheed ayay muddo aad uga qarracansanayd. Waa markii ugu horreysay muddo dheer ka dib ee aan geeridii abtiyaashay xusuusto. Waxaan u sheegay in ay ii qorshaytahay in aan dalka isaga tago waxa aan ka baryey in ay i raacdo.

Way diidday. Waxay tiri maankeeda ma soo marin karto in ay dalkeeda ka tagto, haddana ay duqowday oo aanay karin. Safarka ayay iigu ducaysay nasiibwanaagna way ii rejeysay.

"Awoowe aaway?" ayaan waydiiyay.

"Wuu hurdaa."

"Lacag Xasan ii soo dhiibay ayaan reerka u wadaa." "Bal aan isku dayno in aan la hadalno."

Gudaha ayaannu u galnay qolkii odaygu hurday. Hooyo ayaa u yeertay laakiin u ma uu jawaabin. Anigaa u yeeray, markaa ayuu soo hambaabiray oo fariistay. Sida uu ildarnaa ee u jilcay, anigaaba dirqi ku gartay in uu awoowihii aan aqiin yahay! Gacanta ayuu i qabtay oo intuu tuujiyay tartiib u hadlay, sidii uu i la faqayo. Wax badan laga ma fahmi karin hadalkiisa.

Wuxuu isku khaldayay magacyada. Magacyada wiilshiisii geeriyooday ayuu badanaa iigu yeerayay. Mararka qaar wuxuu iigu yeerayay magacyo aanan waligay maqal. Laba mar ayuu iigu yeeray magacyga. Waxba ku ma dhibsan. Qorshayga oo dhan ayaan u sheegay laakiin shaki baa iiga jiray in uu xataa dhegaysanayay. Hadallo isku dhex yaacsan oo wiilashiisii ku saabsan ayuu waday intii aan la hadlayay. Dhawr mar ayuu si qumman ii la hadlay oo igu yiri:

"Caliyow isjir hee! Dadku way waasheen. Diintoodii iyo garashada qummanba way ka tageen. Hooyadaa ka ma ceymato in ay adigana ku wayso."

"Haye awoowe," wax aan ahayn ku ma oran karayn.

"Aan iska deynno yeynnaan dhibine," ayay ugu dambayn hooyo dhegta iigu sheegtay, sidaana waan ku macasalaameeyay. Saddexdii boqolee kun ee Xasan soo dhiibay ayaan siiyay.

"Lacagaa! Lacag. Lacag keli ah. Lacag sideen yeelaa?" Jirjirka ayaan ka dhunkaday oo ka tegay isagoo wali sariirtiisii fadhiya oo indhaha ku haya kuuskii lagacta ahaa.

"Sidaa ayuu ahaa ilaa iyo waagii wiilashiisa la laayay," ayay hooyo tiri markii aannu daaradda u soo baxnay, ka dib oohin ayay bilowday. Hab ayay i siisay i mana sii deyn ilaa ilmadii dhabannadeeda ka hooraysay istaagtay.

Hooyo iyo anigu xoogaa ayaannuu daaradda ku sii sheekaysannay. Waxay ii samaysay bariis iyo kalaankal aad u macanaa. Caanana way i siisay. Cashaqdii ka dib ayay i sug igu tiri oo qolkeedii ku laabatay. Xoogaa ka dib ayay iyada oo boorsadeedii gacanta sidata soo baxday.

"Lacag safarka kuugu filan ma haysataa?" ayay i waydiisay, iyada oo gacmaha boorsada ku la jirta oo wax ka baarbaaraysa.

"Haa, waan haystaa," ayaan ku iri.

"Hoo, qaado intan, waad u baahan doontaaye," ayay igu tiri, iyada oo gacan ii soo taagaysa.

"Maya hooyo. Lacag igu filan waan haystaa. I aammin." "Qaado lacagtaan maandhow, aniga wax lacagi i tarayso ma aqaane. Midda kale, waad u baahan kartaa. Ma ogid." Lacagtii ayaan ka qaatay. In badan ayay u ekayd. "Waa hal milyan oo shilling," ayay raacisay.

"Mahadsanid hooyo."

"Ma halkaan ayaad rabtaa inaad seexato mase...?"

"Maya hooyo. Ma yeeli karo. Ma aqaan goorta aannu dhaqaaqi doonno. Waxaa roon in aan rakaabka intiisii kale la joogo."

"Haa, waad saxantahay," ayay igu raacday oo foolka iga dhunkatay. "Waa in aad dhaskhsato haddii aad doonayso in aan seexato," ayay raacisay iyada oo saacad u xirnayd iftiinka dayaxa oo daciif ahaa ku fiirinaysaa. "Afar saac way dhaaftay," ayay tiri.

Waan macasalaameeyay oo ka tegay. Dadkii badankooda oo mar hore seexday ayaan gurigii kale gaaray. Saynab iyo Nuurto kali ah oo daaradda oo mugdi ah ku sheekaysanaya ayaan ugu tegay. Waxaan dareensanaa in waxyaalaha ay ka hadlayeen aan anigu ka mid ahaa. Waan salaamay oo labada hablood dhexdooda fariistay.

"Qandacin waan isaga baahanahay," ayaan iri markii meesha diirran salka dhigay.

"Annaguba ka ma dayrinanaynno," ayay tiri Nuurto. "Haye, hooyadaa say ahayd?"

"Fiican," ayaan ku iri. "Awowgeyse xaalkiisu ma fiicnayn." "Haye hee, waa in aan seexdaa. Habeen wanaagsan," ayay tiri Saynab.

"Habeen wanaagsan. Hurdo wacan led," ayaan ku iri. "Gabadhaas qalanjada ah ogow hee Caliyow," ayay raacisay, iyadoo kaligeed sii socota.

"Haye."

Labadeenna ayaa daaraddii isugu soo harnay. Isla markii Saynab qolka gashayba dhunkasho ayaan isku billownay. Goor aan in cabbaar ah isu dhunkannay sidi maanta oo kale, ayaan gacanteydi diraceedi hoosta ka galiyey oo bawdyaheedi dareemay.

"Xoogaa aan sugno," ayey cod hoose igu tiri, "dadki baa weli soo wada jeedee."

Barteenni ayaan is fidinnay innagoo iftiinsaneyna nuurka daciifka ah ee dayaxa ka imanayey.

"Horta maxaad adiga iyo Saynab ka sheekaysanayseen?" ayaan waydiiyay.

Intii aanay ii jawaabin ayay baakad sigaar Benson & Hedegs ahaa oo aan sitay iskeed xabbad dheer uga la baxday. Tarraq baan ugu qabtay, markaas ayay inta jiidday oo meel fog ka dhaadhicisay cirka madow qiiq bul ku siisay.

"Waxba gaar ahaaneed ka ma sheekaysanayn. Iska arrimo gabdheed lee. Waad iska taqaan."

Intaan dhexda soo qabtay baan jirkeedi kululaa keygi ku nabay. Wey igu soo dhagtay oo gacanteydi barkin ka dhigatay. Xoogaa baan isi salaaxnay Markey lasoo boodday:

"Saynab waxay kuu haysataa wiil wanaagsan."

"Waxay ii haysato dan ka ma lehiye adigu maxaad ii hasyataa?"

"Wiil aad u wanaagsan baan kuu haystaa."

Maba sii sugin. Ma ogi sida iyo goorta ay dhacday e waxaan is arkay anigoo dusha ka saaran. Cabbaar baan is jaqeyney markaan diraceeda kor usoo feyday oo dareemay kuleylka jirkeeda. Gunuunuc aanan fahmin bey ku hadaaqeysey balse waxa keliya ee aan saani u maqlayey waxay ahaayeen labadeenna neefood. Ibaheedi soo taagnaa ayaan jaqid ku billaabay intaan nigiskeedi hoos u siibay illaa uu cagaheeda gaaray. Intey nigiskii dhinac isaga filiqday bay jiinyeerkeygi furtay. Lugaheedi dhaadheeraa baan kor u qabtay oo dhex galay cajarradeedi kululaa. Wey guuxeysay, aniguna waan gariirayey.

Anigoo weli dusha ka saaran ayuu Oday Jimcaale oo musqusha u socday ayaa nagu soo baxay. Midkeenna isma dhaqaajin. Intaan afka ka qabtay baan si hoose Nuurto ugu iri:

"Shib dheh si fiican wax u ma arko e!"

Degdeg baan usoo haabannay maryaheenni agagaarkeenna daadsanaa oo shanqar la'aan dharki isku boobnay markuu odaygu kusii mirqayey iridda alwaaxa ah ee musqushaba.

"Nigiskeygi ma hayo," ayey igu tiri.

"Naa bal aamus," ayaan hoos u iri, "iska jir, odaydu aad buu wax u maqlaaye."

Waxaan raadis sku billaabay nigiskeedi, waxaanan aakhirki ka helay meel aan ka fogeyn iridda laga galo qolka odeyga iyo islaantiisa. Annagoo hoos u qosleyna ayey nigiskeedi dhexda ka gashay. Waxaan maqalnay iriddi musqusha oo lasoo furayo, markaasaan intaan sigaar shidannay baan derbiga ku santeecsannay.

”Ar yaa waaye?”

”Waa aniga adeer. Waa Cali,” ayaan ku iri.

”Safar dheeraa ku sugaayee waa in aad seexataa.”

”Haye.”

Odaygu intii sii tukubayay ayuu xatabada albaabka ku hordhaban gaaray. Gudaha ayuu ku laabtay. Sigaarkeennii annaga oo aammusnaan ku cabbayna ayay Nuurto hadal ku bilowday, ”Horta intii dagaalku socday maxaad ka shaqaynaysay?”

“In aadan ogaan baa roon.”

”In aan ogaadaan rabaa,” way ku adkaysatay.

”Haye, dad baan laynayay.”

Waxaa cajiib ah, in dhibbanaha kali ah ee xusuustaa uu yahay maxbuuskii in uu iga cararo damcay ee aan toogtay.

“Adiguna? Maxaad qabanaysay? Marba magaalaad u qaxaysay miyaa?”

“Maya,” ayay tiri, iyada oo aan i fiirin. ”Dadka ayaan caawinayay.”

“Dad ayaan caawinayay?”

“Haa, dhaawaca.” Way i soo eegtay. “Kalkaaliso ayaan ahaa.” “Kalkaaliso?” ayaan iri. Maxaa isdiiddo taagan!, ayaan niyadda iska iri.

“Hmmm.”

“Ma kalkaaliso USC ayaad ahayd mase mid dhab ah?” Magaca “USC” waxaa loo adeegsan jiray qof wax noqda intii dagaalka USC socday. Marka dadkaas laga hadlayo, waxaad maqalaysaa magacyada darawal USC, askari USC, kalkaaliso USC iwm.

“Kalkaalsiso dhab ah,” way dhoollacaddaysay. “Aniga oo Isbitaal Digfeer markaa ka shaqo bilaabay ayuu dagaalku bilowday.

“Kolley rafaad dad waad us oo joogtay marka.”

“Aad oo wayn.”

“Kolley xabbad lagugu ma ridin haddii aadan furinta dagaalka ku jirin,” wax kaloo aan iraahdo ayaan garan waayay.

“Waan dhaawacmay.”

"Dhaawacmay? Sabab?"

"Caawinta dadka darteed."

"Qabyaalad?" ayaan la soo booday.

"Qabyaalad."

Habenkaas toban saac markay saacaddu ahayd ayaannu hurdo madaxa dhignay.

36

Laba iyo tobankii iyo xoogaa aroornimo ayay waayeelladii aniga oo madaxu hurdo ila culusyahay na kiciyeen. Ma kici lahayn haddii aanan ahaan lahayn ninka kali ah ee xoogga leh ee guriga joogay.

"Cali," ayay tiri aayaday Canab oo garbaha i jiljilaysa. "Gaarigii bal fiiri. Ma aqaan goorta aannu dhaqaaqi doonno, meel aan joognana ma yaqaannaan e."

"Dadka kale ha sameeyaane i daa," ayaan ku gunuunucay oo dhanka kale isu rogay.

"Ma dumarka?" ayay si maadaysi leh ii waydiisay.

Necbiyaa dumarka ayaan uurka ka iri. Maxay curyaan isaga dhigaan horta? Joodarigii ayaan ka kacay oo aniga oo dheelalawsan qolkii ka baxay. Fallis iyo carruurtii way hurdeen. Labadii waayeel shaah ayay daaradda ku cabbayeen, dumarka qolka kale ku jirana codkooda ayaan maqlayay. Waxay ii la ekaayeen in ay markaa uun toosayeen.

"Ugu dambayn toostay," ayay tiri Xaliimo. Odaygu intuu cadceedda subxeed indhaha gacmaha kaga daahday ayuu i soo fiiriyay.

"Subax wanaagsan," ayaan ku salaamay aniga oo indhaha marmaraya markii aan sii dhaafayay ee albaab yaroo alwaax ah aan bannaanka uga baxay.

Aniga oo aan cidna wali waraysan ayaa la igu taabtay in aannu habeen labaad Jawhar u hoyan doonno. Aad baan u daallaanaaye abaal baan ku qabay in la baaqdo. Faaruuq iyo Saciid ayaa gurigii igu la soo laabtay. Faaruuq ayaa yiri waa in aan ogaadaa meesha aad joogtaan si uu noogu yeero marka na loo baahdo. Saciid wuxuu rabay in uu saaxiibtiis Saynab soo arko wuxuuna igu dacaayadeeyay in aan gabdhihii oo dhan watay aniga oo aan cidna u sheegin.

Dumarkii oo toosay ayaannu xaafadda nimid. Saciid wuxuu sheegay in uu xoogaa halkaan saaxiibtiis la sii joogi doono. Walaalahay yar yar oo daaradda isku carysanaya ayaannu xoogaa u fiirsannay. Faaruuq wxuu sheegay in aanu xalay hurdo fiican helin oo carruurtu madaxa xanuujiniyaan. Markaa ayaan u soo jeediyay in aannu guriga hooyaday tagno oo halkaa si fiican u seexan karno. Dadka intiisii kale waxaannu u sheegnay in aannu beri subax u imaan doonno waana ka tagnay.

Hooyo aad ayay ugu faraxday in aan habeen kale sii joogo. Quraac wanaagsan ayay noo samaysan; beer shiilan oo basal iyo yaanyoshiid lagu daray, iyo rooti. Waxaan u sheegnay in aanay na kicin, xataa haddii aannu toddobaad dhan hurudno, ka dibna sariiraha ayaannu beegsannay.

"Oo qadana?" ayay na waydiisay.

"Iska dhaaf."

Maaliintii oo dhan ayaannu hurudnay. Goor ay laba saac oo habeennimo ku dhawdahay ayaan calooldhuuri la soo kacay. Gaajaa i haysay. Hareeraha ayaan fiiriyay, markaa ayaan arkay faynuus daaran oo miis saarnayd iyo Faaruuq oo wali hurdo la khuuarinaya. Markaan isaga arkay ayaan hurdo ku laabtay. Wuu xabad qaawanaa sidiisii horana wuu iga la buurnaaday. Araggiisa iyo waxa ka yeerayay waxay i xusuusiyeen mid aannu carruurnimadii saaxiibbo ahayn oo mar kasta fikarado yaab leh ka qabay dadka buurbuuran. Wuxuu sheegi jiray in dadka buurbuuran sababta ay khuuriyaan tahay baruur badan oo ay dhuunta ku leeyihiin. Wuxuu kaloo rumaysnaa in dadka buurbuurani aanay sahal ku gaajoon oo ay kaydka jirkooda xayrta ah quutaan. Waan istaagay oo qolkii intaan ka soo baxay daaradda ugu imid Hooyo oo iyada oo aammusan ku fadhida isla gambarkii ay xalay ku fadhiday.

"Hooyo?" ayaan ku iri.

"Hee maandhow," ayay iigu jawaabtay.

"Waa meeqa saac?"

"Habeenbar ayay ku dhowdahay."

"Waan seexan waayay."

"Waan filayay," ayay tiri intay gambarkii ka soo kacday. "Gaajaa ku haysa."

"Naf baan ahay," ayaan ku iri. "Wax la cuno ma haysaa?" "Haa. Cashadii aan sameeyay ayaa wali jikada taal," ayay tiri.

Jikada ayay aadday aniguna qolka ayaan ku laabtay si aan Faaruuq u soo kiciyo. Horuuba hadalkayga ugu kacay oo shaati buu gashanayay markaan u tegay. Markii aannu soo baxnay, aniga oo faysnuustii lalminaya, Hooyo cashadii waaba ay diyaarisay. Joodari daaradda yiil ayaannu ku fariisannay oo cunnadii hooyo noo diyaarisay iftiinka nusuuxska ah ee faynuusta ku cunnay. Cashadu waxay ahayd digirguduudey kulul iyo bariis la isku kariyay oo subag saafi ah lagu iidaamay. Caano diirranna waannu dhannay. Markii aannu dhammaysannay hurdo ayaannu ka sii qaadnay, ka dibna sariirahaan toos ugu laabannay. Subixii laba iyo toban saac ka hor ha na la kiciyo ayaannu codsannay.

37

Hooyo waxaan u sheegnay in aanay quraac isku dhibin, illeen waa waqti horee. Waxay u muuqatay in ay aad u madluunsantahay oo wax kasta walwal ka qabto. Waa macasalaamaynnay koob shaah ah markii aannu cabnayna lugta ayaannu furnay. Hal saac oo wax dhimman ayaannu kobtii baabuurta oo dhammi yiilleen soo istaagnay iyada oo qof kastaa diyaar yahay. Ay Mako gaar ahaan, waxay u ekayd in ay sugi la'ayd imaanshaheenna.

"Maxaa idin daahiyay?" ayay na waydiisay isla markii ay na aragtay.

Wax yar ka dib ayaannu ogaannay sababta na loo daahsaday. Mashaqo hor leh ayaa na sugaysay! Waxaa la isla dhex marayay in kooxo mooryaan ah lagu akay miyiga magaalada koofur ka xiga, jihada waddada aannu ku safri lahayn. Dhac, dil, iyo kufsi ayaa laga soo sheegay. Dadka waqooyi iyo galbeed u qaxaya ayay beegsanayeen, sababtoo ah waxay ka filayeen in ay wataan lacag iyo alaab qaali ah, iyo gaar ahaan dumarka oo dahab lagu tuhmayo. Kooxahaas budhcadda ahaa dan ka ma lahayn qabiilka qofka. In ay Hawiye ahaayeen baa la sheegayay. Markii hore Daarood nacayb ayay ku bilowdeen ayaa la yiri oo qof kasta oo Daarood ah oo magaalamadaxda ka soo qaxana way joojin jireen, haddase waxaa la sheegay in ay bililiqo u barteen oo qorshahoodu yahay in ay qof kasta joojiyaan, qabiilka uu doono ha ahaadee. Mooryaan caddaysatay ayay ahaayeen.

Waxaa lagu sii heshiiyay in gaari kastaa uu masuul ka yahay rakaabka uu sido. Taa macnaheedu waa in aannu magaalada ka kiraysanno mooryaan kale oo mooryaantaas naga difaacda. Kooxdii gaarigeenna la socotay arrinta waa laga wada hadlay in xal la gaarana way yara adkaatay. Waa marka hore e, magaalada dad aan ahayn hooyaday iyo awowgey oo iyaguba marti ku ahaa ka ma aannaan aqoon. Tan labaana, dadka badankiisu haween ayay ahaayeen ama carruur aan waxba ka tari karin. Arrimaha qabiilka la xiriira waxay u yaalaan ragga waayayn

– odayaasha. Waxaan ku khasbanaannay in aanu talo raadsanno. Aniga iyo Faaruuq ayaa baxnay oo gurigii aabbahay soo aadnay, si aannu oday Jimcaale u la soo tashanno. Sida wax u jiraan ayaannu uga warrannay. Si fiican ayuu noo dhegaystay ka dibna noo sheegay in aannu sugno. Noo ma uu sheegin meesha uu aadayo laakiin waxaan malaynnay in uu la kulmi doono rag arrinta wax ka qaban kara. Wax badan naga ma uu maqnay. Markii Jimcaale soo laabtay waxaa la socday laba nin oo dhallinyaro ah oo AK47 ku hubaysan. Jimcaale wuxuu noo baray in ay tolka hoose i la yihiin. Difaaciddiina wax kasta way u hurayaan ayuu nagu yiri. Magacyadoodu Ismaaciil iyo Deeq ayay haayeen.

Si xaal ahaaba, goor ay lix saac oo duhurnimo tahay ayay baabuurtii oo dhammi diyaar noqdeen, iyada oo ay jirtay in badankoodu aanay haleelin in ay ilaalo kiraystaan. Sababta qaarkood aanay ilaalo ay kiraystaan u waayeen waxay ahayd in ay rakaabkooda ku jireen Daarood caan ahaa. Ilaalada kirada ahi waxay ka fogaanayeen iskudhac aan loo baahnayn oo dhex mara iyaga iyo mooryaanta kale oo aan iyaga aanay colaadi ka dhexayn, dantooda ugu waynina waxay ahayd lacagta la siin doono. Waxay sheegeen in aanay doonayn in ay dagaallamaan laakiin aanay doonayn in la sheego in la soo kiraystay, illeen lacagtay isku qabsanayaane. Kali ah waxay rabeen in ay sababta ay noo ilaaliyaan ku sababeeyaan in aannu Hawiye nahay oo sidaa awgeed aanu Hawiye kale na layn. Labaydii walaal ee yaraa dhanka carruurta ayay boosas ka heleen. Ismaaciil iyo Deeqna Toyooyadii laga buuxay ayaannu boosas uga helnay. Qoryahooda ayaa garbaha uga lushay. Ismaaciil wuxuu fariistay qafiska darwalka ka sarreeya, Deeqna wuxuu gaariga ku la dabadhegay Tuke. Markii waxay sheegeen in ay qofkiiba nus malyan ka qaadan doonaan laakiin gorgortan badan ka dib waxay oggolaadeen in ay dhammaanteen nus milyan naga qaataan. Intaa ka sokow, aad ayay u degganaayeen una aammus badnaayeen.

Lix saac goor ay ku dhawdahaya ayaannu dhaqaaqnay. Saacad ayaannu magaalada kaga fogaannay waxna ma dhicin. Abbaaraha sideed saac markii ay ahayd ayay baabuurtii oo dhammi istaageen annagana naxdini noo timid. Waxa horay ka dhacaya ma aannaan arki karin oo kolonyo dherer badan oo baabuur ah ayaannu dhexda kaga jirnay. Midkeennaa ma doonayn qirashada in ay dhici karto in waxa na istaajiyay mooryaantii yihiin. Waxaannu isugu laabqaboojinnay in ay dhici karto in mid baabuurta hormuudka ahi hallaabay. Shan daqiiqo oo u ekayd shan sano oo cimrageenna ah ayaa na dhaaftay. Ismoogeysiini dhammaatay hadda e inteennii wiilasha ahaa, marka laga reebo

Faaruuq, waannu degannay, si aan u aragno waxa meesha ka jira. Halkii ay ahayd in aannu hore u soconno oo meesha soo aragno ayaannu Toyotadii ag istaagnay oo meelaha wax ka jeedaalinnay. Cir kaa dheer dhul kaa dheer ayaannu joognaa. Laamiga ma aha e meel kasta waa doog. Dhir qodxaaley cufan ah ayaa laamiga labadiisa dhinac sidii derbiyo ugu teedsanayd. Dhulka laamiga ka baxsan waxaa ku yiil beero gacanno biyood dhuudhuuban oo wabiga laga soo faruuray dhex maraan. Muddullo teelteel ah ayaa muuqday laakiin dad dhaqaaqa la ma arkayn. Waxa ali ah ee la maqlayay waxay ahaayeen matoorro ramram leh iyo codadka dad la mooddo in ay hoos isu la faqayaan. Waxay u ekayd in dhallinyaradeenna baabuurka ka soo degtay ay rejeyn lahaayeen in ay dhulka xididdo ku yeeshaan intii ay xagga hore aadi lahaayeen oo soo arki waxa aannu malaynaynay in ay xagga hore ka socdaan.

Xagga hore ayaannu u sii leegleegsannay labadeennii waardiye oo qoryahoodii sitana way na daba galeen. Nin da' dhexaad ah oo lacagley isku kalsoon u eg ayaa ka soo degtay bas naga dambeeyay oo nagu soo biiray. Wax yar ka dib ninkaa ayaa na hooggaaminayay isla markkiibana waxa aannu gaarnay gaarigii kolonyada u horreeyay oo ahaa FIAT xammuul ah oo dad iyo alaabtoodii afka ka hayaan, sariiro laga bilaabo ilaa roogag. Layaabka dhacay, wax dareen leh ma noo ma muuqan. Ninkii daaqadda darawalka ayuu beegsaday.

"Maxaa dhacay?" ayuu waydiiyay darwalkii.

Darawalkii isaga oo aan eray oran ayuu madaxa ugu tilmaamay dhanka kale. Indhihiisaan raacnay, mase wiil yar oo aan lix iyo toban ka waynayn ayaa meel halkeer ah taagan oo darawalka qori ku soo fiiqaya! Wiil kale oo ilaa sagaal iyo toban jir ah oo meel uu ka soo baxay aan la arag ayaan isaguna annaga qori nagu soo taagay. Si aan caadi ahayn ayaan hal mar u wada aammusay.

Aniga oo wali xoogaa rejo ah qaba ayaan arkay saf dhan oo rag hubaysan ah oo dhulka saf ballaarn u jiifa qoryahoodiina safka baabuurta ah shiikha ku hayaan. Halkaygii baan ku qallalay. Rejadii yarayd ee aan qabay cirkay u bidday. Nin da' dhexaad ah oo indho laga baqo leh ayaa ka soo kuday duurka. Isaga oo laba boobe iyo bastoolad ku hubaysan ayuu na soo aaday oo darawalkii beegsaday. Qoryaha uu sito cidna isaga oo aan ku taagin ayuu soo socodboosiiyay. Nin taliye ah buu u ekaa. Laakiin intii aanu darawalka la hadlin ayuu ninkii taajirka u ekaa ee na hoggaaminayay isaga la hadlay.

"Maxaad naga rabtaa oo noo joojisay?" ayuu waydiiyay. "Kumaad tahay adigu?"

"Anigu Ugaas baan ahay."

"Waaba adiga ninka aad raadinayay!"

"I soo raaca," ayuu ku amray Ugaaskii oo xaggii duurka ku laabtay. In aannu raacno isku daynay laakiin labadii dabley ee dhallinyarada ahaa ayaa na celiyay. Qoryaha ayay dib noogu riixeen. Wajiyadooda iyo murugo iyo didid isku qooshan ayaa ka muuqday.

"Ugaaska kali ah baa i soo raaci kara," ayuu ku nuuxnuuxsaday taliyihii baas.

"War ugu yaraan ragga qaar ha i raacaan," ayuu codsaday Ugaasku.

"Saddex yay ka badnaan hadde."

Waxay u ekayd in mar aan dheerayn xaaladdu degi doonto haddiiba mooryaantu wadahadal oggolyihiin. Ugaaskii saddex ayuu raggiisii ka la baxay wadahadalkiina wuu bilowday. Koox daawato ah oo rakaabkii baabuurta la socday ka mid ah ayaa nagu soo biiray annaga oo meel dheer ka daawanayna doodda aadka u kulul ee ragga dhex maraysay.

"Maxaad ka waddaa ha la soo wada degto?" Ugaaskii oo ku doodaya ayaannu maqalnay. "Maad sheegtid waxaad naga rabto ka dib aan aragno waxaan ka qaban karnee?"

"Waxaan ku iri, u sheeg dadkaaga in ay baabuurta ka soo wada degtaan!" ayuu ku qayliyay ninkii. Labadii dabley ee hareeraha naga joogay ayaa qoryahoodii xagsaday oo nagu soo taagay. Labada kii yar ayay qalqaallinimadu aad uga muuqatay markii uu qoriga soo rogtay.

"Laakiin suuragal ma aha," ayuu Ugaaskii ku qayliyay. "Taasi waxay nagu qaadanaysaa galabta oo dhan! Waqti u ma haynno!"

Nin kale ayaa ka soo dhex baxay raggii dhuljiifka ahaa. Isaguna isaga oo socodka boobaya ayuu Ugaaskii soo abbaaray.

"Maxaad is moodaysaa marka aad amarkeenna ka hor imaanayso?" ayuu yiri, intuu Ugaaska wajiga wajiga u saaray. Ka dibna intuu taliyihiisii ku jeestay ayuu ku yiri, "Waxba ha la xaajoon ninkan. Amar sii oo afkaaga hayso ku dheh."

"Ku noqo halkaagii!" ayuu taliyihii aayar ugu amray.

Ninkii halkiisii ayuu laabtay oo beerka dhulka dhigay, isaga oo qorigiisii si halis ah Ugaaska ugu beeganyahay.

"Maad noo sheegtid waxaad rabtaan aannu idin siinnee," ayuu yiri mid raggii Ugaaska ka mid ah.

"Sidaasaa noo fududaan lahayd," ayuu raaciyaya Ugaaskii. "OK. OK," ayuu yiri taliyihii. "Wixii aad qoryo sidataan oo dhan ayaannu doonayaa."

"Suuragal ma aha!" ayuu yiri Ugaaskii oo xanaaq qarka u saaran. "Sidaas dabbaallo u ma nihin oo hubkeenna oo dhan dhiibi maynno innaga oo aynu labadeennuba ognahay qurunka maankiinna ku jira ee aad hadhow doonaysaan in aan ku aqdaamataan. Danta maad u soo dhaacdhacdaan oo noo sheegtaan waxa aad dhab ahaan naga doonaysaan."

Taliyihii wuxuu Ugaaskii ku eegay indho ay ka muuqato 'waad arki doonta tan kaa raacda waxa aad ku hadashay', ka dibna wuxuu eegay labadii dhallinyarada ahaa ee hareeraha naga joogay, sidii aammusnaanta amar ku siinayo.

"I maqal," Ugaaskii ayaa mar kale isku deyay. "Waannu wada ognahay in aad lacag raadinaysaan. Sheegta intaad rabtaan oo aynnu ka wada hadalno."

Labadooda kii yaraa ayaa bambo jeebka la soo baxay oo gaanjada ilkaha kaga siibay. Dhankii baabuurta ayuu us oo dhaqaaqay, isaga oo doonaya in uu bartamaha ka istaago. Nin ayaa duurka ka soo baxay oo wiilkii ku qayliyay. Wiilkii wali bambadii ayuu gacanta ku sii hayay waana iska ogaa in ay mar aan dherayn kolley qarxi doonto, sidaa awgeed gaarigeennii ayaan ku orday, isagiina dhexda ku sii maray. Aayaday Canab iyo dad kale oo aan badnayn ayaa gaariga ag taagnaa. Wiilka baas intaa aan ordayo ishaan ku hayay. "Bambaa qarxi doonta! Qof kastow carar!" ayaa ku qayliyay.

"Ilaahow!" ayaa lagu wada cataabay.

Ninkii wali wuxuu cayrsanayay wiilkii oo xaggayaga u soo ganan.

"Gaariga ka wada degooy!" ayaan mar kale ugu qayladhaamiyay, anigoo Toyotadii sii koraya. Bannaankaa loo wada booday. Waan soo degtay oo markaan dhawr tallaabo qaaday dhambacaad dhulka isugu tuuray.

"Boom!" Bambadii ayaa qaraxday. Dadkii baa wada qayliyay. Waxyaalo firirkoodu duulduulaya waa la arkayay. Markii hore halkii aan shafka u iil ayaan ku qallalay laakiin markii aan maqaly xabbado dhacaya ayaan istaagay oo orod isku deyay.

Dad iyo wixii kaloo iga hor yimidba waan ku sii hordhawday dabadeedna waddada ayaan u dhacay. In aan waddada aal waxaan ku gartay jilbaha yaa markii aan dhacay aad ii xanuunay. Dadka qaarkood ayaa igu dul kufay. Qaarkood way iga dul boodeen oo cagaha wax ka dayeen. Xabbadihii ma kala joogsan. Waan istaagay oo haddana cararay, aniga oo qoyskaygii meelaha ka fiiriniya.

"Axmad! Naasirow!" Walaalahay ayaan u dhawaaqay. "Canab! Fallis!" Aayooyinkayna waan u yeeryeeray.

Anigaaba codkayga dirqi ku maqlayay, iska daa in la i maqlee, xabbadaha argaggaxa leh iyo dadka qaylinaya dartood. Intii aan cararayay ayaan Fallis helay. Gacantaan ku dhegay oo la fakaday.

"Wiilashii meeye?" ayay ku qaylisay.

"In ay adiga ku la joogaan yaan u haystaye!" ayaan ugu jawaabay.

In ay dib u laabato ayay damcaday. Waan qabtay.

"I sii daa!" ayay ku qaylisay mar kale, iyada oo isku deyaysa in ay iska kay fujiso.

"Halkan igu sug anigaa soo helayee," ayaan ku iri.

Dib ayaan ugu cararay halkii dadku ka soo cararayeen.

"Axmad! Naasir!" Waan u yeeryeeray.

Waxaa ii muuqday dableydii oo meelihii ay ku jireen ka soo ruqaansanaya. Geedkii ay aayaday oo cabsi la jaraynaysa fadhiday ayaan dib ugu cararay.

"Maandhow dadka aynnu la cararno!" ayay iga bariday. "Talo san ma aha taasi. Halkeennaan joogaynnaa."

Markii ay aragtay dableydii oo dadkii badnaa xabbado ku cayrsanaysa ayay taladaydii ku qanacday. Gacantaydii ayay xoog u qabsatay oo dhulka isku qodobtay. Dadku tarab tarab ayay u daadanayeen. Dableyda inteedii kale baabuurtii baarasho iyo bililiqaysi ugu dhaqaaqeen. Baabuurtu geedka aan ku jirnay ka ma fogayn oo waxaannu ka baqaynnay in dableyda baabuurta fuushani na arkaan.

"Gabbo!" ayaan ku iri Fallis annagoo meeshii ku qallalnay. Waxaan u jeednay raggii oo guranaya TVyo, VCRro, boorsooyin, iyo xataa kartoonno baasto ah. Waxba iyaga ama annaga qiime u leh ka ma ay tegin. Kooxdii dadka cayrsanaysay ayaan soo laabtay si ay bililiqadii qaybtooda uga helaan. Muddo yar ka dib xabbadihii way yaraadeen dhammaantoodna iyagoo alaabo tuurta ku sita ayay duurkii ku noqdeen.

Markaa ayaan maqlay dumar badrooranaya, carruur ooyaysa, iyo rag waawayn oo ooyaya. Dadkii waxay bilaabeen in ay soo noqdaan ka dib arkii ay ogaadeen in dableydii ka hareen. Dadkii ayaannu isha la raacnay oo walaalahy ka dhex baarnay. Ka ma dhex muuqdaan!

"Meeye?" ayay i waydiisay Fallis.

"Ma aqaan."

Mooryaantii oo bililiqadii sii sita ayaa wali xabbado ridayay, laakiin sidii hore u ma darnayn meel ama cid gooni ahna la ma beegsanayn. Dadkii soo laabtay qaarkood geedkii hoostiisa ayay na la soo istaageen, qaarna meel fog ayay waxa dhacaya ka daawanayeen.

Sidii loo walaahoobayay ayuu hortayada taangi ka soo baxay. Aad ayuu u dheeraynayay boorna wuu kicinayay. Isla markiiba jawigu wuu isbeddelay. Waa la wada aammusay. Mooryaansii rasaastii bay joojiyeen. Dhammateen mashiinka yaabka leh ayaannu la amakaagnay. Sidii mucjiso ku dhacday ayay mooryaantii bilaabeen in ay cagaha wax ka dayaan. Taangigu waddadii ayuu ka bayray oo iyagii xaggii duurka u cayrsaday. Dadkii madaxa ayay qabsadeen. Qablankii taagigaa msr dsmbr aammusay. Aammusnaan baa la isku waraystay. Durba rejo ayaa la yeeshay laga qabo nolol dambe, ka dib wixii la ogaa ee la soo maray! Wax muuqda ma ahayne waa dareen awooddiisa qalbiga uun laga dareemi karo.

Dadkii baabuurtii dib uga ma ay kala ordin. La is mana fiirin. Waxaa la moodayay sidii qof kastaa wixii neef saableydiisa ku jiray soo afuufay dabadeedna neef wayn jiiday. Waxay u ekayd in dhiiggoodii wareeggiisii dib u bilaabay. Nololey macaan baa irdaha nagu soo garaacday. Neecaw xornimaa dhabannada naga salaaxday.

Dadkii oo aan wali halkoodii ka dhaqaaqin ayuu qaddar daqiiqado ahayd ka dib mashiinkii mucjisada ahaa soo muuqday. Markaa uun ayay dadkii hawl ku dhaqaaqeen. Waannu sacbinnay. Waxaannu u sacbinnay sidii carruur daawanaysa filin hindi ah oo geesigii atooraha ahaa atirashadii badbaadiyay. Nin foolsaab xiran ayaa madaxa ka soo taagay hogga yar ee taangiga dushiisa ka furan. Ku noqda baabuurtiinnii!" ayuu ninkii ku qayliyay isaga oo gacanta u haadinaya dhankii laamiga ee baabuurtu safnaayeen. "Dhakhsada oo baabuurta ku noqda!" Sawaxankii ayaa haddana bilowday. Baroor, cabaad, iyo oohin ayaa la siku daray. Indho xumaa goobta ku dhammayd. Dad ayaa hore iyo gadaal u ordayay iyaga oo eheladoodii u yeeryeeraya, ama fuulayaa baabuurtii ay la socdeen. Waxaan is arkay aniga oo kaligay geedkii hoos taagan. Aayaday tagtay. Aniga oo hareerahayga fiirfiirinaya oo is leh gaarigii aannu la soconnay beegso ayay wax ii muuqdeen. Waa haweeney ilaa soddomeeyojir ah oo sida dadka kaloo dhan is lahayd gaarigaagii gaar laakiin aad u gaabinaysay. Addimadeedu kuwo hawshoodii gabay ayay u ekaayee. Dhulka ayay ku dhacday. In kasta oo aan ruuxaygu cabsi la xanuunsanayay, waan u gurmaday.

"Dhakhsada! Dhakhsada! Ku noqda gawaaridiinnii!" ayuu taangilihii wali ku qaylinayay.

Ilaa shan boqol oo yaardi ayay ii jirtay gaarigeediina intaa labadeed ayuu u jiray. Markii aan u soo dhawaaday ayaan ogaaday in ay dhaawacantahay.

"Ma lugtay kaaga dhacday?" ayaan waydiiyay markaan u imid.

"Maya. Waxaan..." ayay cod nuxuus ah ku tiri.

"Xaggee xabbaddu kaaga dhacday?" ayaan mar kale waydiiyay. "Xabbad ma ahayn," ayay tiri, intay dhoollacadayn caalwaa ah isku dayday. "Xabbad ma aha e saakadaan ayaan ummulay. Carrabkeedaan ka gartay in ay Daarood tahay laakiin aniga markan Daarood ii ma ay ahayn. Cantarabaqashka qabyaaladeed oo dhammi in aanu markan waxba tarayn ayaa muuqatay. Waxaa caddaatay in aan annagu isku qabiil nahay oo qabiilkii hadda mooryaantu dhacday wada nahay.

"Oo waad ummushay!"

Waan yaabay. Jawaabtaas diyaar u ma aan ahayn, si aan u caawinyana ma aqoon. Ummulid iyo waxa ummul loo qabto toona wax ka ma aqoon. Waxaa kali ah oo aan ogaa hooyooyinki marka ay ummulaan maalmo isbitaalka dhex dhutiyaan marka guriga la keenina sidoo kale. Kolley aayooyinkay waa sidaan ku arkay. Saaxiibkay oo aabbihiis dhaqtar ahaa ayaan mar ii sheegay sababtu in tahay gudniinka gabdhaha ee aanay foosha ahayn. Aayooyinkay taas ku ma ay raacsanayan. Waxay sheegeen in gudniin iyo gudniin la'aanba xaalka ummuliddu sidaa iska yahay. Laakiin dooddaasi hadda waxba i tari mayso.

"Ma istaagi kartaa?" ayaan waydiiyay.

"Haa, waan u malaynayaa. Laakiin in aan socon karo ma hubo."

Rejo laga ma qabin. Meeshii ayaan cabbaar istaagay oo ka fikiray bal in ay yeelayso in la jiido. Aniga oo go'aansaday in aan jiido, ha diiddo ama ha yeeshee, ayuu nin dhallinyaro ah oo ordayaa nagu soo baxay.

"Ubax!" ayuu ku cataabay ninkii. "Ma bed qabtaa?" Waannu isla qaadnay ummushii. Madaxa ayuu qabtay aniguna lugaha. Ilaa aannu gaarigii ay la socotay u geynnay qabiilkayga ayay caayaysay. Markii aannu gaarigii oo bas ahaa gaarnay ayay ii mahadcelisay, laakiin aniga oo wax aan iraahdo garan la' ayaan, wax igu watay ma aqaane, u sheegay in aan Hawiye ahay.

Safkii kolonyada baabuurta ayaan dhinac rucleeyay, aniga oo Toyotadaydii u socodaa, markaa ayaan si qumman u xaqiiqsaday sida uu u darnaa shilkii dhacay. Ku dhawaad gaari kasta oo aan sii maraba waxaa ka muuqday calaamdaha musiibo inteeda le'eg. Dad baa dhiig baxaya dumarna ehelkoodii oo mayd ah ayay ku dhegganaayeen oo ku dul barooranayaan. Rag baa qaylinaya, si ay xaaladda u maareeyaan. Waxaa ii muuqday rag maydad sii jiidaya iyo dumar daba socda. Haddaan gaarigaygii u sii dhawaadayba waxaa ii caddaatay in halkaana dhibku ka dhacay. Kooxdaydii badankoodu dhulka ayay taagnaayeen, sidii ay yihiin rakaab baabuurta kale la socday. Ku dhawaad ragga oo dhan iyo dumarka qaarkood way ooyayeen. Aayooyinkay way barooranayeen dadna waxay isku deyayeen in ay qabqabtaan oo gaariga saaraan iyaga oo isla markaana isku deyaya inay shilka maro ku dedaan. Qofna i ma arag in aan soo socdo. Shilka foosha xun ee meesha ka dhacay ayaa lagu sii wada jeeday. Waan u imid oo halkii aan istaagay ku qaboobay. Labadaydii walaal ee yaryaraa ayaa meesha yiil. Axmad oo mayd ah laamiga qorraxdu karkarinayso ayuu dhex yiil, isaga oo jirkiisii cad cad u googgo'ay. Gacanta midig iyo qaybta hoose ee lugta midig way go'naayeen. Jirka intiisa kale waxaa gubay qaraxii. Madaxiisa kali ah ayaa la garan karay. Naasir maydkiisu meel ciid ah ayuu jidka dhinaciisa dhabarka u yiil. Afka iyo indhuhu aad ayay u kala qaadnaayeen shafkiisa yarna duleel wayn ayaa ka hulnaa. Sida muuqatay waxaa laga toogtay dhabarka. Jirkiisiina inta kale sidiisii ayuu ahaa oo u ma guban sida Axmad.

"Dhakhsada! Dhakhsada!" ayuu mar kale amray taangaystihii. Maydadkii labadayda walaal ayaannu maro ku duubnay oo Toyotada saarnay, si aannu ugu yaraan si qumman ugu aasno. Aayooyinkay oo wali aad u barooranaya way isku dhegganaayeen, dumarka intiisii kalana iyaga ayay ku dhegeen oo la ooyeen.

Carruurta iyaga ilmadii baa ka dhammaatay. Indhuhu way enegegeen, sidii dhiig guduuteen, oo libiqsi la'aan ku togmeen, sidii mukulaal dagaal ku jirta. Raggu ilmadoodii way liqeen, sidii caadadu ahayd. Ma sheegi si aan dareemayay. Dhiig, laxaw, iyo cabsi ayaa galabtaa kululayd ee murugada badnayd gaarigeennii isugu yimid. Sagaal saac oo galabnimo ayaannu dhaqaaqnay, annaga oo uu taangiigii na hor kacayo.

Allaha Wayn kali aha ayaa ogaa inta ay gaarsiisnayd musiibada ku dhacday gaariigeennii oo ahayd: Jamiilo canqowga bidix ayay xabbadi kaga dhacday oo way dhiigbaxaysay. Nin cusub oo ilaa kontomeeyojir ah dhaawac culusina ku dhacay ayaa gaarigeennii ku soo biiray. Sida ay u badnayd, gaarigii uu la socday ayuu haleeli waayay, laakiin qofna wax ma waydiin. Wuu i soo dhinac fariistay. Lugaha middood ayaa baas dhan ka qabsaday oo gebi ahaan burburtay. Wuxuu sheegay in dhabarkana xabbadi kaga dhacday oo ay wali ku jirto. Aad ayuu u buurnaa waana sababta malaha xabbaddu uga dusi wayday. Si ay ahaydba, mar kasta oo gaarigu saaldeeyo catow ayuu dhegta ii saarayay, intuu bishimaha isku xajiyo ayuuna neefta isku celinayay. Mar mar ayuu gacanta bidix xoog iigu qabanayay midda kalana caloosha ku xajinayay. Meydadkii labadaydii walaal oo maro guduudan ku dedentahay ayaa sagxadda gaariga yiil. Ninka aadaaraya, dumarka ooyaya iyo matoorrada baabuurta ma aha e inteenna kale shib ayaannu ahayn. Indhuhu meelo kale ayay dheygagsanaayeen oo waxa la isku deyay in aanay qaban wax dadka caadiga ahi ee xaaladaha caadiga ah joogaa aanay arag. Anigu waxaan indhaha ku qabtay dhulka gaariga dheeraynayaa xufta ku dhaafayo. Dadka intiisa kale waxa ay indhaha ku hayeen ma aqaan, marka laga reebo mararka aannu dhammaantayo fiirinno taangiga Soofyeetiga ah oo hadba la arkayay marna aan la arkayn ee na ilaalinayay. Isaga oo guuxaya ayuu baabuurteenna dhinac ordayay oo ilaa gaariga kolonyada u dambeeyay gaarayay ka dibna soo laabanayay. Mashiin yaab leh buu ahaa. Dhirta ka hor timaadda oo dhan dhib la'aan cagta ayuu marinayay, ha yaraadaan ama ha waynaadaan, ha dheeraadaan ama ha gaabnaadaane. Xataa jid uu maro u ma baahna haddiiba uu dhul adag iyo darawal xariif ah helo. Xoogaa ka dib ayannuu ku daalnay fiirsashadii oo dhaygaggii ku laabannay. Ninkii dhaawaca ahaa inta ay dhibtay aammusnaanta na qabsatay ilaa intii uu noo yimid ama in naga naxay oo is yiri caawi, ama malaha uu doonayay in uu is moogeysiiyo xanuunka aadka u dara ee hayay, mid ay ahaydba, waxaan maqlay isaga oo wax ku celcelinaya oo raba in uu i la hadlo.

"Magacaagaan ku waydiiyay?" Wax uun dhoollacaddayn ah ayuu isku deyay isaga oo ilkaha isku adkaynaya.

"Cali," ayaan ugu jwaabay.

"Wiil fariid ah ayaad tahay," ayuu raaciyay.

Isaga oo damcay in garabka iga taabto ayuu gaarigii saaldeeyay, marka ayuu gacantii ceshaday oo aadaaray. Markaa ayaa dhaqdhaqaaq ugu dambaysay. Indhihiisii yaryaraa ee bararnaa waxay u ekaayeen sidii wax hurdo hayso ama sakhraansan. Shan kiilomitir iyo meelahaa markii aannu soconnay ayaa la joogsaday si mayadadka loo aaso. Axmad iyo Naasir waxa aannu ku xabaalnay joogsigii saddexaad, sababtoo ahyad mar kasta oo erayga "xabaal" la soo qaadaba hooyooyinkood ayaa ku dhegayay. Markii aannu xabaalaynay ayay hooyooyinkood tamartii ku soo noqotay oo sidii hore si ka daran u ooyeen. Warbixinta khasaarihii dhacayna waannu helnay. Labaatan iyo lix qof oo ay ku jireen lix carruur ah ayaa la dilay, saddex iyo tobanna dhaawac ayay ahaayeen.

Abbaaraha kow iyo toban saac oo galabnimo ayaa haddana xaalad hor leh la galay. Sidii loo hayaamayay ayaa la joogsaday. Qofna war ka ma hayn waxa dhacay iyo sababta, qof xiisaynayaana maba jirin. Saaxiibkeenna xoogga badan ayaannu ammaan ku dareennay, waa Taangiga e. In yar ayaannu war xun helnay. Waxa na istaajiyay waaba ragga taangiga wata oo doonaya in ay markooda madaxfurasho noo qabsadaan! Illeen waxay noo soo badbaadiyeen waxay ahayd in iyagu na dhacaan. Waxaa na loo sheegay in ay lacagta iyo hubka aannu wadanno rabaan. Ugaaskii iyo raggiisii ayaa mar kale isku deyay wadaxaajoodkoodii. Markan Ugaasku u ma ekayn in uu kalsooni isku qabo. Malaha wuxuu xusuusnaa wixii isla waynidiisu noo geysatay! Ama malaha waxaa sida inteenna kaloo dhan cabsi geliyay taangiga awoodda badan. Sabab jirtayba, markan Ugaasku wuu baryootamay laakiin waxba isma beddelin. Dadkii ku soo xoomay waxay arkeen Ugaaska iyo raggiisii oo si madluunnnimo leh u gorgortamaya. Waa ay iska caddayd in ragga taangigu aanay na soo daynayn ilaa dalabkooda loo fuliyo. Markaa ayay fikradi igu dhalatay. Waxaan la hadlay labadii dhalliyaro ee loo soo kiraystay in ay na ilaaliyaan ilaa magaalada xigta la gaaryo. Waxaan u sheegay in haddii ay doonayaan in intii u hartay lacagtii qoyskeennu ku la heshiiyay in ay nagu geeyaan magaalada xigta ay xaaladda na haysata wax ka qabtaan. Gooddigaasi wuu shaqeeyay. Ismaaciil iyo Deeq waxay u tageen mid ka ahaa saddex nin oo taangiga watay. Geed noo dhawaa in ay ku la hadlaan ayaa u wateen. Ma maqli karayn waxa ay ku wada hadlayaan laakiin way ii muuqatay in sida ay gacmahah u taagtaagayeen wadaxaajkood kululi socday. Shan daqiiqo ka dib ayuu taangilihii u dhaqaaqay raggiisii oo wali Ugaaskii la murmaya. Saddexdoodii xoogaa ayay wax is yiraahdeen ka dibna ilaaladeennii u tageen. Show waa kuwa salaanta is qacanqaaday e way is garteen. Ugaaskii wuu dhawrayay waxaana lagu jeestay ilaaladii oo ahaa rejada noogu wanaagsan. Ismaaciil iyo Deeq waxay u ekaayeen in ay mooryaanta isku fiicanyihiin. Dhammaantood way isa soo raaceen oo gaarigeennii so abbaareen, iyaga oo indhihii daawataduna daba socdaan.

"Ma hubtaan in ay Hawiye yihiin?" Taangilayaashi midkood ayaa lahaa markii ay gaarigeenna u soo dhawaadeen, "Sababtoo ah dhammaan sidaa ayay wada sheegayaan laakiin waan ka shakisanahay."

"Anigaa huba. Waligay been kuu ma sheegin, sow ma aha?" Shanta ninba qoryo isku nooc ah ayay siteen. Markiiba waxay abbaareen qaar naga mid ahaa oo gaariga dhinac taagnaa. Way naga shaki baxeen, ka dibna gaariga oo dumar iyo ninkii dhaawaca ahaa saaranyihiin ayay fiiriyeen. Markii ay ninkii dhawaca ahaa arkeen ayuu talyihii si maadaysi leh u dhoollacaddeeyay. "Haddaan hubaa in aad Hawiye tihiin," ayuu kaftan ahaan u yiri. "Haye Tanneeti, ma i xusuusataa?" ayuu ku yiri.

Ninkii xanuun ayuu la aadaaray ka hor intii aanu indhaha kala qaadin. Wajigaa kagay markii uu u muuqday taangile dheer ee la hadlayay.

"Haa Dhamme," ayuu yiri Mudane Buurane, "In aad waa hore dhimataan u qabey."

"Way ku la tahay," ayuu yiri ninkii dheeraa."

"Laakiin waan ogaa in aad nooshahay." Ninkii buurnaa wuxuu isku deyay isfurdaamiyo.

"Aniguba waan ogaa in aan leeyahay nasiib aan kugu arko adiga oo sida aad maanta tahay ah. Fariiso dhulka!"

Buurane mar kale ayuu isku deyay. Waxaan u dhaqaaqay in aan caawiyo laakiin ninkii dheeraa ayaa garabka i soo qabtay oo yiri:

"Iska daa."

Isaga ayaa ninkii dhaawaca ahaa kulleetiga ku soo dhegay oo gaarigii ka soo jiiday. Ninkii dhulka ayuu xoog ugu dhacay, taas oo uu qayb ahaan sabab u ahaa culayskiisa qayb ahaanna xoogga loo adeegsaday. Ninkii dheeraa ayaa sii guulkugeeraar leh u dul istaaqay oo laba xabbadood shafka kaga dhuftay.

"Yaa kaloo Hawiye ah?" ayuu yiri ninkii dheeraa oo dhoollacaddayn digasho leh muujinaya aayooyinkayna eegaya.

"Dumarka far ma saari kartid. Waa xaasaska Mudane Faarax Geeddi," ayaan ku iri. Nindheere iyo ciidankiisiiba indho shaki ayay igu soo taageen. "Oo adigu kee baas baad ahayd?" ayuu i waydiiyay. "Wiilkiisa ayaan ahay."

”Ma rumaysanayo. Ma Faarax Dalmar ayaa ku dhalay?” ”Haa!” ayaan irir. Dalmar waa aabbahay naynaastiisii. ”Abtirso haddii aad run sheegayso,” ayuu igu amray. ”Cali Faarax Geeddi Cabdi Xuseen Mahadalle...”

“Kugu filan! Intaasaa kaaga filan!” ayuu yiri.

Xoogaa markii aannu aammusnayd ayuu ninkii raaciyay: ”Waan ku farxay in aanan khalad gelin. Dalmar nin aan reerkiisa far saari karo ma aha. Waan hubaa oo isaguba sidaa ayuu yeeli lahaa.” Wuu i soo dhawaystay. ”I maqal,” hadalkii ayuu sii watay. ”Waa in dadka isu sheegtaa. Dhallinyaradan maxaa iga galayda ahi waa wada sidaa. Waa la idin ku khasaaray, xoolayahow. Bal ka warran haddii waxa dhici lahaa maanta haddii aadan issheegteen!”

U ma jawaabin.

”Aabbahaa u sheeg,” ayuu iga codsaday. ”Magacaygu waa Dhamme Siyaad. Waxaa la ii yaqaan Dhamme Kuuk (Captain Cook). Aniguu ahaa ninkii u horreeyay soo sheegay meesha Daaroodku ku dhuumanayeen. Ma maqlaysaa?”

Madaxa ayaan u ruxay.

“Gaariga ma aabbahaa baa leh?” ayuu i warsaday. “Haa,” been baan u sheegay.

“I maqla,” markan wuxuu la hadlay ciidankiisii, ”baabuurkan ma aha e inta kale oo dhan lacagta madaxfurashada ka soo ururiya. Ma maqasheen?”

Raggii madaxyada ayay ruxeen oo amarkii ku dhaqaaqeen. “Anigu Daaroodka ma dilo haddii aanan ku ogayn in ay dadkayga dibindaabyeeyeen. Laakiin ma yeelayo in ay la baxsadaan lacagta iyo dahabka boorsooyinka ugu jira. Waa sababtii aan mooryaantii hore idin kaga badbaadiyay. Ma fahatay?”

“Laakiin cid Daarood ahi na la ma socoto,” ayaan ku cataabay. “Waxba ma ogid.” Ninkii dheeraa oo labbis ciidan oo doog ah ku taagnaa wuu naga dhaqaaqay. Baabuurkeenni ma aha e intii kale ayay soo baarteen. Halkeennii ayaannu ka daawanaynay intii ay baabuurta lacagta ka qaadayeen. Ka dibna mid mid ayay u sii daayeen. Ugu dambayn, laba iyo toban saac oo maqribnimo ayaa baabuurtii oo dhan la fasaxay oo mar kale waddadii la fuulay.

39

Magaalada Buulo Burte ayaannu gaarnay, halkaa oo aannu nimankii waardiyaasha noo ahaa lacagtoodii ku siinnay. Habeenkaa in aannu halkaa u hoyanno ayaannu go'aansannay. Magaalo yar ayay ahayde baabuurteennii ayaa bartamihii magaalada buuxiyay. Toyotadeennii waxaa la dhigay meel u dhawayd makhaayad aannu ka cashaynnay intii aannaan seexan. In kasta oo aannu dhammaanteen aad u daallannayn carruurta kali ah ayaa hurdo haleelay. Bustayaashii aannu wadannay midkood oo dhulka la fidiyay ayaan daraf kaga fariistay. Makhaayad noo dhow ayaan yabaq ka maqlayay iyo dad baabuurta hareerahooda hoos ugu sheekaysanaya.

Waxaa ii muuqday dhallinyaro hubaysan oo sidii rondo booliis ah waddada hore iyo gadaal u socda. Mar ay na ag marayeen waxay noo soo eegeen sidii aannu meere kale ka nimid, laakiin annaga na la ma ay hadlin na mana khashkhashaadin. Waxaan ka fikiray wixii noloshayda soo maray dhawrkii bilood ee u dambeeyay oo markan u ekaa in ay ka badanyihiin intii hore ee aan jiray oo dhan. Sawirro dad, meelo iyo dhacdooyin ayaa maanka ku soo dhacay. Sawirradaas noloshaydii hore ayaan doonayay in aan ka fikiro laakiin la igu maba simin. Dhakhsihii ay iigu muuqdeen ayay iiga dhuunteen. Malaha maskaxdaydaa aad u daallanayd mase anigaa si uun u rabay in aanan xusuusan. Aniga oo la xarbinaya awood la'aanta xusuustayda ayaa waxaa i jeediyay wax ka dhacayay meel mugdi ah oo makhaayadda horteeda ahayd. Dhawr dahallinyaro ah oo dhammaantood hubaysan ayaa wax ku murmayay. Waan iska daawaday. Ilayska baabuurta xammuulka ee meesha maraysay ayaan dhallinyaradii kaga dhex aqoonsaday laba ka mid ahaa, Ismaaciil iyo Deeq, labadii waardiye ee Jawhar naga soo raacay oo in ay mar hore tageen la filayay. Indhaha ayaan aad u kala qaaday si aan si fiican ugu hubiyo. Waxaa ii caddaatay in dhallinyarada oo shan ahayd laba dhinac oo iska soo hor jeeda u kala qaybsameen. Ismaaciil iyo Deeq oo dhan ah iyo saddexda kale oo dhanka kale ah. Labadii dhan isriixriix ayaa ka dhex bilowday, sidii saddexdu doonayeen in ay meel ku dhaqaaqaan labaduna ka celinyaan. Aniga oo aammusan ayaan istaagay oo u soo yara dhawaaday.

"Ma rabo in aan qof Hawiye ah wax yeelo, gaariga kali ah ayaan rabaa!" mid saddexda ka mid aha ayaa lahaa.

"Laakiin dadka baabuurka saaran waa Hawiye, haddii aad gaarigooda qaadato iyaga oo xaaladdan ku jirana waxay ka dhigantahay adigoo wax yeelay!" Ismaaciil ayaa ku dooday.

Mid kaloo saddexda ka mid ah ayaa yiri, "Laakiin xogta aan hayo waxay sheegaysaa in gaariga Gadabuursi leeyihiin!"

Markaa ayaan sii hubsaday in gaariga laga hadlayaa keenna yahay. Waxay rabeen in ay gaarigeenna dhacaan oo cidla' nooga tagaan. Waa in aan arrinta wax ka qabtaa, illeen ninka waa ka dhab e. Waan soo aaday, markii ay aan u muuqday aniga oo ku soo socdana hadalkii ayay joojiyeen.

"Fiid wanaagsan," ayaan ku salaamay. La ii ma jawaabin. "Ma idin ku jiraa qof yaqaan nin la yiraahdo Faarax Dalmar?" ayaan waydiiyay.

"Waa la yaqaan," ayuu yiri kii kowaad. "Maxaa laga rabaa?" Gaariga aad sheegaysaan isagaa leh," ayaan aniga oo aan isu sheegin hadal uga bilaabay. "Waxay i la noqotay in aan idin ogeysiiyo inta aydaan gaarigiisa qaadan."

Iyaga oo aammusan ayay indhaha igu soo fagiijiyeen.

"Orda oo qaata haddii aad doontaan, laakiin ballan waxaan ku qaaday in aan wax kasta oo aan awoodaba falaa haddii aad gaarigaa iyo rakaabka saaran far saartaan," ayaan u raaciyay.

"Oo adigu yaad jinni oo tahay?" ayuu i waydiiyay mid kale. "Wiilkiisa ayaan ahay dadka kale ee gaariga saaranina waa qoyskayaga," ayaan war ugu dhammeeyey oo ka dhaqaaqay.

"Bal u kaadi! Noo ma gooddin kartid annaga! Haddii..."

"Idiin ma gooddinayo e kali ah waxaan idiin sheegayaa xaqiiqada falkan, haddiiba ay dhici karto in aydan awalba ogayn."

"Oo maxaad fali doontaa?"

"Qoyskayga waan difaacan doonaa," ayaan ku iri. "Idinku saddex qur ah ayaad tihiin annaguna labataan waannu ka badannahay qoryo labaatan ka badanna waa haysannaa." Been ayaan u sheegay.

"Haddii aad is leedahay dadkaagii ayaad ku dhex jirta bal waa kaase wax fal. Haddii aad u qabto in aanay xabbaddu ku karin, bal waa lagu arki doonaa." Waan iska sii socday, aniga oo wali cagajuglayntii wada. Bustihii aan ku fadhiyay ayaa ku laabtay oo iska aammusay. I ma soo dabagelin. Dadka badankiisu markaa dhulka ayay wada daadsanaayeen, in hurudda iyo in kalaba. Meeshii ayaan iska fariistay oo ku ducasytay in xeeladdu ii shaqayso. Shan iyo toban daqiiqo oo aan sida shawladda sigaar u qiiqinayay si sir ahna ilbiriqsi kasta ka dib meesha xaal marayo isha ugu xadayay, rejaynaya in aniga guushu i raacday, ayuu Ismaaciil oo lugaynayaa igu soo baxay. Waan istaagay.

"Caliyow in ay ku dilaan ayay rabaan. Waxay i la tahay in ay baqeen oo aanay gaariga taabanayn laakiin waxay kaloo i la tahay in aanay geddaada ka helin."

"Maxaan sameeyaa?" ayaan waydiiyay.

"Ka debci xoogaa," ayuu igu la taliyay, "isu bihinbihi." Meeshii ayaannu isu raacnay. Saddexdii dhaalinyaro wali meeshii ayay joogeen.

"I dhegayso," kii kowaad ayaa yiri. Waan u jeeday in uu xanaaqsanyahay. "Xog khaldan ayaa na la siiyay. Marna nagu ma soo dhacdeen in aannu gaariga qaadanno haddaannu ognahay qofka leh. Waannu ka xunnahay.

"Dhib ma laha. Waxna la isma yeelin. Aniguna waan ka xumahay taagtaagnaanta. Waxaa dhici karta in xanaaqu iga batay. Halkaa ayay arrini ku dhammaatay. Way naga tageen. Dhacdadaas dhacay cidna u ma sheegin.

40

Subixii dambe laba iyo toban saac ayaannu Buule Burte ka dhaqaaqnay. Dhawr saacadood ka dib waxaannu gaarnay gobolka Hiiraan oo ah gobol kale oo Hawiye u badanyahay. Magaalamdaxda gobolka, Beledweyne, meel ka baxsan ayaannu istaagnay, halkaa oo aannu qadadii nabad ku cunnay. Wakiillo gaari kasta ka socda, gaar ahaan odayaal iyo rag la qaddariyo, Ugaaskii iro raggiisii, iyo dumar aan badnayn ayaa talo ammaanka ku saabsan isugu yimid. Mako oo gaariga lahayd ayaa dumarka tirada yar ka mid ahayd.

Waxay ka wada hadleen juquraafiga dalka, sida loo kala dego, khataraha in la iska jirayo iyo kuwa in loo bareero loo baahanyahay. Maadaama dadka badankiisu Gadabuursi ama Isaaq ahaayeen, go'aanku wuxuu ahaa in la iska jiro in lagu sii socdo wadda wayn ee waqooyi aadda oo sii marta gobolka ugu shisheeya ee Hawiyuhu dego, gobollo Daarood sii dhex marta, oo carri Isaaq sii aadda, inta aanay Jabuuti gelin. Waxay go'aansadeen in Itoobiya la sii dhex maro oo halkaa Jabuuti laga sii galo. Qaybta Itoobiya waxa aannu sii dhex maraynnaa degaanka Soomaalidu u badantahay ee gumaystihii reer Yurub Itoobiya hadiyadda ama laaluushka u siiyay. Wakiilladu waxay sheegeen in qabiilooyinka halkaa degaa ay ka khatar yaryihiin kuwa kale sababta oo ah baa la yiri xog badan u ma ay hayn sida kuwa kale ee dalwaynaha u ma badnayn in ku dhaqamaan dhagaraha siyaasadeed ee qurunka tolyasiga ku dhisan ah ee dalka hooyo ka jiray.

Si ay ahaataba, sideedd saac iyo xoogaa markay ahayd ayaannu waddadii dib u qabsannay. Baabuurta dhammaan, marka laga reebo kuwii Isaaqa iyo

Hawiyaha, waxay qaadeen waddada Itoobiya marka. Ammuusnaan ayaannu ku soconney; aammusnaanta nooceeda dadku hadba is fiiriyaan ka dibna dhoollacaddayn murugo ka muujiyaan bushimo sidii dhagax u engegan. Aammusnaanta teeda dadku sida loo joogo la soo boodaan erayo aan macne wayn lahayn meel ay ka socdaanna la aqoon, sida "Gaarigu aad u ma dheeraynayo," ama "Waddadu sow ma wanaagsan?" Sababtoo ah, qofna ma doonayo in uu xusuusto ama ka hadlo tagtadii foosha xumayd ee noloshooda wada saamaysay. Qofna ma soo qaadin erayada ay ka mid yihiin "ammaan" or "dagaal" ama "jacayl" ama "nacayb" ama wax uun macne leh. Waxay u ekayd in aannu dhammaanteed doonaynay in aannu xusuusaheenna dhabarka ka tuurno oo meel aanay cidina gaarin ku shalwinno; in lagu rido mool aad iyo aad u dheer oo ku yaal Badwaynta Hindiya ama Baasifigga ama biyihii kasta ee gun dheer ee culayskaas qarsan kara. Dumarkii oo daabannadooda oo gacmaha ku haya dhabannadooda wali raadka ilmadii dhawaan ka qubatay ka muuqdo meelihii ay fadhiyeen ayay hortooda ku dhaygageen. Ragga curaha ayaa kor iyo hoos si aan kala joogsi lahayn u dhaqdhaqaaqayay, sidii ay cunno aan loo jeedin liqayaan, indhuhu si caajis leh ah ayay labada dhinac hadba mid ugu wareegayeen, sidii ay si sir ah u daawanayaa ciyaar tenis moollaati lagu dheelayo.

Aammusnaantii waa lagu dheeraaday aaskuna wuu sii madoobaday ilaa waxa kali ee aannu arki karnay noqdeen nalalka baabuurta naga dambeysay oo marna kor u kacaya marna hoos aadaya, sidii ay korayaan ama ka deganayaan buuro la soo dhaafay.

Goor fiidkii hore ee habeenkaas gudcurka ahaa ayay kolonyadii oo markan intii hore ka yaraatay lagu nasiyay bannaan wayn oo wax yar u jira magaalada Farjanno. Cimiladu sidii hore way ka yara qaboobayd kana qoyanayd laakiin dhib nagu ma hayn. Markan rasaasi na disha iyo mooryaan markay doonto soo qamaamaysa midna ka ma baqayn. Koox kastaa meel bay bannaankaas ka degtay wixii ay cunno heli kareenna ku cuneen. Kooxdaydu waxay wateen timir iyo buskud. Durbaba khuuro ayaannu bilownay oo daalkii badnaa ku afuufnay hawo cosob ah oo ay wali ka sii carfaysay saxansaxada roob markaa qaaday.

41

Subixii xigay markii aannu dhaqaaqanay waxaa isbeddelay qaabkii dhulka oo markan waddadii buuraley ayay noqotay. Mararka qaar waxaa la moodayay in baabuurtu gadaal taagagga uga taraaraxaan laakiin ma ay dhicin. Dhulkii hoose ee Safaanaha ahaa waa laga dhammaaday. Kaymo iyo dhir dhaadheer ayaa carrigan haystay. Dhawr mar ayay kooxo hubaysani na joojiyeen. Markii u horreysay waxaa na la ku joojiyay bannaanka Shilaabo. Waxay raadinayeen dad Hawiye ah. Kooxda labaad oo annaga oo Qabridahar ku nasanayna nagu soo gaarayna waxay raadinayeen dad Isaaq ah. Waxa la la yaabo ayay ahayd in ay Isaaq raadsanayeen, illeen Isaaqu dagaalkaba ku ma jirine; ugu yaraan si rasmi ah ugu ma jirin [dagaal kalaase jiray e]. Hase yeeshee, kooxahaas hubaysnaa midkoodna ma guulaysan. Labaduba aad ayay u yaraayeen marka la barbar dhigo kuwii aadka u hubaysnaa ee aannu hore u soo aragnay, baaxadda kolonyadeennana waxay u ekayd in ay ka yaabisay. Labada goorba waxaannu sheegannay in aannu wada Gadabuursi nahay. Aniga iyo Saciid waxaa na badbaadiyay wehelladii Gadabuursi ee na la socday.

Goor ay kow iyo toban saac oo galabnimo tahay ayuu shil dhacay. Markan shan gaari kali ah ayaannu ahayn oo kuwii kale way naga dambeeyeen. Aad ayay u waawaynaayeen oo ma ay marin karin qooratooyinka yar yar ee aannu tafidda buuraha kaga baaqsannay. Dhammaanteen waxaannu wadannay baabuur yar oo yar; laba bas oo yar yar oo Jabbaan ah, laba Toyota 4WD ah, iyo Mazda yar. Waddada waxaa ku go'naa fuustooyin waawayn, markii aannu gaabinnay oo is niri waxa jira ogaadana koox hubaysan ayaa waddada dhinacyadeeda ka soo baxday. Way na hareerreeyeen oo qoryahoodii nagu soo fiiqeen. Meelihii aannu fadhinnay ka ka aannaan kicin. Qof baa ku dhawaaqay wax iclaamin dagaal u ekaa.

"Waa af Amxaari!" ayuu kor u yiri qof gaarigeenna saarnaa. "Waa Amxaaro!"

In kasta oo magaca "Amxaaro" Itoobiya laga wado, macne kale oo qarsoon ayuu leeyahay. Waa macne caan noqday intii uu socday Dagaalkii Itoobiya iyo Soomaaliya ee 1977, waagii ay baahday jumladda "Amaxaaradu hilibka ceeriin ayay ku cunaan." Jumladdaas waxaa la gaarsiiyay heer la yiraahdo "Amxaaradu hilib oo dhan, kuwa dadkuna ku jiraan, iyaga oo ceeriin ayay basbaas ku cunaan." Halkaa waxaa laga qaadanayaa in Itoobiyaanku dad aan naxariis lahayn yihiin. Xataa dhallinyarada kooda arxanlaawaha ah ama aan laga aammaan helayn waxay ku naanaysaan "Amxaar" oo cadownimadiisa muujinaysa.

"Ha is dhaqaajinnina!" ayuu mid nimankii ka ahi af Soomaali ku yiri.

Amarka ayaannu qaadannay oo istaagnay.

"Alaabtiinna oo dhan soo dejiya!"

Inteenna ragga ahaa ee gaarigeenna la socotay alaabteenni ayaannu soo dejinnay. Raggii baabuurta kalana sidoo kale ayay yeeleen. Markaa waxaan sida ay u egyihiin ka gartay ii qawleysatadu isugu jiraan Soomaali iyo Itoobiyaan dharcad ah oo sagaal ilaa toban ah da'dooduna siddeed iyo toban ilaa soddon u dhexayso.

"Furfura!" ayuu amar ku bixiyay nin gaaban oo xoog wayn oo ilaa siddeed labaatan iyo meelahaa jira una muuqday in uu isagu taliyaha goobta yahay. "Tartiiib!"

Boorsooyinkii ayaannu furfurnay oo dhinac u istaagnay. Ninkii gaabnaa kuwo kale ayuu cabbaar Amxaari ku la hadlay.

"Hadda waxaan doonayaa in aad isu timaaddaan. Dhammaantiin! Dhaqaaqa hadda! Halkan agtayda ah isugu imaada!"

Amarkii ayaannu qaadannay. Ninkii gaabnaa si jeesjees leh ayuu noo daawanayay kuwii kalana iyaga oo aan hadlin ayay qoryahoodii nagu soo taageen. Ilaa afartameeyo qof ayaannu meesha ku soo ururnay. Ku dhawaad nuskeen haween iyo carruur ayay ahaayeen. Nuska kale waxaa u badnaa rag dhallinyaro ah. Shan oday ayaa ku jiray. Midkooda in uu hadlo wuu ku dhici waayay.

"Fariista oo gacmaha madaxa saara!" Gaabane ayaa amar kale bixiyay.

Sida xayn ido oomman ah ayaannu u gebrannay oo annaga oo aan erayna oran madaxa gacmaha saarannay. Dableydii oo dhan markaa ayay na soo hor istaageen. Dhammaan annaga ayay qoryahoodii nagu soo fiiqeen, marka laga reebo ninkii buurnaa oo isagu qorigiisii garabka uga lushay. Jabaqda kali ah ee la maqlayay waxay ahayd tallaabaqaadka culus ee kabaha gaabow qabay. Isaga oo aamusan ayuu hore iyo gadaal u socday, sidii taliye Mafia oo doonaya in uu dhegta dhiigga u daro dhibbanayaal aan waxba u dhimin, ka dib markii uu siro ka soo helay. Aammusnaanta ruuxeeda ayaaba heer la maqli karo gaartay, markaa ayaan is iri ma iska qaylisaa aad ku nafistide. Nasiibwanaag, ka dib dhawr daqiiqo oo aammusnaantaas iskeed u warramaysa lagu jiray ayuu saaxiibkay Saciid oo safka hore dhinacayga fadhiyay aammusnaantii dhabqiyay.

"Fadlan maad waxaad doontaan qaadataan oo naga tagtaan?" ayuu ku baryootamay.

"Aammus, dababoholyahow!" Ninkii gaabnaa ayaa ku afjigay. Wuu nagu soo dhaqaaqay annagu gebida ayaannu rogannay, si aanay indhaheennu isugu dhicin oo aanu dhib kale oo kan na haystaa ka culus naga soo gaarin. Aniga oo ciidcuduud qoyan hoos u fiirinaya ayay kabo buud waayayn oo madow boor leh ahi hortayda ka muuqdeen. Kor ma fiirin oo waan garanayay in gaabow qaarkiisii kale Saciid dul taaganyahay. Waxaan ku ducaystay in aanu arrimo qabiil ka hadal, illeen aniga iyo Saciidba galooti ayaannu nahaye, marka carrabkooda loo eegana malaha ugu dhawi waxa uu ahaa in raggu yihiin Daarood ama Gadabuursi. Ducadaydii waa la aqbalay.

"Ma anigaad i la hadashay?" Ninkii gaabnaa ayaa cod awoodsheegasho leh ku yiri. U ma uu jawaabin. "Istaag!" ayuu ku amray Saciidna isla markiiba wuu istaagay.

Nin caato aad u dheer ah oo haddii uu habeen kaa soo hor baxo cirfiid socda la moodayo ayaa gaabane Amxaari wax ugu sheegay. Gaabow si fiican ayuu uga dhegaystay, waxa uu ku yiriba. Farriintu way gaabnayd, xoogganayd, aadna muhiim u ahayd, sababtoo ah gaabane ammaro cusub ayuu raggiisii siiyay oo Saciid wuu iska illoobay. Way is kala qaybiyeen oo barkood halkoodii sii joogeen halka intii kale u dhaqaaqeen alaab Mazdada ag safnayd. Waxay ka koobnayd laba VCRs, hal TV, shan ilaa lix naastarayaal iyo sameecado isugu jira, teebkeennii, iyo boorsooyin badan oo kala duwan, Samsonite laga bilaabo ilaa boorsooyinka waawayn ee safarka. Boorsooyinkii ayay ka bilaabeen. Way baareen oo wax kasta oo qiime lahaa intay ka soo saareen dhulka tuumiyeen. Boorsadii alaab qiime leh kali ah ku jirto iyadoo dhan way qaadanayeen oo alaabada ay xusheen ag dhiganayeen. Markii ay hawshoodii dhammaysteen ayay hareeraha naga istaageen oo goobo na geliyeen. Ilaa shan daqiiqo ayay ku qaadatay in ay alaabata kala guraan. Ninkii gaabnaa ayaa haddana awooddiisii taliyenimo muujistay. Markan walwal ka ma aan qabin oo way ii caddayd in raggu jirri aan qabiil gaar ah u tirsanayan yihiin.

"Istaag!" ayuu yiri intuu aniga i tilmaamay.

"Anigaa?"

"Dhammaantiin!

Waannu wada istaagnay. Ciidankiisii ayuu ku armay in ay jeebabkeenna baaraan. Kulligeen jeebabkaa na loo faaruqiyay. Wax kasta way qaateen. Hadde waa wax kasta: burusheleetooyin, katiinado, saacado, lacag, iyo xataa dharkeennii qaarkiis.

Lacagtaydii way ka badbaadday. Kabaha ayaan ku qariyay. Walaalkay Xasan ayaan ka bartay. Si wax loo qariyo ayuu aad ugu fiicana, siiba lacagta. Waligay ma illoobo sidii uu waa sigaar u qarsaday. Waa bay ahayd aabbe Jarmalka ka yimid – mase Talyaaniga – adigu meel ay ahaataba meeshii uu noo sheegay in uu aaday. Xasan iyo aniga iyo saaxiibkay Muuse oo guriga Muuse gadaashiisa sigaar ku cabbaynna ayuu Aabbe meel aannaan filayn nooga soo baxay. Nasiibwanaag, xabbad sigaar ah ayaannu wadaagaynnay, markaana Xasan ayaa jiidayay. Aabbe ayaa "haye!" nagu salaamay oo na dhaafay. Sidii wadnuhu noo garaacay haddii aad maqli lahayd! Xasan muxuu ku fakaday ma taqaan? Xabbaddii sigaarka ahayd ee shidnayd dhammaanteed afkiisuu ku qariyay. Xataa dhoollacaddayn siloon ayuu ku daray. Alla muxuu Xasan wax qarinta ku dheeraa! Si ay ahaataba, mar aan is iriri ninkii baaritaankii wuu dhammeeyay ayuu xeelad kale la yimid. Siddeeddii ugu yaryarayd ayuu xushay.

"Halkan soo istaaga!" ayuu amar nagu siiyay isaga oo halkii alaabtu tiil tilmaamaya.

Waannu yeelnay. Xoogaa ayuu aad noo idhaindheeyay ka hor intii aanu aniga i la hadlin.

"Kabahaaga," ayuu dhegta faq iigu sheegay. War ninku ma maskaxda dadkuu akhristaa!

Kabahaygii isboortiga cusub ahaa ayaan eegay oo lacagtaydii ka fikiray. Waxaan aad ugu baahnaa qorshe aan ku marinhabaabiyo, laakiin maskaxdayda yar ee doqonta ahi intii ay qorshe la iman lahayd ayay lacagtii uun ka dhammaan wayday!

"Kabahayga?" wax aan ahayn hadal waan iska waayay. "Haa, kabahaaga!" ayuu ku qayliyay. "Bixi kabaha oo bacdaas xun ku rid waryaa!"

Si xanuun igu haystay ayaan amarkiisii u qaatay. Kabihii cusbaa ayuu cabbaar indhaha la raacay, markii uu ugu dambayn ku qancay in ay cusubyihiinna amarkii u dambeeyay ayuu ka jacjacsiiyay.

"Alaabadaan buurta saar!" ayuu yiri, intuu dhanka midig yilmaamay. Waxaan ku sigtay in aan aniguba u sheego in sagaal boqol oo doollarka Maraykanka ahi ku jirto kabaha baas, laakiin ma yeelin. Ma nin i dhacayaan ku caawiyaa in uu lacagtayda helo? Siddeeddeenni iyo afar dableydii ka mid ah ayaannu alaabadii ku qaadnay. Anigu waxaan garabka midig ku siday boorsogacmeed madow oo culus, mid ka yar oo caddaydna gacanta midig ayaan ku hayay, laba radio oo yaryarna gacanta bidix. Alaabtan midna gaarigeennii laga ma soo dhicin. Garabkaa i xanuunay faruhuna waxay i la kaareen culays laakiin marna xataa ku ma riyoon in aan dhulka dhigo, illeen waxaan u jeeday wixii ku dhacay Maxamad mar uu isku deyay in uu dhigo. Dheerihii cirfiidka u ekaa ayaa qori baadkiis kelidda si xun uga dhuftay. Maxamad xanuun ayuu la cabaadayay.

”Socda!” ayuu ku qayliyay naftii boorso kalana Maxamad buu ciqaab ahaan garabka ugu hilay. Maxamad oo dheellitir xumo la liicliicaya ayaa socod caalwaa ah kurtii aannu fuulaynnay kor u waarwaarriyay.

”Halkaan dhiga! Ayuu amar ku bixiyay ninkii gaabnaa markii aannu kurtii dusheeda u baxnay. Alaabadii ayaannu dhulka tuuminnay oo amar kale dhawrnay.

”Imminka gawaaridiinnii ku laabta!” ayuu gaabane amar ku bixiyay.

Waa amarka kali ah ee la wada sugi la'aa, sidaa awgeedna tamartii nagu hadhay oo dhan intaannu isu geysannay ayaannu cagaha wax ka daynay oo gawaarideenna dib ugu cararnay. Intii aan dadka ordaya dhex boodayay oo dhan waxaa maskaxdayda ku jiray lacagtii baas. Ma ahan oo kali ah in ay i dhaaftay e waxaan ka cabsi qabay in doqonkan gaabani arki waayaba. Khasaare waynaa! Jirridii na ma ay soo dabagelin, na mana ay soo xabbadayn. Meelihii aannu fadhinay ayaannu ku laabannay kana dhaqaajinnay, annaga oo aan wax cabasho ah muujinayn. Waxay noo sii muuqdeen iyaga oo kurta dhankeeda kale ku sii libdhaya. Laba iyo toban saac iyo xoogaa maqribnimo ayay saacaddu sheegaysay.

42

Waxaannu ogaannay in aan waxba na loo dhaafin, marka laga reebo qaddaaddiic yar oo boorsogacmeed Canab lahayd oo gaariga saarnayd ku jirtay, iyo xoogaa cunno iyo biyo ah. Ha ubixin, mar haddaannu wali neefsanayno shidaalna haysanno.

Goor habeenbar ku beegan ayaannu galnay magaalo yar, maadaama magaaladu huruddayna inta cirif uga baxnay ayaannu seexannay. Markii aannu subixii dambe soo gacnay, magaalada oo dhammi warkeenna way haysay.

Dadkii degaanka, gaar ahaan dumar iyo carruur, ayaa nagu sii xoomay, bal in ay cid naga gartaan, ama xaalka Soomaaliya naga waraystaan, ama qabiilka aannu nahay ogaadaan, ama na caawiyaan haddii aannu wax uga baahannahay, ama wax kala iibsi na la sameeyaan. Dadka Farjanno gob bay ahaayeen si kal iyo laab ahna way noo soo dhaweeyeen.

In kasta dadka magaaladaan Itoobiya xukunto deggan Soomaali ahaayeen, sidii Itoobiyaanka ayay u dhaqmayeen. Dhar Itoobiyaan ayay qabeen, cunno Itoobiyaanna way cunayeen, Soomaaliga iyo Amxaarigana labadaba way ku hadlayeen. Markii aannu magaalada bartankeeda maraynnay waxaa noo muuqday in ragga badankiisu askar yihiin. Askar ciidanka Itoobiya ka tirsan iyo, iyaduba waa la yaab e, askar USC ah! Midkoodna wax nagu ma darsan, marka laga reebo su'aalo dhawr ahaa oo ay naga waydiiyeen xaaladdeenna guud iyo wax noo qorshaysan. Ugu yaraan askartan USC sidii askar rasmi ah ayay u dhaqmayeen ee ma ahayn sidii mooryaantii tuugada ahayd ee aannu ku soo marnay waddada. Si edboon ayay noo la hadlayeen oo aan colaadin qabiil gaar ah lagu beegsanayo lahayn. Qabiil gaar ahna ma ay dhawaysanayn. Waxaan ogaannay in USC ay meesha u yiilleen tobaneeyo baabuur waawayn ah oo magaalada bartankeeda hoganayey.

Makhaayad yar ayaannu ka quraacannay. Waxaan ka cunnay wax la yiraahdo Daafi oo u eg canjeelada Soomaalida laakiin ka wayn kana qamiir badan. Waxay ku daraan suugo middabbo guduud iyo hurdi ah leh oo sidii Pizza u ekaysiinaysa. Cunno rakhiis ah bay ahayd wayna macaanayd, wixii lacag noo hartayna waan ku dhammaynnay. Intii aannu quraanacanaynnay ayay askartii Itoobiyaanku alaabadeennii yarayd ee noo soo hartay baareen. Baabuurteennana aad ayay u baareen. Waxay sheegeen in ay ammaan sugid uga dan leeyihiin laakiin maadaama aannaan wax sharci darro ah sidan ma walwalin. Abbaaraha shan saac oo subanimo ayaannu dib waddadii u fuulnay. Marka waxaa na wehelinayay askar Itoobiyaan iyo USC ah oo magaalo kale u guurayay. Waxay sheegeen in ay ku wanaagsan in aannu isa sii weheshanno maadaama ay dhanka aannu u soconnay u socdeen. Waxay gaashaan nooga noqdeen kooxaha jirrida ee ay ka war hayeen in ay waddooyinka geli karaan. Waxay kaloo sheegeen in sidii dagaalka sokeeye ee Soomaaliya u bilowdayba ku dhawaad maalin kasta ay dhacaan shilal budhcadnimo. Iyagaa na hor galay annaguna waan ku daba faylnay. Hadba waxaannu istaagaynnay jidgooyo aan sharci ahayn oo la wada yiqiin, halkaa oo aan ku sugno inta ay ka hubinayaan in waddada naga horreysaa ammaan tahay.

Durba waxaa la gaaray gabbaldhac. Gaajaa na haysa, ku dhawaad wax kastaana markaa way naga dhammaadeen. Habeenkii oo dhan waannu soconnay iyo maalintii dambe, annaga oo wali hadba istaagayna. Maalintii saddexaad duhurkii ayaannu ku nasannay meel cidla' cir kaa dheer dhul kaa dher ah. Halkaa ayaannu wixii cunno noo haray ku qaybsannay. Dadka qaar rooti ayay siteen, qaar sideennoo kale ayay biyo kali ah haysteen, qaarna waxba ma haysan. Askartii waxay na siiyeen caanaboore iyo biyo, iyo xoogaa Daafi ah. Wax kasta waannu wadaagnay xoogaa tamar ahina way na soo gashay. Geeddigeennii ayaannu sii ambaqaadnay goor casargaab ah oo habeenkii oo dhan iyo maalintii xigtayba ugu jiidnay, annaga oo aan seexan in aannu xoogaa gawaaraida dushooda madaxa dhigno ma aha e. Habeenkii afar saac goor ay tahay ayay wax nagu dhaceen. Sidii loo socday ayuu gaarigii noo horreeyay istaagay, keenniina degdeg ayuu xawaaraha u dhimay oo baabuurtii kale la istaagay. Annaga oo aan wali ka fikirin waxa khaldamay ayay xabbado bilowdeen. Waaba annaaga dagaal kale gondaheenna ka dhashay!

"Nalalka oo dhan damiya! Baabuurta oo dhanna ka soo dega!" ayay askartii USC ee naga horreysay ku qayliyeen. Asakartii Itoobiyaanka ahaana sidaa oo kale ayay u qayliyeen oo ammaro u bixiyeen. Amarkii ayaannu qaadannay. Dhammaan, marka laga reebo miskiintii Jamiila ahayd iyo carruurtii, sababtoo ah way dhaawacnayd, baabuurtii ayaa laga wada booday oo duur meesha u dhawaa lagu gabbaday. Geed hoostiis ayaan xabadka u seexday Faaruuqna dhinacayga ayuu galay oo isaga oo gacmaha dhegaha ku haysta meel laba yaardi ii jirta istaagay.

"Faaruuqow dhulka isku tuur!" ayaan ugu qayladhaanshay. In aanu i maqlayn ayay u ekayde intaan xaggiisa isu laba rogay ayaa soo qabtay oo xaggayga u soo riday.

"War dulka seexaan ku iri!" ayaan ugu celiyay. "Ma waalatay?" Dhinacayga ayuu is bilqay, isaga oo aan eray ii celin. Wuu gariirayay neeftuurkiisana culusna waan maqlayay ka hor intii aanu madaxa dhulka la gelin. Markan ayaan si fiican u arkay in dagaalku ka dhex qarxay ciidankii USC ee na ilaalinayay iyo kii Itoobiyaanka ee na weheliyay oo isku dhinac ah iyo ciidan aan la arkayn oo kaynta ku jira oo dhinaca kale ka soo ridaya. Labada dhanba naarahay iska waraabinayeen. Rasaastu sidii xiddigihii ayay samada ifinaaysay sidii roobkana way u hooraysay.

Shan daqiiqo oo intooda ka dheeraa ka dib ayay xabbaddii qabowday askarteenniina bilaabeen in ay cadowgii aan la arkayn xagga kaynta jiho midig ugu u cayrsadaan.

Waxaa na la ku amray in aannu gawaarida fuulno. Durba waannu dhaqaaqnay. Siddeed qof ayaa halkaa lagu dilay. Askari Itoobiyaan ah iyo laba USC ah ma ahane inta kale waxay ahaayeen shacab aan waxba galabsan. Gaarigeennii intii la socotay cidi ka ma dhiman. Geeddigeennii ayaannu sii wadannay. Ma malaynayo in habeenka qof seexday uu jiray. Ma aha in la la seexan waayay cabsi oo markan nolosheenna maalinlaha ah ka mid noqotay e dhib kale oo cabsidu i qarso noqonayso ayaa haystay. Gaajo. Gaajo, cadowga ugu wayn ee aadanaha oo dhan; furaha iyo dhaqaajiyaha xumaha iyo daciifnimo oo dhahn, sida cudurro, tuugo, dhac, iyo in kaloo badan. Afar maalmood ku dhawaad cunno naga ma degin, kaaga darane biyihiina way naga dhammadeen. Caloolaheennu waxay u shuuqeen sidii aanay nagu oolba. Wax kale iyo dhaqdahqaaq iska daa e neefsashada ayaannu dirqi ku awoodnay. Gaarigu markuu waddada qarfaha ah hadba dhan u liicaba madaxyada ayaannu jambiyada la dhacaynnay. Candhuuftaydu waxay noqotay sida xanjada in aan liqana waxaa iiga fududayn in aan iska oommanaado.

Sagaal saac oo habeennimo goor ay ku dhowdahay ayaannu soo galnay tuulo kale oo habeenka intii ka hartay ku nasannay. Rag iyo dumar afka Itoobiyaanka wax ka garanayay ayaa tuulada aaday oo gurmad ka doonay. Hal saac oo subaxnimo ayaannu khayrnay, ka dib markii booyad biyo ah oo millitarigu lahaa na soo gaartay. Durba ifafaale nololeed ayaa meeshii aannu daadsanayn ka bilowday, dadkiina waxay cayrsadeen booyaddii. In aan ka qaybgalo oo biyaha wax ka cabbo waan damcay laakiin waan istaagi waayay. Lugahaygaa igu amardiiday, waxa aan ka badin waayay in aan halkii aan iil ka fiirsado iscayrsiga meesha ka socday. Darwalkii booyaddu dadkii oo markan dagaal toos ah bilaabay wuu ku guulaysan waayay in uu xasiliyo. Af Itoobiyaan ayuu ku qayliyay laakiin waxba laga dhegaysan waa. Wali booyaddii si qummanba u ma istaagin dadkuna si qumman u ma cabbin. Meel kasta waxaa yaacayay rag, dumar, iyo carruur weelal nooc kasta isugu jira la ordaya si ay tuubbada booyadda oo markaan iska furnayd wax uun uga dhibicsadaan. Qaarkood weelashoodii way buuxsadeen oo dib ugu la soo carareen meeshii eheladoodu daadsanayd, sida aniga oo kale; qaar sacabbadooday ku cabbeen, qaar kale oo waayeel iyo carruur isugu jiray oo iyaguna booyadda cayrsanayay ayaa ku hungoobay. Biyaha badankoodii ciidda ayay ku qubteen. Wax yar ka dib booyad kael ayaa timid. Waxaa laguw wada qayliyay, "Biyuhu anngoo dhan way na ku filanyihiin! Isdejiya!" laakiin cidina dheg jalaq u ma siin. Xataa kuwii ha la isdejiyo ku qaylinayay! Toban daqiiqo ka dib ayaa la xasilay oo la bilaabay in inteennii kale ee dhulka daadsanaa biyo loo la soo ordo. Qof kastaa intii aan awoodin ayuu waraabiyay. Maxamad ayaa jeeg wayn oo biyo ah ii la soo orday. Biyihii barkood ayuu igu rusheeyay. Waan maashooday. Biyaha qabowgooda kali ah ma aha e sidoo kale farxad aan la koobi karayn. Madaxa ayuu i qabtay oo biyihii i cabsiiyay.

"Ha iska badin! Aad ha u cabbin!" ayuu igu lahaa.

Sida caanaha ayaan u qurquriyay ilaa calooshu i xanuuntay. Ka dibna waan is tuuray.

"Ma ladantahay?" ayuu i waydiiyay.

Madaxa ayaan u ruxay oo si nuxuus ah u dhoollacaddayn. Hadal markii aan is iri ayuu matag i soo dhaafay. Dhabarka ayuu i qabtay wixii biyo igu tegayna waan soo celiyay.

"Waad ku nafisi doontaa," ayuu igu yiri. "Anigaba sidaa ayaa igu dhacday. Dhib kale ma jiree calooshaadaa faaruq ahayd aadna waad u biyo cabtay."

Wuxuu igu la kaftanay sidii aan u xarragoonayay waagii isugu kaaya horreysay ee aannu kulannay. Dharkaygii, ookiyaalahaygii, walkmankaygii iyo laga ma sheekayn karo. Wuxuu sheegay in maalintaa sidii aan u ekaa iyo maanta sida aan ahay farqi wayni u dhexeeyo. In uu i maaweeliyo ayuu doonayay, dhab ahaann waan ku nafisay. Hadba sidaan cantuugo biyo ah isu dhaafinayay ayaan dareemay in tamartaydii soo laabanayso.

"Marka aynnu cunno falankeed galno," ayaan la soo booday markii tamar aan ku hadli karaa i soo gashay, ka dibna dadwaynihii ayaannu dhex galnay.

43

Xaaladda guud ee dhawrka boqol ee qof ee meesha joogay sida ayay hayad: dadka badankiisu way xanuunsanaayeen qaarna maba istaagi karayn. Inta yar tamartu ku sii dambaysay waxay ku mashquulsanaayeen caawinta inta kale.

Intii ugu dhawayd waxay la gaareen biyo, sigaar, iyo cunno. Markan waxaa na loo ka qaybiyay kooxo yar yar. Gaari kastaa rakaabkii la socday sidii hal qoys ayay noqdeen. Qoys kastaa waa in uu is debberaa, siyaabo kala duwanna way isu debberayeen. Qoysaska qaarkood, in kasta oo ay aad u yaraayeen, waxay wali haysteen xoogaa lacag ah oo u soo hartay oo ay cunno iyo waxyaalaha kale ee ay u baahdaan dadka tuulada kaga iibsadaan. Qoysaska qaarkood dad ay tuulada iska haybsadeen ayaa u gurmaday. Kuwo kale oo afka degaanka looga hadlo wax ka yiqiin waxaa caawiyaay Itoobiyaanka. Waxaa kaloo jiray kuwo sida qoyskayga oo kale aan wax lacag ah haysan, Amxaariga aan wax ka aqoon, tuulada aan cid ka garanayn. Isdaa oo ay tahay waa in ay wax uun ku dhaqaaqaan, si u badbaadaan. Wixii la ogaa oo dhan inta soo marnay hadda isma dhiibi karayn. Ma garanayo sida qoysaska kale ee danyarta ahaa u badbaadeen laakiin qoyskeennu sidan ayuu yeelay: Maxamad, Tuke iyo Nuurto oo kali ah ayaa nagu jiray wax lugahooda ku socon karay. Inta kale aad ayay u tabar darnaayeen, carruurtuna way jirranaayeen.

Afarteennii waxaannu aadnay magaalada oo aannu ka raadinnay wax uun fikrad ah oo aannu nafteenna cunno ugu heli karno qoyska intiisa kalana uga quudin karno. Meel gaar aha oo aannu beegsanaynnay ma jirin ee kali waxa aannu ku soconnay maahmaahda Soomaalieed ee tiraahda "Cago laaban cood ku ma yimaado." In Allah na garabgellayana waannu ku kalsoonayn. Markii aannu tuulada ku soo wareegnay oo dadka degaanka qaarkood Ingiriisi iyo farotaagtaag ku la sheekaysannay, waxaa na loo tilmaamay islaan Soomaali ah oo tuulada daraf shishe ka degganayd. Qof aad u ballaaran ayay ahayd oo ilaa kontomeeyojir ag. Waxay dhar ku dhaqaysay cariish hal qol ah hortiisa. Markii hore Amxaari ayay nagu la hadashay laakiin markii ay ogaatay in aannu Soomaali nahay ayay Af Soomaali nagu la hadashay.

"Waxaan maqlay in dad Soomaali ahi xalay yimaadeen, laakiin waxaan u haystay in ay mar hore tageen." Waannu sugnay.

"Maxaan idiin qabtaa?" Ma qof ayaad raadinayseen?" ayay na waydiisay.

"Maya e waxaannu raadinaynay cid na caawisa," ayuu Maxamad ugu jawaabay.

"Gaajo daran ayaa na haysa wax lacag ahna ma haysanno," ayaan anigu u raaciyay.

"Oh! Ciyaal masaakiin ah," ayay tiri oo cariishkeedii ku carartay, iyada oo gacmaheeda oo qoyanaa dharkeeda ku sii qallajisanaysa. Ammusnaan iyo rejoqab ayaannu ku sugnay. Waxay soo laabatay iyada noo sidda Daafi iyo kirli shaah kulul ah.

"Hooya oo ku sii hamuuntirta inta aan qado idiin samaynayo," ayay nagaga farxisay.

Saxan ay saaranaayeen toban ilaa shan iyo toban xabbo oo Daafi ah ayuu qofkiiba mid la booday isla markii saxankaba ay noo dhiibtay. Tuke ayaan intii kale u geeyay dadka intiisii kale oo Toyotadii ku haray.

"Waa sababta Tuke loogu bixiyay! Mar kasta waa heegan." Maxamad ayaa intaa ka daba tuuray ninkii dhallinyarada ahaa oo cago rejo sucubi gashay la sii fagax leh.

Waxaannu xusuusannay intii aannu geeddiga soo ahayn labaatameeyo goor oo Tuke sida uu degdegayo la yaabi jiray marka uu baabuurka samaynayo annaguna meel iska fariisan jiray. Islaantu waxay na waydiisay su'aalo jawaabaheennuna waxay u muuqdeen kuwo xiise hor leh ku dhalinayay. Si u bogidi ka muuqato ayay madaxa noogu ruxaysay intii aannu uga sheekaynaynay wixii aannu soo marnay.

"Allah baa idin la jiray, mar kastana inta tabarta daran garabkooduu yahay," ayay hadba ku celinaysay.

Waxaannu u sheegnay in aanay isku deyin quudinta qoyskayaga oo dhan oo aannu badannahay laakiin way ku adkaysatay. Waxay sheegtay in aanay u joojinayn xataa haddii ay iyadu inta bisha ka dhimman qadayso.

"Anigaa xoogaa lacag ah soo deysan kara oo marka mushaarka la gaaro iska bixin kara."

"Miyaad shaqaysaa?" Maxamad yaa waydiiyay.

"Shaqo aa! Tuuladan yar dumar shaqo ka ma helo. Xataa Addis Ababa ayaa dhib looga helaa."

Maxamad wuu aammusay. Nuurto madaxa ayay ruxday. "Ninkaygaa shaqeeyaa. Ciidankuu ka tirsanyahay." Intay xoogaa na eegtay annaga oo shaahii cabbaynna ayay hadalkeedii raacisay, "Waa Itoobiyaan."

Tuke oo ordaya ayaa nagu soo noqday. Waannu wada eegnay.

"Fikrad cusub oo aynnu qado ku helno ayaan inoo hayaa," ayuu la soo degdegay.

"Anigaa qado idiin samaysanaya, dhammaantiin," ayay islaantii ka hor geysay.

Tuke wuu aammusay. Annagii ayuu na soo eegay, si aannu ugu sharraxno sida wax u jiraan.

"Bal fikraddaada aannu maqalno," ayay Nuurto ku tiri.

"Xoogaa lacag ah ayaannu helnay," ayuu yiri.

"Sidee ku dhacday?" ayaannu wada waydiinnay.

"Mako iyo Canab ayaa silisyadoodii dahabka ahaa qaar qarsaday."

Waannu sugnay.

"Dumar degaanka ah ayay ka iibsadeen." "Imisa ayay ka siiyeen?" ayay waydiisay Nuurto.

"Ma aqaan, laakiin waxay lahaayeen cunno noogu filan ilaa Jabuuti la gaarayo."

"Maxaan samaynnaa? Macnaha, ma helaynnaa meel aynnu cunno ka iibsanno.?

Intii aanay islaantii hadlin ayuu Tuke hadalkiisii sii watay. "Hadda waxay soo gadayeen bariis iyo hilib, waxa kali ah ee aynnu u baahannahay waa meel aynnu ku karsanno. Qof na amaahiya maacuuntiisa."

"Taasi dhib ma laha," ayay tiri islaantii waana la dhammeeyay. Soo laabashadeennii ayuu Tuke sigaar soo bixiyay. Canab, Nuurto, iyo Saynab cunno karin ayay u dhaqaaqeen, inteennii kala raynrayn aan la qiyaasi karayn ayaannu ku dhawraynnay. Waxaan is iri xoogaa kaligaa iska bax, markaa ayaan Toyoyada dhinaceeda sigaar la istaagay. Waxaan dhegaha u dhigay codadka rejada xambaarsan ee ku sheekaysanaysa gaariga dhankiisa kale. Farxad ayaan la dhoollacaddeeyay. Xusuuso habqan ah ayaan igu soo dhacayay. Waxaan xusuustay labadaydii walaal oo aan maankayga beryo ku soo dhicin. Waxaan xusuustay maalmihii iyo cishooyinkii aan dhex joogay dagaalka Soomaaliya. Waxaan la yaabay oo iswaydiiyay cidda ka masuulka ah dacdarradan iyo silican la mutay! Eed intee le'eg ayaan anigu isa saaraa? Naftaydan nugul ee xataa awoodi wayday in ay dagaal ma rabo ku adkaysato, sidii abtigay Xasan? Naftaydan arxanka daran ee laysay ragga iyo dumarka iyo in kaloo Allah uun ogyahay? Ma waxaa eedda saaraa dad ay ka mid yihiin aabbahay ee afgembiyay dawlad musuqmaaus ah ee ku beddelay waxa hadda taagan? Ma dawladda ruuxeedu dadka aabahay ka mid yahay kacdoon ku khasabtay? Mase waxaa eedda leh dadka aan muuqan ee dawladda noocaa ahayd sannadihii badanaa ee silica lahaa xukunka ku sii haysay? Mase waxaan eedeeyaa raggii iyo dumarkii allifay nadaamka qabiilka, hubka, dawladda, siyaasadda iyo in kaloo badan? Waxaan ka badin waayay in aan dhammatood eedda dusha u saaro.

"Cunnadii way soo socotaa," ayuu qof kaga dhawaaqay gaariga dhankiisa kale laakiin waxay u ekayd sidii uu dunida dacalkeeda kale ka soo yiri. Waxaan ka fikiray sida ay CUNNO lamahuraan qiime wayn leh u tahay, in kasta oo aanay waligay maskaxdayda ku soo dhicin ka hor hadda oo ay jiritaankeenna nooga dhigantahay. Waxaa muuqatay in cunno tahay yoolka ugu wayn ee aadanaha oo dhammi jariyo. Waa mid ka mid ah qaybha aan muuqan ee ay ka koobantahay farxadda aadunuhu. Markii noloshayda ugu horreysay ayaan qiray, qaddariyay oo jeclasyaty sidii aabbahay sannado badan ugu halgami jiray in uu cunnadeenna keeniddeeda ugu shaqayn lahaa, halka aniguna aan u fiirsan jiray kali ah sida uu ugu guuldaraysto xaqiijinta riyooyinkayga bakhaylnimada leh.

"Cali!" Qof baa ii yeeray. "Waa la cunatynayaa, Caliyow!" ayuu ku celiyay nin ii yeeriyay.

Waan istaagay Saciidna wuu i dhinac taagnaa. "Waa in aannu aadnaa guriga Caasha oo ka soo cuntaynnaa," ayuu igu yiri.

"Caasha?"

"Haa, islaanta aannu jikadeeda wax ku karsannay."

"Haa, haye," ayaan ku iri.

Gurigii Caasha ayaannu u dhaqaaqnay oo daqiiqo yar ku gaarnay. Nuurto ayaa bustayaal iyo joodariyo na loo ku gogoshay hooska geed wayn oo aanan hore u arag kuna yiil bannaan casws lahaa oo guriga dhinaciisa ahaa. Iyada oo intii u dambeysay dhulka sii dhigaysa ayaannu nimid. Canab iyo Saynad ayaa iyaguna saxammo siin balballaaran ah oo bariiscadde ku karooranyahay iyo kuwo kale oo hilbo solay iyo karis isugu jira ka buuxaan dhigdhigayay. Dhinac ayaannu ka istaagnay oo isha ka daawannay cunnada macaan ee na hor taal. Goob tacsiyeed ayay meeshu u ekayd. Dadka oo wada aammusan ayaa indho caraysan ku gubayay saxammada dhadhanka leh ee dermaha dul safan. Canab saxankii u dambeeyay oo ahaa ansalaato yaanyo leh markii ay dhulka dhigtay ayay noo dhawaaqday.

"Is nooleeya!" ayay tiri, iyada oo dhoollacaddaynaysa, isla markiibana saxammadii qiiqayay ayaannu faraha ruubnay. Buuq iyo sawaxan ayaa is qabsaday.

"Cunno kalana jikada ayay taal haddii loo baahdo." Hadalkii oo aan afkeedaba ka dhamaan, anigu durba cad wayn oo hilib ayaan sii dhammaysanayay. Saciid iyo Tuke ayaannu isku saxan ahayn. Sidii yey baahan oo deero dilootay ayaannu wax u cunnay. Marka laga reebo dumarka oo xishood dartiis sida dadka caadiga ah wax u cunayay, inteenna kale waxaannu u cunnay sidii erayga CUNNO jiritaankiisaba markaa noogu horreyso. Carruurta qaarkood sidii ay isugu wadeen ayay matageen. Si kastaba, qadadaasi guul bay ku dambeysay.

Ka dib, waxaan dhammaanteen sugnaaba waa shaah, marka laga reebo Tuke oo matoorka gaariga iyo waxyaalo kale ka hubinayay. Tuke waa ninka aannaan la'aantiis meelna gaarneen. Shaahii ayaa shan iyo toban daqiiqo ka dib soo dhacay, muddo soddon daqiiqo ahaydna waannu ku cabnay. Goor ay sagaal saac oo maalinnimo tahay ayaa ayaa qadadii la laystay soddon daqiiqo ka dibna waa lagu kala kacay, ka dib markii weelashii la xalay.

"Caaho mahadsanid. Ku mahadsanid waxaad na tartay oo dhan. Haddii aad mar uun Jabuuti timaaddo, waxaan doonayaa in aad ii timaaddo. Waa magaaladaydii. Halkaa ayaan degganahay." Warqad ayay u dhiibtay. " Waa kuwan telefoonkayga iyo cinwaankaygu. Way wanaagsanaan lahayd in aad ii timaaddo oo i aragto mar aan ladanahay."

"Hadde wax ma akhrin karo. Sow gurigaagu halkuu ku yaal dadka ma waydiin karo?" ayay tiri, iyada oo si xishood leh warqaddii u dhuganaysa.

Shukri si xushmadi ku dheehantahay ayay u dhoollacaddaysay, inteenna kalana waannu qosolnay. Ma garanayo waxay inta kale hadalka islaanta ugu maadsadeen waxaanse aad uga shakisanahay in aannu isku wax maanka ku haynnay. Waxaa jirta riwaayad Muqdisho caan ka ahayd oo jilaaga kowaad yahay waxa aannu ugu yeerno "Reerbaaddiye" Wuxuu imaanayaa magaalada markiisii ugu horreysay, isaga oo raadinaya nin ladan oo walaalkiis ah oo magaalda deggan. Waxa kali ah ee uu ku raadinayaa waa magaca walaalki. Dadka wuxuu waydiinayaa halka walaalki degganyahay. Waa lagu wada qoslayaa, illeen magaalo wayn qof magaciisa kali ah lagu ma raadin karee. Ugu dambayn, markuu ka quusto ayuu oranayaa erayada caanka noqotay; "Reer magaalku waa doqommo. Xataa deriskooda ma yaqaannaan."

"Khasab ma aha in aad wax akhrin karto," ayay Shukri tiri. "Kali ah warqaddan soo qaado marka aad Jabuuti imanayso. Markaa dadka tus cinwaanka ha kuu helaan ama telefoonka ha kuu diraane. Ma dhib badna.

44

Kow iyo toban saac oo galabnimo ayaannu tuuladii ka dhaqaaqnay. Maxamad oo calooshu xanuunaysay ma aha e inteenna kale ladnaan ayaannu dareemaynnay. Wuxuu sheegay in ay ugu wacantahay cuntada oo uu boobay iskana badiyay. Fiid dambe ayaannu gaarnay Dhagaxbuur oo aannu soddon daqiiqo joognay. Shaah iyo sigaar ayaannu iibsannay. Rakaabka qaarkood halkaa ayuu safarkoodii ku ekaa, gaar ahaan Daroodka. Askartii Itoobiyaanka iyo USCda iyaguna magaaladaas oo ay u socdeen ayay ku hareen. Waannu u mahadcelinnay isla habeennimadiina ka dhaqaajinnay. Habeenkii oo dhan ayaannu sii soconnay, subixiina waxaannu galnay magaalada Jigjiga oo aannu ku nasannay kana qadaynnay.

Qadadii ka dib, annaga oo in aannu soconno isu diyaarinayna ayay dhacdo na qabsatay. Annaga oo dhinac taagan Toyotada oo dhawraynna dadka intiisii kale oo ay ku jirtay Shukri oo wali qadaynaya ayaa waxa noo yimid booliis Itoobiyaan ah. Shan bay ahaayeen midkood Soomaaliga ku hadli karo. Isagaa oo u tarjumayay sarkaal Amxaari nagu la hadlayay.

"Wuxuu rabaa in uu ogaado halka darwalkii gaarigan jiro," ayuu ka afnaqay.

"Anigaa ka darawal ah," ayuu yiri Faaruuq.

"Gaariga warqadihiisii ayuu doonayaa."

Faaruuq gaarigii ayuu furay oo warqadihii soo bixiyay. Sarkaalkii xoogaa ayuu warqadihii fiirfiiriyay, ka dibna wuxuu yiri:

"Warqadahani sax ma aha."

"Maxaa ka khaldan?" ayuu waydiiyay Tuke.

Sarkaalkii wuxuu la hadlay afnaqihiisii, isaga oo ay caro ka muuqato.

"Sarkaalku wuxuu rabaa in uu darwalka kali ah la hadlo," ayuu afnaqihii yiri.

"Hooyaday baa leh ayaan ka waday. Hadda way qadaynaysaa." "Caddayn ma haysaa?"

"Haa, waa adiga caganta ku haya."

"Waxaan ku iri warqadahani sax ma aha e caddayn kale kale ma haysaa?"

"Maya."

"Haddaba, gaarigan adiga iyo hooyadaa midina ma laha."

"Oo yaa leh marka?"

"Waa la soo xaday. Waxaa na soo gaaray liis ay ku qoranyihiin baabuurta sharcidarrada ah gaariganna in uu ku jiro ayaannu aamminsannahay." Sarkaalkii ayaa sidaa ku dhammeeyay.

"Mee liisku? Yaa eedaynta aan jirin soo gudbiyay?" Sarkaalkii iyo afar la socotay intay noo dhegooleeyeen ayay afkooda gooni ugu wada hadleen. Aammusnaan ayaannu ku sugnay. "Waa in aad saldhigga booliska noo raacdaa, halkaa ayuu liisku yaal," ayuu sarkaalkii ugu dambayn yiri.

Annaga oo sidii u aammusan ayaannu dhisme noo dhawaa u raacnay.

"Bannaanka nagu suga," ayuu nagu yiri.

Daqiiqado ka dib ayuu soo noqday isaga oo kurjad warqado ah sida.

"Liiskan ku ma jiro," ayuu sarkaalkii qiray.

Neef baa naga soo boodday xoogaa ka dibse wuxuu raaciyay: "Laakiin taa macnaheedu ma aha in gaarigaagu sharciyaysanyahay. Waa in aannu gaariga Addis Ababa u qaadnaa oo baarid dheeraad ah lagu sameeyaa.

"Addis Ababa!"

"Waan ka xumahay."

Halkaas ayay kaga dhegtay. Wax kale waa lagu qancin waayay, iyada oo labada dhanba isku si u ogyihiin in gaarigu sharci ku socdo. Qaarkeen gaariga waxaannu niqiin in badan waana ka war haynnay in la soo iibiyay shan sano ka hor. Shukri oo warka soo maqashay ayaa saldhigga noogu timid. Waa yaab e, waxay ku hadashay Amxaari dareeris ah raggiina dood adag ayay la gashay! Laakiin waxba isma beddelin. Go'aanka u dambeeyaa wuxuu noqday in marka waagu dillaaco gaariga Addis Ababa la geeyo, cid wax ka beddeli kartaana ma jirto. Waxaannu ku khasbanaannay in aannu magaalda habeen kale u hoyanno.

45

Habeenkaas hurdo la sheegaa naga ma soo dhicin. Kali ah gaariga ma aannaan ilaalinayn e waxa aannu falanqaynnay waxa askariga ku kallifay in uu ku adkaysto go'aanka qaldan. Waxaannu ka badin waynnay in gaariga uu isugu rabo oo u marmarsiyoonayo. Waannu ogayn in uu qaldanaa, sidoo kalana waannu ogayn in aanay jirin dawlad Soomaaliyeed oo wax ka qaban karta dambiyada, xataa haddii gaariga la soo xadi lahaa. Waxaan aniga kali ahi aqiin ilaa labaatan gaari ka badan oo la soo dhacay oo ku xeraysnaa garaashkii abtiyaashay, iskaba daa alaabada aan xisaabta lahayn ee sharci iyo sharcidarraba lagaga qaatay dadkii lahaa. Midda labaad, dawlad kasta oo dhalataa waa in ay marka hore sharci iyo kaladambayn ka xasilisaa carriga xudduudaheeda ku jira ee aanay Itoobiya u gudbin. Tan saddexaadna, waxaannu isku daynay in aannu laaluushno askariga laakiin wuu naga diiday. Waxyaalahaas oo dhan waxaa nooga soo baxay: in ay ninka ka go'antahay in uu gaariga qaato. Waxaa kaloo noo soo baxdayin in aanu damacsanayn in uu Addis Ababa aado, in kasta oo uu sheegay in ay tahay meesha kali ah ee caddaynta saxda ah ee gaaraiga lagu hubin karo. Addis waxay noo jirtay inta Soomaaliya noo jirtay. Subixii dambe laba saac ayay sarkaalkii iyo ciidankiisii soo laabteen.

"Gaarigan waxaa la geynayaa Addis, siddeed saac," ayuu sarkaalkii na ogaysiiyay. "Darawalka oo kali ah ayaa na raacaya," ayuu ku daray oo rejo la'aan nooga dhaqaaqay. Faaruuq rejo xumada cabsi baa u dheerayd oo waxa uu go'ansaday in uu iska tago sarkaalkii inta aanu soo laaban. Waxaannu isku daynay in aannu ku qancinno in sarkaalku aanu diidayn haddii uu ku yiraahdo gaariga qaado anigana iska kay daa. Gaarigii u soo horreeyay ee magaalo kale aadayay ayuu raacay. Sarkaalkii markii uu soo laabtay ee arkay gaarigii oo wali meeshii yaal.

"Meeye furayaashii," ayuu warsaday. Tuke ayaa u dhiibay furayaashii. "Darawalkiina mee?"

"Magaalada wuu ka baxay."

"Xaagge buu aaday?"

"Soomaaliya ayuu ku laabtay."

"Waan ogaa in warqadihiisa wax ka qaldanyihiin." Wuu dhoollacaddeeyay.

Sarkaalkii mid ciidankiisi ka mid ah ayuu furihii u dhiibay oo Amxaari ku la hadlay. Ninkii gaarigii ayuu furay oo galay. Gaarigu maba kacayo! Dhawr goor ayuu ku celceliyay. Ha sheegin!

"Gaariga maxaad ku samayseen?" ayuu na waydiiyay.

"Waxba," ayuu Tuke ugu jawaabay.

"Muxuu la kici la'ayahay?"

"Ma aqaan."

46

Ka dib, darawal ayaannu kiraysannay oo Jigjiga galabtaas ka baxnay, marka laga reebo Maxamad oo qaraabo ka helay meesha go'aansadayna in uu iska joogo. Intii aannu sii soconnay ayaannu ogaannay in Faaruuq intii aanu tegin matoorka gaariga biro ka bixiyay. Kharash baa kaga bixi doona in ay gaarigaas dhaqaajiyaan ayuu ku faanay Tuke. Shukri ayaa iyaduna ku dhaaratay in ay gaarigeeda dib u soo dhacsan doonto marka u horreysa ee ay cagaheeda isku taagto. Libintaa yar ayaannu la dhex fadhinay gaari xammuul FIAT ahaa ee subaxa dambe bedqabka nagu gayn lahaa magaaloxeebeedda Soomaaliyeed ee qaddiimka ah, Saylac.

47

Saylac ayay mar kale Shukri nooga yaabsatay. Magaaladan way ku warwaratay. Markii aannu boosteejada gawaarida waawayn iyo basaska gaarnay ayaannu ugu tagnay Faaruuq oo nagu sugaya. Waxaan kaloo ogaannay in dadwayne u diyaarsanyahay soo dhawaynta Shukri. Degdeg ayay ugu ekaatay sidii amiirad la illoobay oo soo laabatay. Qof kastaa wuu yiqiin u adeeggiddeedana waa loo wada darbanaa. Dadka nagu soo xoomay taajir iyo faqiirba way isugu jireen. Waxaa ka mid ahaa ganacsatadii magaalada oo rag iyo dumarba leh, kuwaa oo soo dhaweeyay samirsiin badan oo ku aaddan dhibaatoyinkii dhawaan gaarayna ku harqiyay.

Waxaan halkaa ku ogaannay Shukri ruuxeedu ay taajirad tahay. Waxaa noo soo baxday in ay lacagta ka samasay ka ganacsiga alaab ay u kala gudbin jirtay Jabuuti, Soomaaliya, iyo Itoobiya. Badeecooyin nooc kasta ah ayay ka ganacsan jirtay, nacnac laga bilaabo ilaa dhar, qalabka farsamada, maacuun. Ganacsigeedu wuxuu isu mari jiray Saylac, Addis Ababa, Jabuuti, iyo Muqdisho, sidaa awgeedna dad awood badan leh oo meelahaas oo dhan kala jooga ayay is yiqiinneen.

Kooxyadii wada socotay, marka laga reebo qoyskayga, si ay ku tageenba waxay gaareen guryahoodii ay u socdeen, ama waxay halkaa ka heleen eheladoodii iyo tolkood. Nuurto waxay xataa ku hartay Seylac. Mar ay dadki billaabeen inay is macsalaameeyaan isuna duceeyaan ayey Nuurto dhankeyga soo aadday. Waqti badan meynaan heysan waxay iila dhaqantay fariidnimo. Waxay ii sheegtay inay xoogaa xowli ku socotay waxayna ku waalatay cudurdaar iyo raalligalin sidi qof dhimman oo kale.Neef weyn baa iga soo go'day oo aan la qiyaasi karin, balse marki aan caadi kusoo noqonnay ayaan weydiiyey goorta aan kulmi doonno. Daacad bayna iga ahayd oo wallaahi ah. Waxay ii sheegtay inay Jabuuti u kala taqaan luuqluuq waxayna ii ballan qaadday inay iyadu isoo heli doonto. Qof Aad u caqli badan bay ahayd, runtiina waxay ahayd gabar aad u wanaagsan. Suurogal inay dooneysey inay sidaas iiga takhallusto balse anigu waan aqbalay ballanteeda.

Isla maalintiiba, inteenni aan dad iyo ehel ku lahayn Seylac, yacni qoyskeygi yaraa ee Hawiyaha iyo Daaroodka isugu jirey - waa aniga, Fallis iyo Canab e - iyo Shukri Iyo qoyskeediiba, waxaa casuumad weyn naloogu sameeyey guri weyn oo bartamaha magaalada ku yiil, gadaal ayaanse ka ogaaneynaa inay Shukri ahayd milkiilaha gurigaas.Intii aan qadeyneyney ayaa naloo sheegay in naloo diyaariyey doon u socota Jabuuti oo na sugeysa dhaqaaqina doonto saddexda galabnimo.Shukri waxaa kaloo ay noo sheegtay inay dad kala ballantay inay Jabuuti nagu soo dhoweeyaan illaa aan iska meeleyneyno. Balse aayadey Canab ayaa ku tiri in aaney taasi daruuri ahayn oo aan toos u abbaari doonno guriga walaalkeed Ereg.

48

Marki ay galabtaas doonti usii shiraacatay xeebta Jabuuti, waxay xasuusteydi dib ugu noqotay halkii aan kasoo hayaamay. Waxaan ka fikiray aabbahey. Waxaan is weydiiyey bal halka uu hadda ku sugan yahay iyo waxa uu sameynayo. Waxaan u tebayey si aanan weligey u tebin intaan noolaa. Waan ogaa inaan weligey jeclaa, shakina marnaba iigama jirin inuu isaguna i jeclaa, balse waxaan dareemayey inuu si uun ii dayacay. Waxaan ka fikiray nolosheydi dhowrki bilood ee lasoo dhaafay, waxaanan is weydiiyey inta masuuliyad ah ee uu ku lahaa wixi aan soo maray. Cuqdad baan dareemayey inaan sidan u fikiro haddana wey ka fursan weysey inaan dareemayey inuu aabbahey siyaabo kala duwan ii hagraday oo isagu dhibkan i baday. Waan nacayey inaan sidan aabbahey u eedeeyo haddana waanku qasbanaa. Waan u murugoonayey maqnaanshahiisa haddana waan u careysnaa. Waan ...

"Imisa ayey hadda noo jirtaa Jabuuti, Kabtanow?"

"Ma foga."

197

... waan u murugoonayey sababtoo ah meel buu keligiis cidlo ku yahay Kolley oo ehelkiisi ma arki karo. Waanan u xanaaqsanaa, runtii aad baan ugu careysnaa sababtoo ah waa isaga qofka i galiyey cadaabta aan ku noolaa bilihii lasoo dhaafay. Yacni haddeysan jiri lahayn aragtidiisi siyaasadeed ama aanu iga dhaadhicin lahayn inaan u dagaallamo tolkeyga iyo waxaas. Haddii isaga iyo asxaabtiisu aysan sameyn lahayn waxan USC la dhaho, oo aanu afka ku heyn lahayn dagaallada sokeeye iyo qaashin iyo qabyaalad oo ....

"Daaro ayaa ii muuqda!"

"Waa magaaladi Jabuuti!"

... oo aan Madaxweynaheenna Iyo asxaabtiisu dalka u maamuli lahayn sidi ay u maamuleen. Bal haddii ...

Muuqii magaalada Jabuuti oo soo dhowaaday ayaa jiiray igana soo celiyey mawjadihii fikirka. Wuxuu ahaa muuqaal aad u macno weynaa oo ooyin baan billaabay dadki dhexdiisi. Ilmada iga qubaneysey baa dhabanka yaaceysey. Waxaase la yaab ahaa inay ooyintaasi farxad ii ahayd. Wallaahi wey ahayd. Aad baan ugu nafisey inaan ku dhex ooyo intaas oo dad ah oo i daawanayey.

www.ingramcontent.com/pod-product-compliance
Lightning Source LLC
Chambersburg PA
CBHW021159160726
47994CB00001B/275